马头墙上的蝴蝶

徽州谧园 著

辽宁人民出版社

© 徽州谧园　2023

图书在版编目（CIP）数据

马头墙上的蝴蝶 / 徽州谧园著 . —沈阳：辽宁人民出版社，2023.4
ISBN 978-7-205-10573-0

Ⅰ . ①马… Ⅱ . ①徽… Ⅲ . ①长篇小说—中国—当代 Ⅳ . ① I247.5

中国版本图书馆 CIP 数据核字（2022）第 180454 号

出版发行：辽宁人民出版社
　　　　　地址：沈阳市和平区十一纬路 25 号　邮编：110003
　　　　　电话：024-23284321（邮　购）024-23284324（发行部）
　　　　　传真：024-23284191（发行部）024-23284304（办公室）
　　　　　http://www.lnpph.com.cn
印　　刷：辽宁新华印务有限公司
幅面尺寸：145mm×210mm
印　　张：9.5
字　　数：215 千字
出版时间：2023 年 4 月第 1 版
印刷时间：2023 年 4 月第 1 次印刷
责任编辑：贾　勇
封面设计：华夏长鸿出版集团
版式设计：一诺设计
责任校对：郑　佳
书　　号：ISBN 978-7-205-10573-0
定　　价：69.00 元

内 容 提 要

在虚构的未来的某一天，一个一线城市的网络工程师王蹇因为工作的原因离开了 S 市，回到了他的故乡绩县，在绩县的半年多时间里，与叔叔一家、高中同学、民宿老板许文玮以及画师胡玉萍之间发生了一些事情。故事中穿插着回忆和联想，同时讲述了他与前妻的纠葛，以及对生活产生迷茫、寻找本心的心路历程。本书尝试用散文的方式来表达故事，似有故事，又似无故事，展现了当代小城居民的生活方式。书中还尝试用情绪串联情节，跳跃性较大。人在生活中，有脆弱，有虚伪，有自私自利，又有那抹刻在内心里的纯朴。作者意在提醒人们，即使身处逆境陷入迷茫之中，也不要忘记生活中还是有美好事物存在的（书名中的蝴蝶就暗喻着美好），同时也表达了热爱生活，追求生活真谛，勿忘初心的人生期许。

横膈膜痉挛能够引起打嗝，胃胀气也可能引起打嗝或者放屁，同样是排气，呼吸的"呼"平静得多，似乎少有人察觉它的存在，但是还有一种放气——唉声叹气却不是纯粹的身体原因，而是一种心理疾病，心理驱动身体。有些年份，我就有唉声叹气的习惯，一遇到事情总是要唉声叹气，也不管是好事还是坏事。于是有位长辈发现了我的问题，正告于我："年轻人不能总是唉声叹气的。"

我惊讶地说了一句："有吗？"紧接着又叹了一口气。

（一）

202×年，不知道是否真的存在的一个年份，那年因为公司效益不好，我轮岗休息回了绩县，在离县城不远的郊区一个叫七贤村的村口，我见到了我的堂弟胡博，那时夕阳将落，稻田金黄。胡博跟我所见到的任何时候都一样，对我总是笑脸相迎，他这种热情是天生的，我丝毫没有感觉到里面掺杂着任何一点虚伪，他用不是很标准的普通话对我说道："哥，这次来我家住，要住久一点，我们两个很久都没见了，挺想你的。"

他在说这话的时候露出了洁白的牙齿，他的牙齿甚至比我的都白，也怪这段时间我充满焦虑，睡眠不好，经常喝咖啡提神，导致牙齿变黄，当然这也是个借口，也跟我没有好好刷牙有关，有时候随意拿牙刷蹭两下就当刷牙，无趣的仪式感表演。他的脸比我黑，而且有了很多抬头纹，手臂粗壮，手指短小。他一把拉过我的背包，搭在了他自己的肩上，带着我往村里走，那走路的姿势仿佛胯下骑了一头猪。

我蹑手蹑脚地跟在后面，客套地问了一句："叔叔身体还好？"

堂弟回了一句："老样子，除了肠胃有点不好。"

堂弟又问了我一句："你有五年没回来了吧？"

我说道："是啊，五年了。"其实我对时间的记忆是不擅长的，只是恰巧上次去见叔叔，他向我借了些钱，因为借钱让我对这个时间印象深刻了起来。

我在农田的边上看见叔叔"新"盖的房子，红色的砖房砌了两层，两层的顶上还有刺出的钢筋，摆出欲往上长的姿态，外墙还没贴瓷砖，还是水泥砖块原始的样子。叔叔的房子是五年前盖的，只是因为钱的关系只修了两层，在叔叔的计划里是修四层，还打算卖掉其中的一层或者两层来还债，显然他的这个计划没有实现。叔叔婶婶站在门口迎着我，瘦小的叔叔，他的头发已经花白，而婶婶稍胖，她的头发已经全白，站在叔叔婶婶身前的还有两个小孩，一男一女。

叔叔对我说道："王蹇你来了？"

我回了一个字："嗯。"并将尾音拖长，为了让他们听到我的回应，却像一声沉闷的牛叫。

胡博对着两个小孩说道："来，快叫伯伯。"

那两个小孩轻声地喊了一声"伯伯"便钻回了屋里，我跟着他们进了屋里。屋里还有一个女人在端着菜，那个应该是堂弟的媳妇，只是我也才见过两三次，加上她外貌缺乏明显的记忆点，我也没仔细地端详过她，我始终不能深刻地记住她，如果不是在特定的场所里，我可能根本想不起来她跟我有亲戚关系。

我一本正经地坐着，吃着弟媳端上来的饭，叔叔不停地招呼我吃菜，只是面对他们这一家子人我还是维持着我的矜持，象征性地吃了一碗饭，也不敢把筷子伸得太长。我把碗放了下来，擦擦嘴便说道："我吃饱了。"

叔叔怀疑地看着我："来这里不要客气，一个男人吃一碗怎么吃得饱？"

我笑了笑，没有应答，看了看堂弟，只见他已经盛了第三碗，正在大口地吃，快速地夹菜。而弟媳只是躲在了旁边，并没有上桌，正在喂较小的那个男孩，小男孩不停地说要吃这个、吃那个，显得胃口很好。

等到他们吃完，叔叔又让堂弟给我倒了杯茶，找我聊了起来。

叔叔说道："之前你给我打电话，我还以为发生了什么大事，原来你是想回来看看，回来看看也好，你都多少年没回来了，另外你叔叔没本事，房子还没盖好，只能委屈你，在后面车库给你摆了一张床，你也不要太嫌弃。"

我说道："不会，我也是暂时来住几天，这个月恰好轮到我休整，就想着来看看。"

我又问道："你这房子怎么瓷砖没贴，不怕被水给淋了？"

叔叔叹气道："上面还有一个顶，一点雨水也没多大关系，等有钱再来整一整，本来是能弄好的，但是那年不是有瘟疫了吗？都受了灾，一下子就断了收入，加上博不争气，一天到晚好吃懒做。"

堂弟在旁边露出了不愉快的表情，嘀咕道："我哪里好吃懒做，我不是有做事吗？"

叔叔驳斥道："不好吃懒做能这么穷吗？你看别人家的房子盖得多好，你拿钱来盖啊。"

堂弟显然被这话给噎住了，坐在那里不接话，只是仍旧摆着一张生气的脸。我并没有帮衬谁，只是初来有些拘谨，喝完一杯茶便对叔叔说道："赶了两天的路，我想早点睡了。"

说着我找到我的背包，突然想起包里面还有一瓶酒，于是拉开拉链对叔叔说道："你现在还喝酒吗？"

叔叔看了看说道："每天都能喝一点。"

我从包里掏出了那瓶酒递给叔叔，说道："我在路上买了一瓶，给你喝的。"

叔叔接过酒看了看，摆在了桌子上，对我说道："我带你过去，你将就着住下。"

我拉好拉链，背起包说道："没关系，随便有个地方睡就可以了。"我随着叔叔沿着一段碎石子路来到了房子的背面，叔叔拉开了卷闸门，里面果真摆了一张床，只是除了那张床以外，却无他物，叔叔有些歉意地对我说道："条件不好。"

我客套地说道："没关系，这里挺好的。"叔叔又指着稻田边一个矮小砖砌的房顶是蓝色铁皮的小房子说道："要上厕所去那里上。"

我又说道："没事，你去忙吧。"叔叔转了身，回了靠近路边的二楼，他们一家人都住在那边，只是只有两个房间和一个客厅，而车库也就是我住的地方，面对着一片稻田。我也不了解他为什么要修这个车库，他们家根本就没有小车，只有一辆破摩托车，还是叔叔和堂弟轮着骑，可能修车库也是长远打算吧。我没有拉下车库的卷闸门，只是坐在床上刷手机，手机里面全是一些娱乐的消息，谁谁谁被偷拍了，谁谁谁又有新片上映了，还有那些化了浓妆分不清男女的"美女"在不停地扭动腰肢。

飞蛾从稻田里飞了进来，在车库的灯上转来转去，我不得不拉下了卷闸门，突然觉得世界很安静，我开始审视我的"房间"，砖块加水泥，房间里还有一股水泥和石灰的味道，连面镜子都没有，对于爱臭美的我，镜子是必需品。

现在有必要说说为什么我的堂弟姓胡而不姓王了。这要从父辈说起，在那个崇尚人多力量大的年代，奶奶生了四男四女，夭折的不算，叔叔六七岁的时候，恰逢灾荒，据父亲讲，那时很多人饿得不行，吃树皮、吃野菜、吃糠的不计其数，有的人就因为吃糠导致大便不畅。叔叔因为饥饿，头就耷拉下来了，别人喊他，他也不回应，后来去别人家借了一碗米糊，让他喝下去，他才活了过来，因为怕他饿死，奶奶掉着眼泪将他送给了十里外的一家人收养。据叔叔回忆，那家人对他并不好，经常把他关在楼梯后面狭小的隔间里，有什么好吃的，养父母总是先偷偷地给他们的亲儿子，叔叔因此独自一个人跑回了家。一个六七岁的小孩能沿着七扭八拐的山路跑回家的确是个奇迹，为此奶奶大哭一场，并笃誓不再丢下叔叔。当年的灾荒也被认为是叔叔肠胃有疾的一个缘由，叔叔因此事认为自己是被丢弃的一个人，对本家并不依恋，成人后在某个师专学校打杂工，经人介绍认识了婶婶，因为婶婶没有兄弟，是独女，有意招叔叔入赘，叔叔也没多考虑就入了赘，或者饥荒那年，他就去意已决。我堂弟因此姓胡，但是过年回老家走亲戚时，叔叔有意无意地叫他王博。这些并没有影响我们的来往，只是叔叔在当地过得并不是十分惬意，常遭人有意无意地欺凌，当然都是有关土地的或者一砖一瓦之类的事情，加上博的不争气，叔叔一直抬不起头来，硬着头皮盖房子也是为了证明自己的能力，想挣回一点面子，只是人总是会高估了自己。

当然关于上辈的记忆，在他们眼里充满色彩，讲述起来绘声绘色，可在我看来，更多的是苦难，至少我觉得那种饥饿感甚至延续到了我的童年。我的童年食物也并不是很充裕，父母也常常为了明天的米面忧愁到深夜，一个月下来很难吃到肉，不过随着社会的进步，这种饥饿感也渐渐消失，我也从饥不择食变得挑三拣四，也许这就是人的本性。但在母亲口中，她还是常常念叨那些有关饥饿的怨言，当然更多的是抱怨亲戚的薄凉，不过那个时代大家都穷吧，谁也没法饿着肚子还要舍己为人。

（二）

第二天很早我就被尿给憋醒，拉开卷闸门跑到对面的茅房畅快地释放压力。我发现早晨还是有点凉意，稻田里的蛙叫不停，零零落落的村民家里升起了炊烟，太阳还没升起。叔叔一家还没起床，我闲着无聊，沿着稻田的田埂一直走着，稻子长势正旺，穗子已经垂了下来，跨过了几片田，发现除了稻子就是零星的几块西瓜地，并没有我所期待的鲜花锦簇或者池沼倒影。我又蹲在田边观赏起青蛙来，除了绿色的以外，其他的都是那种灰棕色，几乎跟泥土是一样的颜色，有的个头很小，叫起来声响却很惊人。但是又担心陌生的村民看到我蹲在别人的田里怀疑我图谋不轨，我又站了起来，伸了伸懒腰，吸几口新鲜空气，摆出一副晨练的架势，只是现在下田的人并没有几个，也没人理会我在干什么。我又沿着田埂走回了叔叔家，太阳不知何时已经挂在了村东的屋顶上，我却在茅房看见了发出闷声的堂弟，他说了一句："哥，你起得挺早啊。"

我笑了笑，有些尴尬，他却一脸坦然，于是我放开胆子说道："我是给尿憋醒的。"

他提起了裤子说道："蹲一下脚都麻了。"

等他整理好衣着，又说道："有没有打算逛一下，我带你去，骑摩托车带你去。"

我说道："我没打算，这附近有什么好玩的吗？"

他说道:"好玩不好玩,逛起来就好玩了。"

我没有应答,此时我也没什么主意,我随着他回到了二楼。叔叔一家人已经在客厅里忙碌起来,早餐已经差不多准备好了,婶婶跟我打了个招呼,弟媳轻声地叫了一句"哥",我依然能听到里面的生分,叔叔看到了我说道:"起这么早啊?"

我说道:"昨天睡得早,今天起得早点。"

我看到桌上有一盘花生米,还有一盘萝卜干和一盘腌辣椒,叔叔打开了喝了半瓶的白酒,给自己倒了一杯,我问道:"早上要喝一口?"

叔叔说道:"喝点,干活有力气,有时候晚上也喝点,你要不要来一杯?"

我连忙说道:"我不喝酒。"

叔叔又说道:"早上吃稀饭还有馍,你也不要介意,农村都这样,油条镇上才有。"

我说道:"稀饭挺好,也不用那么客气。"

叔叔又说道:"要不要给你煎个鸡蛋,今早忘记了。"叔叔又朝着弟媳喊道:"阿芬,给你哥煎个鸡蛋。"

我连忙说道:"不用,不用,不用麻烦。我平常早上都不吃鸡蛋的,不用麻烦了。"我又说了一句谎。

叔叔又看了看我说道:"真的不用?不用就算了,你也不要在这里客气。"

堂弟给我盛了一碗稀饭,他也坐了下来吃起来,没吃几口堂弟说道:"今天我要陪王骞哥四处逛逛,摩托车给我骑。"

叔叔听到这个突然嗔怪道:"逛什么逛,你今天要下田,田里的西瓜要去收回来,你王骞哥自己会逛,要你陪?你就是想偷懒,那西瓜烂在地里一分不值,你吃什么?"此时旁边的婶婶也帮腔道:"活干了再陪你哥去都可以,不要老想着怎么偷懒。"

我看到堂弟又是一脸的不愉快,但是我还是说道:"我今天也不会去哪里,最多村里走走。"

叔叔又说道:"村里也不好玩,你可以去县城里玩,古城那边,你会骑摩托车吗?可以骑摩托车去。"

我说道:"我不会骑摩托车。"

叔叔有些惊讶,夹了一个花生米放在嘴里说道:"汽车都会开,摩托车不会?跟自行车一样的,也可以坐公交去,你从这条路一直走到村口那个马路边上,再往金山方向走几十米,有个站台,三路车在那里,可以坐到古城,车票两块钱。"

我记得十几年前票价就是两元,如今还是两元,仿佛时光停滞于此,从未前行,老去的只是活物,我说道:"我知道,之前坐过。"

叔叔说道:"哦,我都忘记了,你在县城读过三年书,肯定知道的。"在叔叔眼里我可能永远青涩吧。

吃完早餐,堂弟还是推起一个板车跟着叔叔婶婶去了田里,留下弟媳在家看孩子,我面对他们三个却也没话讲,于是走回了车库,拿了手机,在村子里逛了起来。村里也有富裕的痕迹,有的家庭有了精致的房子,也有了汽车,当然也不是个个都很富足,破败的旧房子依然很多。遇到的村民虽然不会衣衫褴褛,穿着灰色旧衣服的人也常见,可能他们习惯了,就像我的父亲,觉得穿中山装显得精神,一辈子穿着中山装,蓝色的中山装能穿成白色,只要没有破损，即使破损了，拿块破布巧妙地补一补，掩盖一下又能多穿两年。他们这代人经历过饥荒，对物质格外珍惜。不过社会发展了，做中山装的裁缝少了，有的干脆买工厂生产的衣服穿又显得方便，另外款式也更多了，中山装反而少见了，村里做衣服的裁缝也早就搬到了城里，想看到中山装也变得困难了。父母常叹道，现在的衣服不好穿，容易破，他们看不上新材料的轻便，因为一干起活来，衣服不是脱线，就是被山上的荆棘给划破，倒是"的确良"布料的中山装让他们青睐，特别耐穿。

当然我在叔叔的村里并不是来参观的，只是无意识地闲逛。对于陌生的外来人，村民还是很警惕，免不了多看我几眼，但是也没显出多大的敌意。只是村里的狗对我格外关注，路过它们的领地总是要对着我露出獠牙，狠命地吠叫一番，有的凶残的还追过来几百米。我还算有点了解狗，叫得越响的狗未必会咬人，会咬人的狗往往不怎么叫，突然跑你身边就咬你了，其实人和狗也差不多，狗比较直接地表达自己，人会遮掩一下而已。面对吠叫的狗一定要保持淡定，如果你表现出怯怕，想快速逃跑，那它可能就发现了时机，就会攻击你，说到察言观色的能力狗一点儿也不比人差，欺负弱小也是狗的本性。当然你也不要试图在狗面前证明你的强大，因为狗可能懂它主人的话，未必能懂你的话，狗对你表现出敌意情绪的时候，你也没必要站在它面前和它理论一番，它可没读过书，更不要说人伦道德，能吃饱吃好，偶尔能找个异性狗生育个后代估计也就满足了，所以淡定地慢慢走开是最好的办法。当然对不依不饶的狗，主人发现了也会训斥，主人没发现，你还是要提防身后，小心被突袭。也有那种狗，叫也懒得叫，只会眯着眼趴在地上晒太阳，一副岁月静好或者生无可恋的样子。

我在村里没有发现宝贝，连个古董房子也不见，例如那种明清风格的青砖黛瓦。这个村其实挺小的，可能不到百户人家，连个学校都没有，据叔叔讲他们的小孩要读书都是去两公里外镇上的学校。我也看到几个小孩子从巷子里窜出来，手里拿着新买的玩具，嚷着要去空地上一起玩，他们倒是一副世事无忧的样子。走到村尾，我还是发现了我感兴趣的东西，有栋青褐色的房子上面挂了一个十字架，事先从叔叔那里得知这个村里的人大多信奉基督教，果真有个基督场所，只是现在房子的门是关着的。我透过窗口看进去，里面摆了一些长椅，前面正中摆了个台子，如果没有那个耶稣像的话，我还真以为是个小的会场，窗户和墙体上并没有七彩的玻璃或者鎏金，我觉得有些失望，不过又觉得正常，这个偏僻的山村怎么可以和罗马比呢？眼见的和描述的始终有差距吧，我们形容某种建筑的伟岸可能始终是带着主观的情绪，或者笃信的力量驱使我们去夸大其词，但是建筑未必能替代灵魂，再坚固的东西始终有倒塌的时候，有的能成为遗迹，被人怀念，有的就没留下什么，或者被新的建筑替代。其实我对建筑并不感兴趣，我只对人感兴趣，但是人过于复杂，观表面难观内心，倒不如看建筑简单，当然有些建筑并不生动，而是充满死寂。

我又走回了叔叔家，我的侄子和侄女躺在圆形的担簸里吃着西瓜，他们倒也是一副逍遥的姿态，只是免不了鼻涕蹭到了脸蛋上。我又试图跟他们拉一下关系，便轻声地问道："你们叫什么名字啊？"

较小的男孩没有回答我，甚至把眉毛挤到头顶上去了，一副极力思考的样子，反而是大一点的侄女对我说道："他叫胡乐文，我叫胡乐欣。"

我记得我们家族以前取名字都是按字谱，比如，太爷爷辈用的是"孝"，爷爷辈用的是"志"，父辈用的是"友"，而到了我这辈按字谱应该用"家"，但是偏偏是跟我同辈的这拨人丢失了这个字，按道理我应该叫王家骞，博的子女这个"乐"却不是指定的字，应该是博喜欢，要不就是叔叔喜欢给安上去的。

我又对着胡乐欣问道："什么文？什么欣？"

胡乐欣说道："作文的文，欣是一个斤，一斤两斤的斤，加个欠字。"一个缺斤少两的介绍，其实如果多读点书可以说是欣欣向荣的欣。

我看她也到了读书的年龄，又问道："你现在读几年级？"

胡乐欣说道："三年级。"

我本来想问她成绩怎样，但想到自己小时候被问成绩感觉很是窘迫，成绩不好免不了面红耳赤，成绩好又不敢大声说出来，怕大人说你骄傲，还会扯出"别人家的孩子"，于是便放弃了这个伤害无数少年儿童的问题，转而问道："你弟弟上学了吗？"

此时胡乐文好像突然进入了状态说道："上了。"

但是他姐姐马上抛出了不一样的答案："没上。"

胡乐文力争道："上了！"

胡乐欣说道："幼儿园不算。"

胡乐文说道："老师都说算。"

胡乐欣又说道："你们都不读书的，没读书没写字就不算。"

我看着他们的样子，笑了笑，估计他们会为这个问题争吵一天,于是调和道:"都算,都算上学。"我看胡乐欣似乎还有点不服气的样子,我又说道:"有老师的都算,虽然幼儿园不写字,但也算,姐姐要让着弟弟。"哥哥姐姐让着弟弟妹妹也是传统,有时候让着让着就容易忘记对错,不过也可以说传统本身就标志着自己的正确性,总是要人牺牲,让人感涕泪流地牺牲。

胡乐欣还是比较懂事,她放弃了争执,转而把一块西瓜塞到了胡乐文的嘴里,我又从桌上抽了张纸给胡乐文擦了擦鼻涕。

此时弟媳从外面走了进来,说了句我没听懂的话,我也不好让她再重复,她家的方言跟我的方言差距还是很大的,加上她的普通话不是太好,所以经常她说的我听不懂,不过她跟我说过的话也是极少的。我面对她有点尴尬,虽然知道她是女的,但是由于她的其貌不扬以及农村的朴实打扮,她好像失去了女性的特征一样,只是觉得她是一个辛苦劳作的人。

我又起了身,往外走,想去城里看看,走到村口,又沿着马路走到了那个站,地上立着一个铁管,铁管上面焊着一块铁牌,牌子上写着"3路车"三个大字,还有经过每个站台的小字,零星的三五个人站在旁边抽烟,地上是一堆稀松的烧过的煤渣。等了十多分钟,一辆小巴开了过来,三五个人扔掉了烟头上了车,就在那一瞬间,我犹豫了,没有迈开那一步,结果公交车的轮子卷起一撮煤渣,尾气管冒着黑烟果决地离我而去。我站在那里,呆呆地看了看四周,练江河边有成片的农田,却没见风吹起,头顶的艳阳有些炙热,鸣蝉奏起令人烦躁的音乐,我又往七贤村走了回去。

回到叔叔家,客厅里摆着十多个西瓜,叔叔他们已经从田里回来，正坐在屋里扇着风，身上的衣服好像只剩下一丁点儿衣角没有湿，可能刚干完力气活，脖子还是红的，脸上滴着汗。博看到我，眼睛突然发了光，说道："哥，我带你去逛逛。"

我笑了笑说道："我刚回来。"

博说道："我带你去镇上，骑摩托去。"

我说道："我不去了。"

博没有理会，拿了一把钥匙出了门口。听到摩托车启动的声音，叔叔走了出去，问道："你去哪里？"

博回答道："我去镇上看看。"

叔叔有些生气："镇上有什么好看，天气这么热，西瓜还要带路口去卖。"

摩托车还是开走了，叔叔转身对我说道："你看他，好吃懒做的，就收了几个西瓜，就又跑出去玩了。"

我笑了笑，不知道怎么应答，但是叔叔脸上那失望的表情一点也没有藏着掖着的意思。

叔叔又说道："打也不能打，骂也不能骂，说他两句，他还不开心，东跑西跑的还让我们操心。"

我无法理解博的想法，但是我设身处地以博的身份来想的话，要我长久地待在这个农村，的确也会疯掉，命运给了我和博不一样的生活，他不能安分守己，叔叔也拿他无可奈何，但我却不能像他那样无所顾忌。

记得多年前的某个夏天，我在县城的汽车站恰巧遇到了叔叔，瘦弱的他穿着一个白色背心，外面是敞开的白衬衣，背了个包，要出门的意思，眼里有些许血丝。我问道："这么巧，你要去哪里？"

他说道："要去找博。"

我问道："博不是在家里吗？"

他说道："博几个月前跟着一个基督教友去了阜阳，说是那边要他去帮忙，一直没回来，电话也打不通。"

我疑惑道："博很懂这个吗？"

叔叔告诉我："哪里懂不懂，他就是想跑出去玩。"

我想宽慰他两句说道："博跑出去，你去找他，他也不一定会跟你回来吧，而且阜阳那么大，也不知道他跑哪里去了，他玩累了自然就会回来的，他都是大人了，也管不住吧。"

叔叔深叹了一口气："你说他会不会被骗？被哪个骗去搞传销，要不卖到黑窑厂去做苦力？基督教友靠得住吗？"

我沉思了片刻才说道："基督教应该讲究慈爱之类，不会骗人吧，如果博真的去那边交流也不会有多大的问题吧。"我似懂非懂地安慰叔叔。

叔叔又说道："其实我给那个教友打过电话，他反过来问我博没回来吗？他以为博早回来了，听他说的意思，博不在他那里，我又担心他骗我。"

我又说道："我觉得没必要去找他，我怕你去了也找不到，白跑一趟，谁知道他跑哪里去了，说不定他早不在阜阳了。"

叔叔对我说道："我也没办法，博的老婆快生了，不回来不行了。"

我听到这个顿时觉得不可思议，没想到博能抛下大肚子的老婆，跑到外地去参加教友活动。叔叔最后还是执意买了一张去阜阳的车票，至于后来博是怎么回来的，我并不清楚细节。

还有一次是在博做了父亲不久后，再一次消失了，这一次消失没有给叔叔留下任何线索，手机也打不通，那种心力交瘁的失望只有叔叔能够体会。直到几个月后，叔叔收到了一个熟人从县城带来的消息，那个熟人在看民间的一个杂耍团演出时，在舞台后面隔着帘子听到了博的呼救声："我是胡博，我是七贤村人，我被人给控制了，吃不饱，他们还打我，还没收了我的手机，快去叫我爸来救我。"

叔叔赶忙跑到了县城，拦住了那个杂耍团的车，在警察的帮助下，才把博救了出来。原来博跑出去后，四处乱逛，结果就被杂耍团给控制了，要他干活打杂，在四处表演赚钱的时候来了绩县，却不知博就是绩县的，博才能得救。据叔叔说，如果不得救被人弄死了，或许尸首都见不到，古代的确有这种东西，砍断手脚，放在缸里做成人彘。

博到底跑出去多少次，我也没去打听，我知道的有这么两次，我觉得都是令人震惊的经历。叔叔或许很难把他拴在家里，即使帮他娶了这么一个老婆，他仍是老样子。叔叔帮博找到阿芬花了三万块钱，而这三万是向亲戚借的。博从小读书不佳，换了几个地方，甚至叔叔当时觉得我读书比较好，还将博放在我家，跟我一起去我们的村小读书，希望我能带好他，显然当时的我并不具备这样的功用。那段时间叔叔时不时来我家看博，还带来了很多蛋卷、饼干之类的零食，因为博，我也分享到了这份福利。博后来读书没成功，外出打工又没能力，只能在家务农。据叔叔讲，务农他又不肯干，整天说这里痛、那里疼的，也请了医生来看，

16

看不出所以然，还找了偏方，说煎泡兰草的根能够治疗疼痛，结果把我种在家旁边的，本来是从山里找来的兰草全拔走，给博煎服下去，仍不见好转，于是叔叔判定他是好吃懒做。叔叔又想着他能学门手艺，送他到某个修车铺学修摩托车，因为那时叔叔看到村里很多人买摩托车，寻思着修摩托车的手艺应该能够赚钱，只是没两天师傅就忍受不了博，说压根叫不动他，博只能打道回府。在农村要想娶到好的媳妇需要聪明能干，博看起来不聪明，也不能干，加上外表显得比较臃肿，找老婆相对困难，叔叔经过"千挑万选"才找到阿芬。据叔叔讲，阿芬不活络，但是干活还可以，当然美貌之类提都不用提了，只要肯嫁给博就已经很不错了。

我回想起这些事情的时候，叔叔和婶婶又推出了板车，挑选了些个儿大卖相好的西瓜搬上去，两人颤颤巍巍地推着板车出了村口。我不经意地扫视了这个客厅，发现墙上挂着一幅字画，上面写的是"人生能有几回搏"，那个"搏"字特别大个，字画已经发黄，我怀疑叔叔给博取名字的时候正好看到那幅字画，而像这样的字画，在我还小的时候常常出现在不同人家的墙上，就那个年代来说，这个东西相当雅致，而且具有激励意义，跟"家和万事兴"不相上下，火遍全国。

博开着摩托车回来了，车停在了门口，我问他："今天去逛了什么？"

他取下头盔说道："好无聊，在镇上看了一会儿别人打麻将，他们嫌我没钱，没让我上桌。"

我又跟他说道："叔叔婶婶推板车去卖西瓜了，就在村口的马路边上。"

他说道:"有什么好卖的,运气好才有路过的司机下来看一下,一天也卖不了几个瓜,现在地里的西瓜也多,卖不出去。"

他进了门,拿起桌上的水杯,咕咚咚咚地大口喝着,又走进厨房看了看正在择菜的阿芬,嘀咕几句后又走了出来,对我说道:"我还是去看看。"

博朝村口走去,我又看了看正在看电视的胡文乐和胡乐欣,觉得没事做也跟着博去了村口,远远看见了戴着草帽的叔叔婶婶坐在马路边的树荫下等着买瓜的路人,博走了过去嘀咕了几句,也站在了旁边。

叔叔看了看我说道:"天热,王骞你在家吹风扇比较好。"

我说道:"我待着无聊,过来看看。"

此时博却起了劲,用不太标准的普通话吆喝着:"西瓜,大西瓜,又甜又大的西瓜,不甜不要钱。"并用手敲击着他手中的西瓜,发出咕咕之声。

叔叔却说道:"乱喊什么,都没人,喊了也白喊,想买的人自然会下车来问的。要不你回去帮阿芬做做饭,在这里也没用。"

"我不会做饭,让她自己弄。"博却没有想回去的意思,在板车旁边站着,又拿起两块切好的西瓜,递给了我一块说道:"尝尝我家的西瓜,很甜的。"

我也没客气,把那鲜红甜脆的瓜瓤咬在口里,吞下肚里,确实有种解渴的清爽,我对着博和叔叔说道:"是很好吃。"

博脸上露出那种自豪的表情,叔叔对我说道:"我们家的西瓜,不打生长素的,都是用猪粪之类的人工肥。"

西瓜吃完,博还觉得热,于是回了家。烈日当头,路上的车辆稀稀拉拉，越到中午越稀少，叔叔又看了看我，说道："我看也没人，我们也回去吧。"

婶婶应了一句，便收拾起西瓜，叔叔将板车的套绳套在了肩上，我想搭手去帮忙推车，叔叔却说道："你都没干过农活，这个车推不稳，让你婶婶来。"婶婶立马扶住了后面的木架。

我松开手跟着他们回到叔叔家，博正抱着胡文乐，将他假意抛起，胡文乐一阵欢叫，桌上已经摆出了两三个菜，豆角、辣椒等青菜。

叔叔擦了擦汗，邀我坐下吃午饭，对我说道："忘记买肉了，将就着吃，肉镇上才有，去得晚了就没有了，博去了镇上也不知道买点肉回来。"

博却立刻回应道："我身上也没钱。"

叔叔说道："没钱你不会问我要吗？那么快就跑了。"

见了这个架势，我连忙说道："这样挺好的，现在物价贵，肉都买不起。猪肉涨上去后就没跌下来，其实也没必要天天吃肉，城市里有的人还怕胖。"

叔叔说道："还好，我们有点地，自己还能种点菜。"

我又说道："我们那里没办法，哪里有地种菜，全得买，青菜也得好几块钱一斤吧，什么都要钱。"

叔叔说了一句："我们家的米也是自己种的，也卖一些给收购站。"

叔叔又对博说道："下午你去买点肉来包个饺子。"

博又说道："下午哪里还有肉？早卖光了。"

叔叔转而说道："明天早上你去趟镇里，晚上来我这里拿点钱。"

博又说了一句:"现在肉又涨价了。"

叔叔看了看博,突然又改口道:"算了,明天早上我自己去。"转而又对我说道:"现在不是过年,镇上也不敢进很多肉,天气热容易坏,有时候早上就卖完了。"

对于他的解释我深表理解,而且我并不是来吃那顿肉的,我已经对肉失去了那种渴望和珍惜的感觉,不再是穷困时的少年,偶尔有肉的中午或者有肉饺子的晚上一定是异常美好的。

吃完饭,他们一家人开始了午休,两个小孩睡在了客厅的担簸,博嫌房间里闷,让弟媳在客厅铺了个席子睡在了席子上,叔叔婶婶去了房间。我也回了车库,想到这个月的福利还没领,于是打了一个电话给在 S 市的同事:"小杨,我的福利能否帮我领取一下?"

小杨在电话那边笑了笑:"你怎么跟许工一样呢,他也叫我帮他领,但是领不了,说是一定要本人带证件领,可能公司就怕我们偷领了你们的东西,以后出麻烦。"

我有些抱怨:"怎么那么死板呢,说不定过几天我就回去了,到时候说不定东西都坏了,况且我的钱还被扣了。"

小杨说道:"这个跟我说也没用啊,还是等你回来了再领吧,他们应该不会短你的,这次没有水果都是些干货。"

听到小杨这么说,我也没再说什么,挂了电话,他们总是振振有词,而且规章制度也都在他们手上,我说再多也是废话,根本改变不了什么,况且我还真没打算什么时候回去,本身逃出来已经下了不小的决心了。我又躺在了那张简易的床上,玩着手机,试着在高中同学群里发条信息:"我回来啦。"

但是没人应我,如果放在早些年,里面肯定有一大堆人约酒的,只是各个岗位的人都有,遇事不同,看待社会的观点也不同,说的也都有道理,只是有一次关于某些刺耳的争论之后,一些人被训诫了,友谊也冷场了。即使不发生那样的事情,友谊也会冷场吧,再热烈的酒喝多了也会乏味,靠回忆维系的关系真的很难一直都真诚吧。

我又朝外面的稻田看过去,车库在背阳的地方,没那么闷,不知不觉中我也睡着了。锅碗瓢盆的响动把我唤醒,我走出车库的时候正看见叔叔婶婶扛着锄头催着博往田里去,博却说道:"天还那么热,等会儿再去。"

叔叔说道:"等等等,等太阳落山再去吗?那还用干活吗?那还有的吃吗?"

博还是被迫去了,我站在他们身后,比较远,他们似乎也没留意到我。太阳刚要从练江西边落下的时候,他们三人便从田里回来了,在霞光里稻谷透出点火红,博似乎心情不错,远远地就跟我打招呼,将农具扔在门口就走到我身边跟我闲谈起来。

博说道:"下田一点意思都没有。"

我问道:"怎么没意思?"

博说道:"挖不出钱来。"

我反问道:"你们家种的西瓜不是能卖些钱吗?"

博说道:"那能卖几个钱,每天都去田里挖来挖去的,好像田里有金子一样的,还不如出去打工,每天能拿个三四百的。"

我问道:"那你怎么不去打工?好像工地一个零工一天也能拿

个三百吧。"

博突然捂住了自己的胳膊,哀叹起来:"我的胳膊跌伤过,使不上劲。"

我有些怀疑,说道:"真的,假的?我看都好好的。"

博突然大声起来:"哥,你怎么不信我呢?我爸还给我找了很多的药,都没治好,一使劲就痛呢。"

我又说道:"种田还是有用的,至少你们家还有米有菜的,我现在都没米吃了,都得花钱买。"

博说道:"你们城里人有钱啊,一个月工资都能拿好几万吧,随便拿点钱就能买到米。"

我笑了笑:"你也不看看现在的物价,猪肉不用说了,反正都贵,我那个公司效益不好,我现在还得跟同事分一个岗位,分一份工资,搞不好还要失业呢!"

我又看了看博,说道:"不过要是让我天天下田去挖,估计我也会受不了的,从小没吃过苦。"

博看了看我,又露出了笑意:"哥,什么时候回S市,要不带上我?"

我扫视了他一下,思忖片刻才说道:"我自己都说不准要不要回去呢,况且我自身都难保,带你过去,怕是会饿死你。"

博说道:"你带我过去就可以,给我一个住的地方,其他的我自己想办法。"

我还是说道:"都说了,我自己都没定,到时候再说吧。"

叔叔唤我们去吃饭,桌上还是摆着中午那些菜,只是多炒了一个豆腐,叔叔拿出了酒盅,给自己斟了一杯,还是问了我一句:

"你要来一杯不?"

我说道:"我不喝酒。"

博给我盛了一碗饭,我端着碗吃了起来。

叔叔抿了一口,说道:"你家的老房子要是修一下就好了。"

我叹了口气,说道:"其实几年前我一直想弄的,把那个土房给推倒,盖个水泥砖的,回家能住得好一点,但是又想,我一年也回不了几天,弄一个房子至少也要十多万,当然现在更不值了,总是觉得不抵呢,可没想到后来就塌了,塌掉以后更不想弄,花钱不说,也没人帮忙打理,当时也很矛盾。"

叔叔说道:"这样说也对,花个十几万盖个房子住不上,那也是糟蹋钱。"

我又说道:"不过现在回去,连个落脚点都没有。家里的那些山地也都荒了几年了,如果真的以后遇到个灾祸,再逃回来,我都不知道能不能挖出来。"

叔叔又抿了一口,看了看我,说道:"你去种地肯定不行,你不是那块料,细皮嫩肉的哪里能受那个苦。"

对于叔叔的笃定我也没做过多的辩解,只是感叹自己赚钱少,没给自己留下后路。感觉农村的夜来得特别快,飞蛾早早来光顾那些敞开的路灯,偶尔几声狗吠提醒这个世界还是活着的。我又钻回那个车库,拉下卷闸门,躺在床上刷着手机,无意间看到了高中同学韵的号码,我依稀记得她大专毕业以后就回了县城,在一家企业找了份差事,我试着给她发了条信息:"我是王骞,我现在在县城,你也在县城吗?"

只是这条信息发过去后,久久不见回复,我心想也许她压根不想搭理我这个十多年没联系过的同学，突然又觉得自己刚才的行为鲁莽了，脸顿时热了起来，红了一圈，不过旁边无人。

  我又拉起了卷闸门，朝着那个茅房走去，在蛙叫的稻田中也能看到几只忽闪忽闪的萤火虫，只是如果它们飞得低了，或许会成为青蛙的夜宵。在这漆黑安静的夜里，我不禁畏葸起妖魔鬼怪来，那种黑暗和孤单使得我充满了恐惧，我抖了抖，快步跑回了车库，又落下了卷闸门，里面依然弥漫着那股水泥味道，只是灯泡上多了一个"怪物"在盘旋。那个"怪物"像大闹天宫的孙悟空，头上插着翎子，一身盔甲，只是没有七彩祥云，当它停在墙上时，我仔细一看，原来是只天牛，一定是我刚打开卷闸门的时候飞进来的，我并不怕它，小时候还常常抓它们来玩，只是今晚并不想与它共眠，我怕张着嘴睡觉的时候，它爬进我的肚子里。于是我抓住了它头上的"翎子"，拉开一点卷闸门，把它朝外面扔了出去，只是我小看了它的飞行能力，它转头又回到了屋里的那个灯泡旁，继续在那里盘旋，我又抓住了它，第二次把它扔了出去，这次它没有执着地回来，我赶紧拉紧了卷闸门。

  我不禁又想起我那些逝去的亲人，如果有轮回的话，他们会不会变成虫子飞过来看我，或者我有灾祸的时候，他们会不会化身某种动物来给我提示，那只天牛又是谁呢？

（三）

  阳光打断了我的胡思乱想，也抹去了那冗长的深夜神游。第二天一早博来唤我去吃饭的时候，我看到那只天牛还在门前不远处的地上，并没有飞远，但我也不会停下来与它攀谈一番，诉说前世来生。桌上的早餐多了一份油条，并且给我煎了一个鸡蛋，叔叔说道："油条，稀饭随便吃，这里还有榨菜。"通过叔叔的话，我知道叔叔一早去了镇上，当然我并不觉得油条是什么金贵的东西，我旅居在外的话也不会很挑食，即使不合胃口，少吃一点就是。

吃过早餐，婶婶下了田，叔叔和博推着西瓜去了村口，弟媳在家带孩子，剩下我处于无聊的状态中。我先是去了村口看叔叔卖瓜，只是待了没多久，又觉得烦闷，问了问叔叔去镇里怎么走，此时博自告奋勇起来："哥，我带你去。"

叔叔没有阻拦他，只是说道："你去可以，不要乱跑，要马上回来看瓜。"

博应道："嗯，我不会乱走的，马上回来。"

博引着我沿着马路往镇上走去，路边种着白杨，每棵白杨刷了一米高的石灰。这个镇叫桂林镇，这个桂林不是广西那个桂林，可能以前这个镇上种了很多桂花树吧，当然这是我的猜测。镇上有几家商铺，杂货店、肉铺、菜铺、衣服店之类，博向我介绍起这些店，其实我并不想买东西，我又随口问他："网吧有吗？"

博有些讶异地看着我，说道："网吧？好像没有。哥，你想打游戏？"

我说道："我随口一问，并不是要打游戏。"

博却很快走进了一家服装店，里面摆着一张麻将桌，五六个人围着，有打的，也有看的，博加入了围观的行列，有的人燃起了烟，有的人说着打趣的话，我拍了拍博的肩，说道："我自己随便走走，你不用管我了。"

博转头看了看我，问道："哥，你知道怎么回去吗？"

我笑了笑："我这么大一个人，会不知道怎么回去？放心。"

我退出了服装店，沿着镇上的那条街走进去，其实除了那集中的几家商铺以外，并没有过多其他的东西，不过是一个普通的乡村，房子跟在叔叔家看到的完全一样，不过住户要多很多。在镇子的中心，我看到了一栋红褐相间的房子，上面有八个黑色的大字"好好学习，天天向上"，只是那些字颜料有些剥落，很明显，这应该是镇上的学校。学校的前面是扇铁门，不过上了锁，我朝门缝里看进去，里面并没有人，很安静。铁门旁边围了一圈围墙，围墙上也写满了字，比起"好好学习，天天向上"那八个字要崭新很多，不过也是口号，培养什么人之类的。围墙里的大樟树的枝条伸出围墙外，下面是一片阴凉。沿着马路再往里走却更安静了，人家也少了很多，我听到流水声，穿过村庄的巷道走到堤岸，发现了练江河。我沿着堤岸阶梯下到河边，波光粼粼，几个妇女在河边浣洗衣裳，嘴快的说着闲话，拿着捣衣杵的妇女想拼命捶死衣服，那衣服里面应该曾经装着让她们又爱又恨的灵魂。我坐在河边发着呆，有河风吹来，我想拿出手机给河面拍个照，却看见了手机里有一条短信，是韵发来的："我现在才看到信息，你什么时候回来的？也不告诉我一声。"

我对于这种熟络其实还是比较怀疑的，毕竟十多年未曾联系，但我跟旧相识也是这样说话的，又觉得正常，我给她回道："回来两天了，要不要请你吃个饭？"

信息刚发出，发现自己多打了一个字，又撤了回来，改为："回来两天了，要不请你吃个饭？"

没一会儿她回道："现在上班，有空再约吧。"

我又发了条信息给她："你现在在县城上班吗？"

她回道："是啊。"

我见好像很难继续说下去了，于是发信息道："你忙吧，有空再聊。"

"嗯。"

练江河上看不到船，天也热得不行，浣洗的妇女转眼也不见了，太阳照得地面发烫，我起了身，朝来时的路往回走，路过服装店我朝里面望了望，发现博并不在里面，于是我沿着马路往七贤村走去。

叔叔还在村口，叔叔看见我问道："博呢？"

我答道："没看见。"

叔叔又叹了一口气，习惯性地数落了博几句，不得不邀我帮他扶着板车，我帮忙推着车回了叔叔家。

胡乐文跑到门口迎接了我们，叔叔放下板车，一把将他抱起，胡乐文喊了句："爷爷。"

叔叔藏不住地笑了起来，将胡乐文抱进屋里，放在了地上，又切了个西瓜，喂到胡乐文的嘴里。胡乐文靠着叔叔大口地咬着西瓜，一脸的满足。没过多久，博回来了，叔叔又质问了他，他不耐烦地回道："一直在镇上啊，我还以为哥没回来，在那里等。"

听到这话我脸顿时红了，默不作声。只是叔叔说道："你就会狡辩，你哥早就跟我一起回来了。"

……

我只觉得眼睛睁开着,却无法看清东西,只能用手摸着栏杆在一栋楼里移动,从四楼到了对面的二楼,又从二楼回到了四楼。房间里酣睡着许多人,外面乌云密布,打起雷来,雨水洒进走廊,湿了我的鞋子,而我仍在摸索,地板很潮湿,雨水漫过了我的脚踝,我感到有种莫名的悲伤感,厌恶自己不知道在找什么。

我的眼睛还是睁开了,看见了水泥做的天花板,那半开的卷闸门外面是农田,原来我午休的时候做了一个梦,但是那种悲伤感还没退去,蝉叫得正响。我突然很想念镇上的练江河,虽然只去过一次,顿时觉得练江河是何其美好,但是理智告诉我,它其实是很平平无奇的,没有奇形怪状的岩石,没有清澈见底的清流,没有跃然生动的鱼群,没有美丽娇艳的女子,也没看见鲜花,但是想念却如此突然。我把这一切归咎于那个高中同学韵,可能长久以来我对其是有幻想的,当然正值年轻气盛的时候,情欲的幻想肯定是有的,但是年复一年、日复一日,幻想却成了一种莫名的悲伤感,也许我并不想从她那里得到什么,实际上也不可能得到什么,但她似乎保管着我的一些东西,而我找不到可以提取的当票。

其实她不只是我的高中同学,也是我的初中同学,在情窦初开的日子里,我跟她并没有多少的言语,只是她的成绩好,而我的成绩也好。成绩好当时在我的心里就是美,当然美得遥远而已。她低调文静,又住在镇上,而我家比较远,寄宿在学校,每天中午她来校都比较迟,我不得不在点名簿上记上她的迟到,因此在那么一长串名字里,她的名字格外显眼,老师并没有因此责怪过她，我的点名簿也形同虚设。其实我们心里都明白，热爱学习的也就那么几个人，能指望考上高中或者师范的也就那么四五个人，其他的呢？只不过是熬过这漫长的初中，有的熬着无聊了，就会找些事情来做，比如拉个团伙，与老师叫个板。有个学生还与刚来教语文的女老师发生了冲突，他那种不屑一顾的表情我至今依然记得，女老师因为冲突导致指甲流了血，而我们却不知所措，那个同学拿着板凳要砸老师，不过没有砸下去而已。当时的我也期望得到这种团体的认同，江湖义气大过一切吧，以致有些老师也认为我有些离经叛道。不过当时的我缺乏勇气，也没有完全站在规章制度的对立面，我觉得那些被老师抛弃的人并不是十恶不赦，因为他们身上那种为朋友挺身而出的态度征服着我，他们也有闪光的地方，我愿意为他们辩护几句，但是老师们觉得他们已经无可救药了，可能我过分相信人性的美好吧。他们大部分毕业后都正常地活着，无非是务农或者外出打份工，至于与老师发生冲突的那个同学，后来因为抢劫入了狱。

韵在我心里是有美好印象的，虽然这种印象是我主观营造出来的，可能与她本人毫无关系，幸运的是她跟我一起考取了省重点高中，我们一起去了县城，也被分到了同一个班。高中大部分是住校生，她也成了住校生，只是重点中学里面学习好的女生也多了，美丽的女生也多了，她的文静低调很难让别人说起她，班上的男同学议论比较多的是那些开朗的女同学，要不就是那种发育比较开的女同学。我也习惯随着大流，只是每个月有那么一次回家的时间，我跟她都要坐同一辆公交车，有时候赶不上班车，我和她不得不转车，此时我才能与她说上几句。

"到家天都黑了。"她说道。

"你还好，我还要走一个小时的路。"我说道。

她又说道："如果不送我们到镇上，我们就不给钱。"她的这话顿时让我觉得我们就像亲密的战友一样，我看着坐在旁边的她，皮肤是很白皙干净的，不像有些女同学脸上长满了痘，另外她的学生头和白衬衣也衬托得恰到好处，但是她有点干瘦，并没有绽放出强烈的女性气息。

车原本是到隔壁镇的，而回我们镇的车早已开走，司机看到往我们镇的人多，想顺便多赚点钱，于是打算绕一下路，韵担心司机出尔反尔因此说出了那话。司机没有食言，只是到了镇上天已然黑了，我跟她下了车，她走回了自己的家。我只能再走十里的路，可惜路上没有拖拉机或三轮车，不然的话我可以搭个顺风车，这一路的独行满脑子想的其实都是她，如果不想她的话肯定会害怕，因为路边的坟墓也不少。我回到家中，月亮已经挂在树顶，只是第二天下午我又不得不去赶下午最后那趟公交车，因为周日要补课。我又遇见了她，她在我心里有种天然的亲切感，我们坐在了一起，但是语言也不多，可能我不够早熟，不知道如何去表达某种喜爱，不像有些男生已经能约女生去操场的单杠下碎碎叨叨两个小时了。我们一起回到了县城的学校，只是在紧张的学习中，我又将她给遗忘了。

我在高中的时候曾给同龄的女生写过信，当然不是她。那些信现在看起来不知所云，又有些轻狂可笑，当然我从来不说喜欢，说喜欢只会让自己觉得在女生面前显得浅薄。也许当时相对男生更成熟一点儿的女生期望我所表达的更加直接一点儿吧，而我只是扯些东南西北,对我们来讲读书的意义就是东南西北。当然暗示是有的,例如说一些星星、月亮之类的,不知为何,当时的我很迷恋月亮,比如喜欢听《城里的月光》,喜欢读《水调歌头·明月几时有》,也许是那个对未来充满迷惑的时期需要月亮来涤荡灵魂吧。

　　面对午后的那片稻田,我想到了昨日抓到的那只天牛,朝外看去,那只天牛已经不见了踪影。在起了风的下午,我再一次看见叔叔婶婶带着博去了田里,而我翻看手机时,无意看见高中群里一个姓吴的同学发了张县城的城楼照,我随手点了赞,又加了一句:"消夜约起!"只是吴同学并没有立即回我,不过这倒让我有些安心,至少今天我还没准备与别人见面,我的胡子已经两天没有刮了,没有镜子的我对自己的形象也十分不自信。在太阳还没落山的时候,我又在村里逛了逛,专门去看了看那个村里的教堂,只是门依然锁着,而对村里的阡陌交通我竟也不自然地熟络起来,当然对我爱理不理的狗也越发多了起来,也可能它们最近少吃了骨头,提不起精神。今天叔叔回家比较早,擀了面皮,包起了饺子,早上叔叔一定去买了肉。在农村招待别人饺子是上品,而且基本上没有人会不喜欢的,比起东北的饺子,这里的饺子更像馄饨,不仅皮薄,而且肉菜搭配好,入口顺滑,放在四川应该叫抄手。博狼吞虎咽一般,吃了一碗又一碗,满头大汗不说,就连汤也喝得一干二净。叔叔没有再端起酒杯,而是吃起了饺子,在满足了食欲之后,叔叔还是跟我聊了起来:"你爸走得早,没享过清福。"

　　我不知道清福是什么,如果可以选,我宁可抛开人世浮华,纵情于山野。父亲是喜欢在山上逛的人，当然他逛的不是衣物鞋帽，看的不是镭射霓虹，吃的也不是令人垂涎的美食，听的也不是喧嚣动感的流行乐。父亲看的是山野的春红、夏绿、秋黄和冬雪，听的是鸟儿鸣叫、野兽低吟，呼吸的也是那带着草味、枫叶味或者兰草味的自然空气。当然，自然不一定完全符合人的审美需求，一棵树不一定长得奇形怪状才让你惊叹不已，一朵花也不一定能长得五颜六色、鲜艳夺目，甚至可能不会完完整整，掉了一瓣或者两瓣，但那就是自然，于无人处能让你听到自己的孤独和欢喜。那飘在头顶的云彩，那山顶的风，那山间的甜泉，那树林里的雾，如果这世界没人来打扰，那这一切都属于你，你也属于这一切。但是这是清福吗？我并不知道。

我曾以为父亲过世前几年他是这样的，当然我可能并未深切地了解过他的内心，也许我的这种想法只是为了安慰我自己的愧疚之心。那段时光父亲战胜了黄蜂、蛇、野猪、兔子和松鼠，不过却无法战胜病痛和死亡，他的失眠症应该比我现在的焦虑更加难以忍受。对于叔叔提起的问题，我顺应了他的看法："嗯，是的。我也想不到他突然就走了。"

叔叔又说道："如果他多活几年就好了，你们都有出息，赚了钱，带他去大城市见识见识。"

可惜哪里有什么如果呢？我看着叔叔，在他的脸上似乎还有一些与我父亲神似的地方，看着他斑白的寸头，如果是在身后看去我还以为是父亲。不过那个生动的存在已经消失很多年了，有时候在梦中记起的却比照片生动很多。我又说道："老天不开眼啊！"

叔叔又说道:"你爸走得很清白,出丧那天,白皑皑的大雪我这辈子都忘不了。"

我又何尝不是呢?我只是对叔叔说道:"要是多活几年,说不定房子就重新做了,可是人算不如天算,世上也没有后悔药可以吃。"说到此处,我停顿了许久又对叔叔说道:"父亲说他做那个土墙花了八百块钱,现在八万都做不出来。今天怎么不喝两杯?"

叔叔说道:"吃饺子都喝了很多汤了,喝饱了。"

博抱起了他的儿子,嘴里说道:"宝宝去洗澡了。"博将他的两个小孩都带去了浴室,里面传来了小孩的玩水声,博斥责着胡乐文,阿芬收拾起了碗筷,婶婶在旁边喝着茶,看着我跟叔叔聊天。

清洗一番,我又回到了那个车库,只是过了两天就不自觉熟谙于斯,让我想起农村人家刚购进的小猪崽儿,关在猪圈里养个两天就能痛快地抢食吃,人跟猪一样,都不自觉地化解了那些原本陌生带来的不适感。

(四)

醒来时已是早上,惊奇的是叔叔一家吃完早餐并没有下田的打算,叔叔婶婶甚至穿上了整洁的衬衣,博也穿得不那么随便了,叔叔告诉我:"等一下要去做礼拜。"

我问道:"今天星期几?"

博笑着回我:"礼拜天啦!要不要跟我们一起去做礼拜?"

叔叔也补了一句:"要不要一起去?"

我回道:"我不去了。"

他们三个出了门,留下了阿芬带两个孩子。我由于好奇,在叔叔他们走后不久也出了门,去了村尾,奇怪的是发现去的路上狗似乎都不见了,原来那些狗也跟着主人去了村尾,有的还在村尾的旷地上打起了架,有的不知道是因为欢快还是惧怕,径直冲到了稻田里,压倒一片稻谷,又沾了一身的泥,狗的世界其实也挺奇妙的。

我走到那栋青褐色的房子前,透过窗口看了进去,里面坐满了人,个个肃静、低头虔诚的样子,而耶稣像前站着一个黑袍的男子,正在吟诵着什么。突然屋里的人站了起来,齐声地唱起了歌,虽然这种场面在影视剧中也有所见,但是现实中见到还是让我有些震颤。那种状态,让我觉得里面应该没有一个不是虔诚的吧。我只是觉得自己有些不敬,又偷偷地走开了,在村里胡乱地绕了一圈,又回到了叔叔家。没一会儿他们三个回了家门,我悄悄地对着博说了一句:"刚才我去看你们做礼拜了。"

博惊奇地看着我说道:"你怎么不进去呢?"

我说道:"我不信基督。"

博说道:"你是不了解,你要读读这方面的书,你就信了。信上帝,可以宽恕自己的罪恶,死后能上天堂。"

我笑了笑:"天堂在哪里?"

博说道:"天堂在天上啊,最美好的地方。"

我说道:"我不信这些。"

博说道:"不信这些,那就会有很多苦恼,罪恶得不到上帝的宽恕。"

我想了想，又说道："你说得对，我很多罪恶得不到宽恕。"

博笑了起来："那跟我们一起去信基督吧，下次礼拜我带你一起去。"

我说道："我不想去。"

博问道："你是不是信了其他的教？"

我说道："我没有，我不信教。"

博追问道："那你信什么？"

我想了想说道："我信梦。"

博问道："什么梦？"

我说道："做梦的梦。"

博继续追问道："那是什么教？"

我想了想，试图解释道："梦？梦应该跟《周易》有关，可能是道教。"

博又问道："那你是道教啰。"

我又说道："我也不是道教，我也没完全相信，其实我没有信仰。"

博说道："基督教真的很好的……"

他还在试图说服我，但是我对这些并没有多大的兴趣，正如我自己陈述的那样，我应该是没有信仰的，自小接受的唯物主义教育，但是天黑仍然害怕鬼神，虽然鬼神从未见过。另外各个主义也曾占据着脑子，但是我发现主义其实充满了缺陷，有的甚至理论上是美丽的，行为上却是极度虚伪的，当我们努力铸造神话的同时，也掩盖了真实。为了生存，我也不自觉学会说谎与掩饰，比如遇到不喜欢的人还是假意给个笑脸，遇到不愿意做的事情也不得不硬着头皮做下去，逐渐地，我与大众无异，我的些许出格和不适也被隐藏得让别人无法察觉，我甚至无法用自我的观点去理解和观察世界。我不知道别人是否也和我一样，但是分明感觉到这世界都是离弃我的，至少越发疏远，好比浩瀚的天空里，相距甚远的星星还可以用光去昭示自己，而我不能，我只能黯淡地孤独地存在。至于基督，那本《创世纪》的理论无法填补我对宇宙来源的真实认知，也许我对世界太无知吧，怀疑一切，也就没有笃信一切。那么，可以相信的就是我脑子里时不时出现的某些真实的梦境，它似乎能给我指引，同时也让我迷惑，我有时相信有神秘力量，但是我又不相信道教，也不相信修仙。

不过我从来不反对别人的信仰，我觉得叔叔信仰基督挺好，至少有向善的念头，另外可能他们在面对死亡的时候能有所寄托，至少可以觉得死不是终点，可以上天堂，宽慰人心还是可以的，而我这种没有信仰的人，面对死亡时可能除了恐惧还是恐惧。信仰不同会带来行为的不同吧，父亲生前总觉得叔叔不靠谱，我们上坟总要放点鞭炮，烧点纸钱给往生的人，叔叔上坟却是摆上一束鲜花，有时鞭炮都不放，更不要说烧纸钱了。不过后来也习惯了叔叔的这种行为，除了信奉不同，叔叔还是那个叔叔，并没有产生势不两立的情势。父亲是无神论者，夜间在山上行走也没多大问题，山上坟墓也多，父亲告诉过我，鬼不会吓人，只有人吓人。不过在父亲过世那段时间，我宁可相信世间有鬼神，但是又怕鬼神看见了我的龌龊之事，耻笑于我，可能我始终渺小，不过是宇宙中的一颗尘埃。

吃过午饭的我还是腻烦了在村里的日子，决定去县城。在我与叔叔交代几句后，博说也要跟我一起去，却被叔叔给训斥了，让他下田去干活，博用期冀的眼神看着我的时候，我撇过了头，装作没看见。我走到了3路车的那个站牌处，站牌下站着七八个人，其中有三四个脸色黝黑的农人带着田里收上的农货，像是要带到县城去卖，还有两三个轻装上阵的十三四岁的孩子像是要去县城玩耍。等了不到五分钟，车停到站牌下，我保持着那份斯文，并没有着急挤上车，站在了最后，只是等我上车时，车上已经没有了座位。我只能站在进门的位置，一只手抓住车顶挂下来的扶手，另一只手拿出了手机，在售票机上刷了两块钱。只是我始终没法站直，把自己摆成了一个C形，挡在我前面的是一个农人用竹笼装的四只鸭子，司机嘟囔着："都说货物放车顶啦，人都没得站了。"

农人回道："很快就到的，两三站，放车顶拿上拿下多麻烦啊。"

司机没再说什么，我看着车窗外汽车的轮子像公鸡扒开泥土一样扒开一撮煤渣，煤渣撒在那个站牌的柱子上，汽车朝那个熟悉的县城开了过去。没到十五分钟，已经到了万年桥旁，我下了车。万年桥还是清代修建的一座石桥，我走在桥上，看见下面比起桂林镇更加开阔的练江河，河上有戴着毡帽的渔人撑着长长的竹篙，慢悠悠地在河上划过，不过他捞的却不是鱼，而是河上的杂草。我朝万年桥那头看过去，正是十多米高的古县城城楼。

古县城多年前修缮过，重新修建了府衙，也拆了一大片，至少在我的记忆里，绩县旅舍就给拆了。我在绩县旅舍住过两次，第一次是小时候生病，父亲带着我到县城的医院看病，因为时间关系，就在绩县旅舍住了一晚。当时一个房间里有五六个铺，我和父亲住一个铺，直到半夜仍有人开门住进来，当时也谈不上安全不安全，不过要保证自己的财物，非得把钱塞在鞋垫里，或者把钱缝在内裤里。当时的父亲有没有这么做，我并不知道，不过后来我独自出远门的时候父亲曾如此叮嘱过我，只是觉得把钱缝在内裤里有些搞笑，却是适用的办法，把钱放在鞋垫里，只是钱会带着异味，不过钱本身就有异味，很多人嫌它脏却还是把它放在最贴身的地方。我依然记得旅舍里面喝水的大瓷缸，以及床头柜下的热水瓶。第二次是在我中考的时候，老师带着我们集体住进了绩县旅舍。连住了两天，里面的摆设基本上没有变过，只是觉得那时很饥饿，刚端上桌的饭菜一瞬间就被我们给抢光了，也不是说饭菜有多好吃，可能那时正长身体吧。当时韵也在其中，不过是分开住的。拆掉的不只是绩县旅舍，还有一个书吧，那个书吧叫什么名字已经记不得了，不过卖的不仅仅是书，也卖磁带，那个时代满街都有卖磁带的，流行歌曲也是满大街响，那个书吧除了这些，还卖些小饰品或者工艺品，比如那个"人生难得几回搏"，还有那种带着香味的镂空木扇，我时常去店里看看，也发现有不知名的戴着眼镜的女孩在店里驻足。修缮过的府衙和谯楼相呼应，中间还多了个大广场，比起之前的样式开阔很多，也焕然一新，却恰恰拆掉了我的部分记忆。

当然也有不能拆掉的，比如那座石头做的四角牌楼，历史文物一翻新就失去了价值，那个四角牌楼摆在路中间，显得格外苍老，据说是明朝皇帝批准某个绩县的大学士回乡修的。街还是那条老街，只是此时我看过去，少了往日的繁华，几乎看不到人，可能是由于多年流行病的防控以及恰逢旅游淡季，不过墙上仍贴了一些字报，有的因为日晒雨淋变得不再那么鲜艳，上面是些宣传绩县各个镇或乡村的旅游景点的内容，以及政府发的一些告示，比如防控疾病、森林防火、文明出行之类的，这与 S 市的布置不无类似，只是换了个地名而已。阳光还是猛烈，或许大部分人都躲在家里，我又沿着古城的街巷东窜窜西窜窜，青石板还是几十年前我走过的青石板，它们所经历的年岁比我的年龄长久多了，我只是看着景物短叹几十年的光景，它们却静默着几百年的沧桑，或许是因为它们的冷漠让我越发觉得有那么一丝哀伤。

等绕了一圈回来后，我已经口干舌燥，钻进了牌楼边的一家奶茶店，里面站着两个面无表情的年轻人，一男一女，他们穿着围裙，女的靠着柜台看手机，男的坐在桌旁发呆，墙上的摇头风扇来回转着。我走到柜台对着那个女子说道："给我杯珍珠奶茶。"我以为她会笑脸相迎，但见她放下手机，一脸冷淡地走进柜台里面，说道："20 元。"我拿出了手机，她刷了刷，又转身去弄那些瓶瓶罐罐，调配起我的奶茶，我看了看店里，找到一个风扇下的位置坐了下来，那个男子依然发呆，丝毫没有动过，我甚至怀疑他是摆在那里的一尊雕像。只是我抬头看时，发现明明装有空调，但是并没有开启，我也不敢提出要求，怕他们给我一个冷眼，又想想当时店里生意冷清，能省则省，不开空调也正常。不一会儿女子唤了一句男子，男子这才动了起来，走到柜台将调好的奶茶端到我的面前说了句："这是你的奶茶。"然后他又坐回了刚才的位置，恢复了刚才的姿态，继续作石膏状。我喝着奶茶，吸到了

"珍珠",却有些坚硬,咬进去有干粉的味道,完全没有泡发,不过我还是忍了,我也不期望它能美味可口。

我喝得很慢,喝完之后又赖在店里吹风扇,实在坐得屁股痛又起了身,走出了奶茶店,又沿着谯楼的城墙走到了城西,城西的河边有个公园,我来过这里几次。让我惊奇的是这个公园的景致并没有多大的改变,实心竹上依然刻着字,侧柏已经粗过碗口,法国梧桐裂出巴掌大的树皮,林间的石凳石椅仍是旧的。二十年多前来这里时,看到过很多的老人,聚在一起聊几句、下个棋、打个太极之类的,只是不知当时见到的老人,如今是否健在。今天看起来似乎见不到人,偶尔看到一两个人也是孤零零地穿过树荫,可能因为还没到傍晚。

高中毕业那年也曾约过同学来此拍照,当然遗憾的是由于羞涩并没有约女同学,几个互称哥们儿的人在此背靠背、手搭肩或摆成一长串拍成现已经泛黄的照片。当时我们还去了公园旁的河滩,河滩上有圆滑的鹅卵石,我们还试图打了几个水漂,只是今天的河滩已经看不见了,河道已经被挖深,原来鹅卵石的地方停了几条游船,游船上也看不见人。读高中的时候我也曾一个人来过这里,当时学业压力大,几乎没日没夜地待在学校,好不容易趁着周六下午放学时间匆匆跑过来,可能要花三十分钟,到了这边也只能见到夕阳,但是那时已经很满足了,这点自由的闲暇是难得的珍贵。来这里我并不会找人攀谈,正如我所述,这里大部分是老人,即使有情侣也躲在了别人看不见的矮小的灌木丛里,加上我的内向,我不可能与老人聊得来,所以我也只是坐在河边发发呆而已。那时河边有个照相的,一个中年大叔,他发现了我,问我要不要照相,我没有经受住诱惑,摆了个侧身,一脚踩在了两尺高的石阶上,做思虑深远状拍了一张,当时我一直以为这张照片很衬我,现在再看到它,又是另外一番滋味,就像跟男同学背靠背拍那张照片一样。不过人的靓丽始于颜值吧,当时我是缺乏颜值的,现在依然如此,不过那时内心膨胀的我是看不到的,加上大家都普通,不过我当时应该是喜欢夕阳的,虽然我并未垂暮,现在想来,我应该找个老人攀谈一下。如果这个老人还健在,我还可以跟他叙叙旧,让他讲讲他重复了无数遍的老故事,如果他过世了,那么我又可以正大光明地哀伤一下。

公园旁有座水泥做的大桥横跨在练江河上,河道不远处是两条主流汇集的地方,比起其他地方更为开阔。原来这座桥的桥头是个汽车站,我小时候生病就是在这下的车,后来汽车站换到了另外一座桥的桥头,我中考那年是在那里下的车,现在的汽车站去了更远的地方,我来绩县在那里下车,然后又坐公交才能到古县城。除了记忆中的汽车站,这个桥头在我高中时还有一个录像厅,我曾抽空来此看过录像,有的片子甚至还带点色情。这座桥的另一头再往东走三百米是县里的森林公园,有两座山,那里我也去过。

河西公园里有大树,我沿着树荫走了走,又坐在河边的石凳上继续发呆,闲着无聊我还是拿出了手机,翻到了韵的号码,发了一条信息过去:"我现在在县城,有兴趣出来聊个天吗?"

韵回了我:"在哪里呢?"

我想了想,回道:"在牌楼那里。"

韵回道:"那我过去找你吧。"

我回了两个字："好的。"

事情进展得意外顺利，我原本是带着无所谓式的骚扰态度发了那条信息，没想到她立马回了我。只是我现在离牌楼有些远了，想到这个，立马起来，刚才那些缓慢而漫长的记忆也瞬间抛到了脑后。我快步沿着来时的路走回谯楼，又走到那个牌楼，看着牌楼下面正站着一个女子，碎花的长裙，黑色的波浪烫发，双手放在身前，提着一个黑色的皮包，只是很明显她的身材发了福，脸圆了一圈，看不出腰身。我走近一看，她的眼袋有些松弛，眼角也多了些皱纹，但还能看出二十多年前的神韵，皮肤白皙，特别是那圆而大的眼睛，加上新月一般的双眼皮。

我警惕地站在那里，望着她，她也有些尴尬地看着我，她先开了口："你是王骞？"

我忍不住笑了出来："你是王韵？"

她说道："是啊，二十多年没见，有点不敢认。"

我笑着说道："我也不敢认，怕认错了。"

她说道："我都老了，样貌都变了。"

我说道："哪里啊，现在还貌美如花。"

她笑了笑说道："你以前不会这样说话吧，老同学！"说着她伸出了手，我也赶忙伸出了手，跟那只久违的手握在一起，原先以为多年未见，需要一个大大的拥抱，只是见到时却有些许尴尬。

我接着她的话说道："我以前是怎样的？"

韵说道："你以前内向啊，都很少跟我们说话，也很高傲。"

说着她四处扫了一圈，又说道："我们也不要这样站着了，找个地方坐下来聊。"只是不幸的是她看见了我刚才喝奶茶的那家店,说道:"去那里怎么样?"

我说道:"没问题,随便你。"

我又随着她往那家奶茶店走了过去,看着她的身影,以前那个清纯的青涩的记忆似乎已经不存在了,她完完全全成了中年妇女。

当我再次走进那家奶茶店的时候,店里面无表情的两个人依然面无表情,我们又坐在了那台风扇下,韵走到柜台点了饮料,转头问我要喝什么的时候,我不争气地又说道:"珍珠奶茶。"

韵坐在了我的对面,我又找起了话题:"你怎么来这么早?"

韵撩了撩额头前的头发说道:"我就住在少年宫后面,离这里很近。你是什么时候回绩县的?"

我拉了拉贴紧身体的衣服,衣服似乎被汗给粘在了身上,不过还是将双眼投射到她身上,说道:"之前不是跟你说过了吗?回来两天了。少年宫?是不是门面像孙悟空那样的猴脸那个?"

韵笑着说道:"对对对,你怎么知道?"

我以一种世故的口气说道:"难道你忘了我在这里跟你一起读了三年书,我也有出来逛的。"

饮料被那个男子端了上来,韵喝了一口,又认真地看了看我才说道:"我看你变化挺大的。"

我问道:"哪里变化大?样貌吗?"

韵又瞅了我一眼说道:"样貌没多大变化,只是看起来你成熟了,不像高中时那样了。"

我叹了口气说道:"我现在也四十多了,快奔五了。"

韵笑了笑,我又吸了一口奶茶,轻柔地咀嚼着吸上来的珍珠。

韵说道:"你是在 S 市吧,赚大钱了吧?老婆孩子怎样?"

我说道:"唉,还不是一样混日子,哪里赚钱,我们班那个胡强去了温州自己做老板才赚了钱呢。"

韵追问道:"那老婆孩子呢?"

我笑着说道:"我单身呢,哪有老婆孩子。"

韵笑了笑:"别这么神秘嘛,说说嘛,儿子还是女儿,多大了?"

她这种追根究底的态度让我有些难以应对,我只是说道:"也就那样吧,女儿八岁了,你呢?"

她继而说道:"我儿子都读高中了,今年高三,都高考了。"

我接着问道:"那有考吗?"

韵叹了一口气说道:"考了,也不知道考成什么样,成绩还没出来,现在高考跟我们那时不一样,不过即使考了个大学,出来也不一定能找到工作,现在满大街的大学生,以后还得看他自己的造化。"

我也跟着叹了一口气说道:"唉,现在的小孩也辛苦,好像学的东西比我们那时还多,无论怎样多读点书总是比没读书的要好。"

我又问道:"那你爱人是做什么的?"

她说道:"开车的。"

我追问道:"开车?开什么车。"

她说道:"他以前开那种大货车,现在自己弄了两辆雇人开。"

我说道:"老板啊,不错,不错。"

她说道:"哪里啊,现在也是真的混口饭吃,看天吃饭吧,有生意拉一下，没生意也没钱。"

只是说到此处空气突然静默了，我们像查户口一样聊了各自的状况，但是觉得说这些着实很无聊，但是仿佛久别的人一开口也就是这些人事，静默之下又如何继续呢？我试图改变聊天的方向，对着有些陌生的韵说道："我们好像认识有三十几年了，初中就认识，想想那时你还留着那种学生头，看起来特别清纯，皮肤也很白。"我用手试图比划着她当时头发的长度。

她礼貌性地笑了笑："初中那时，你是班长呢，又不跟我讲话。"

我的脸突然有些灼热，只是说道："当时不懂事嘛，哪里敢说什么，遇到漂亮的女孩子舌头都打结了。"

韵又说道："那高中也没见你跟我多说几句话啊。"

我笑了笑："高中也很小啊，当时只知道读书。"

韵却露出了狐疑的表情说道："我记得不是这样吧，当时你在班上可醒目了，还给班上的女同学送照片，一送就送了四个女生，那个丽芳、刘薇，还有两个是谁来着，就是没有送给我一张照片，再怎么说你跟我认识也比她们久很多。"

我只觉得脸红了，尴尬地说道："有这样的事情？我怎么忘了，真的有那么荒唐的事吗？"

韵笑了笑："就那么荒唐，我们女生宿舍的同学晚上常常说起你，说你特立独行。你还记不记得，你写了满满的三本随笔，里面的东西真的很大胆呢，我记得你好像还和学校的党委书记拍过桌子，那天晚自习全班都很安静，就你一个人拍桌子站那里跟书记说：'你侵犯人权！'……"

我像被踩住了尾巴，赔着笑："哎呀，当时年轻气盛，的确很冲动，不要再提那些不好意思的事情了。"

韵说道："说实在的，如果你没做这些事情，别人也许记不起你呢。"

我又试图转移一下话题："今天你怎么这么爽快就出来了？"

韵说道："在家待烦了，儿子在家整天打游戏，老公又不做家务，我在家像个保姆一样，一直做这个那个的，幸好你给我发信息，我趁机跑出来，透口气，自己给自己放松一下。"

其实我对韵的那些家庭琐事并不很感兴趣，但还是应道："好像都是这样的，女人做家务比较心细，男人在家就像个大爷。"

韵嗤笑了一声转而问我："你是不是也这样？"

我说道："都一样，男人都好不到哪里去。"

只是这句话后又陷入更加漫长的安静，我又扫视了她一眼，她的发间甚至有了些许白头发，我咬碎一颗"珍珠"，又说道："晚上一起吃个饭？"

韵说道："算了，不吃了，过一会儿还要回去给他们做饭，我们高中同学吴元不是做了局长吗？你可以约他来吃饭，还有那个冯霆，在县医院肿瘤科，他们常常聚一起喝酒吃饭的，你去正好。"

我说道："其实我也不喝酒，不过我是想约他们的，要不你也一起，我们几个高中同学聚聚。"

韵说道："确实没空呢。"

看她对聚会没多大兴趣的样子，我也没再强力邀约，于是又聊起了高中的其他同学，有的确实没有获得有关的消息，聊着聊着又聊不下去了。饮料还是喝完了，韵起了身说道："今天就这样啦，很高兴见到你。"她伸出了手。

我也站了起来，伸出了手，浅浅地握住，她推开了奶茶店的玻璃门，穿过四角牌楼，又穿过解放街，而我只是站着看她远去。这次再见并没有激起我的涟漪，我突然发现我可能误判了自己有关过去的记忆，我对韵可能从未有过深切的渴望，至少我没有送过她相片，也未曾给她写过信，对我当时的真实状态，我应该会真实地表达，但是居然没有她，没有她留给我的伤痕和挣扎，那我为何因为某些哀伤而想起她来，我真的不得而知。或许我是嫌弃了她嫁作他人妇，又或者是嫌弃她容颜老去，或许过去的时日并没有那么美好，只是存在我心间的不明何物修改了我的感触。

看着天色将晚，我还是走回了万年桥的那一头，坐上了3路车，车上现在比较空闲，我坐在前面，问了一句："师傅，3路车最晚到几点钟？"

司机头也没回说道："平常八点钟最后一班，节假日八点半。"

"谢谢啊。"我对着司机师傅说了一句，但是内心却莫名地惆怅起来，我很想在那座古城里看华灯初上，也很想听路人的只言片语，只是今天我并没有计划好。我走回了七贤村，刚走进叔叔家，只见博正打着侄女的屁股，侄女抽泣了几声，原来是侄女在追跑中打碎了放在桌上的碗，叔叔倒是解围道："知道错了就好了，下次不要在家里乱跑。"

博放开了胡乐欣，转而抱起了胡乐文。吃完饭，洗漱完毕，我又回了车库，我想到了吴元，于是又私发了条信息给他："吴局长，最近忙不忙啊？我回绩县了，有空约个局吗？"

吴元回了条信息："最近真的挺忙的，有空再约。"

正当此时有人敲了两声卷闸门，我警惕地问了一句："谁？"

"哥，是我！"博的声音。

我卷闸门还未全拉开，他就躬身进来，脸上堆着笑坐在了我的床上，说道："哥，你今天去城里了？怎么不带我去？下次一定要带我去。"

我说道："又不是我能决定的，叔叔要你下田干活，我又不好说什么。"

博努力争取道："你说一句，我爸不会不给你面子的，你一定要说，明天去不去，去一定带上我。"

我笑了笑："县城这么近，还要我带你去？你不是骑个摩托车，没一会儿就到了？明天我也没计划，不一定吧。"

博突然有些害羞地低下头："我身上没钱嘛。"我都替他尴尬，他一个三十多岁接近四十岁的人身上居然没钱。

我明白了他的意思，只是也没有顺着他的话说下去，于是说道："我要睡了，看你们也睡得挺早的。"

"那这样啊，别忘了带上我。"博说着把手拍在了我的肩上，发现他手臂不像没有力气。博退了出去，我顺手拉上了卷闸门，就在刹那摸到了自己的下巴，突然惊了一大跳，原来我已经三天没有刮胡子了，怪不得今天韵说我"成熟"了。

（五）

我在一间阴暗的房子里，只觉得天很冷，感觉一切不够真实，只能摸索着前进,房子的里面种满绿植,有绿萝、兰草、栀子花,还有藤蔓,花盆里的树已经高过了我,绿植上面还在滴水。我的床已经很久没有睡过了,床头朝西、靠墙,我的房间有几道门,总是感觉关不住,总会担心有人走进来,我打开一扇门走到门外,发现下楼的楼梯已经被凿断……我听到了狗叫,眼睛突然睁开,想到刚才的梦,似曾相识,那个房子应该是我在S市住过的,不过因为改造早就拆掉了很多年。那个房子还曾有我跟某个女人的幻梦,那嬉闹,那嘈杂,那炎热,那滴下的眼泪,还有那棵带毒的"滴水观音",那紫色的灯罩,以及灯罩下的已经忘记的呢喃细语,散落在那房子里,成为我心酸的幻梦。其实我并不是第一次梦见那个房间,它总是时不时出现在我的梦里,可能在梦里看见的不是它,但是我都会认为是它,会不会是因为我在那里居住多年,即使后来搬走,灵魂时不时还会回归到原处?但是那个原处早已不在,按照时兴的说法,我在梦境里穿越了?我穿越了时间和空间,但是那个原处却并不是真正记忆的原处,倒是一种熟悉的困顿。

我坐了起来,理了理头发,到了正面叔叔家的客厅,客厅门口来了一个五六十岁的陌生男人,叔叔正跟他攀谈着,听着他们的谈话,知道那人是来收西瓜的商贩,怪不得狗叫了起来。叔叔的意思是瓜在地里,要等会儿,另外嫌价格太低,商贩却坚持自己的价格,说今年行情不好,又是上门来收西瓜,没说两句叔叔就让步了,叫了正在吃饭的博和婶婶马上下田。叔叔看了我一眼,说道:"王寨,你自己吃早餐吧,我们先去收西瓜。"

又对着商贩说道:"你先到屋里坐一下,等一会儿。"

商贩没客气，拿了个凳子坐在了风扇底下，我端着碗吃着稀饭，商贩跷着二郎腿，闲着无聊掏出了一包烟，自己点着吸了起来，他突然看见了我，对我说道："来一根不？"

我笑了笑："我不抽烟。"

他又说道："你是他儿子？"

我说道："不是，我是他侄子，我来这边走亲戚，暂时住两天。"

我这才认真地打量他，他有浓黑的胡子，脸颊却深陷，头发短碎却也花白，身上穿着青蓝色的中山装，不像一个商贩老板的样子。

他继续说道："看你的样子，应该是个读书人吧。"

我说道："读过两年。"

他问道："那应该是在大城市上班吧，工资很高吧？"

对于这个问题我实在不想回答，含糊着："一般吧，吃饭没问题，饿不死而已。"

他追问道："在哪个城市？"

我说道："S市。"

他眼睛突然有了光："哟，那是好地方，听说遍地都是黄金，路上都能捡到钱。"

我尴尬地笑了笑，没有接他的话，只是希望叔叔能早点回来。

他突然又问道："听说那边是个花花世界，有钱人很多吧？"

我说道："是种了很多花，一年四季都开花，有钱人有一些吧，不过我都不认识。"

他说道："我们这里穷，一块钱要当两块钱花，现在的年轻人不愿意待在农村,都往城市里跑了,而且一天到晚都不干活,整天拿个手机在那里拍啊拍的,扭啊扭的,都不知道在干什么,还不如老老实实在家做点事情,多赚点钱,你说是不是?"

我迎合着他说道:"是吧,不过现在农村也还好,吃饭没问题吧,他们拍什么视频之类的,好像也能赚钱吧。"

他突然嘿嘿地笑了,继而又说道:"赚钱?我听同村的那些人说个个还得靠家里供着呢,还要从父母那里拿钱,我认为有些人是读书读傻了,读傻了就做傻事,就想着啃老,不吃苦的年轻人都废掉了。"

我很不认同他,认同他就等于认同自己也是个傻子,但是他所说的又不无道理,毕竟人多,各种各样的想法和行为千差万别,总是有些人在另外一群人眼里看起来是傻的,而且也是失去功用的。他的烟燃得差不多了,不过从他似笑非笑的眼里看出,他有些许的满足。

他又说道:"做老师好,到了哪个朝代老师都不会垮掉。"

我说道:"我不是老师。"

他好像没听见似的,继续说道:"老师的工资在我们这边挺高的,赚大钱不可能,但是日子过得挺舒服的,又轻松,上完课就可以走,日不晒雨不淋的,我看到有的老师走在路上还屁颠屁颠,有的老师还买了车,当年我让我儿子考师范,他没考上。"

我说道:"以前老师不是臭老九吗?被打倒的对象,以后怎样谁也说不准,都是混口饭吃。"

他说道:"我觉得做老师的就是矫情,拿了那么高的工资,还挑三拣四的,不过当官的应该更有保障,当官的更好。"

他想了片刻又继续说道："当官好像也不行，说不定就被查了，搞得不好要坐牢。"

他又好像顿悟一般："我觉得活在世上就不要折腾，一日三餐吃得饱，有个家庭，折腾得越多，报应越多。"

我笑了笑："那你现在是不是出来折腾了？"

他也笑了起来，那脸上的皱纹缩到眼角处又张开："我不折腾没饭吃啊，我这个不叫折腾。"

他继续说道："有的人书读得越多，花花肠子就越多，搞出的东西都不明白是拿来干什么的……"

此时我只是做了一个善良的听众，听他讲述他的理论和哲学，当然我并没有很严厉地驳斥他，因为我很早就发现其实人与人的思维相差很远，说得过多免不了要争得面红耳赤，最后你没有改变他，他也没改变你，倒是两个人变得敌对和互相的不开心，这样的话，不如一开始就保持缄默。

幸好我看到了满身大汗的叔叔他们，三个人推着一车西瓜回到了门口。商贩和叔叔一起称了秤，商贩从衣服口袋里掏出了一叠钱，数了几张递给叔叔，脸上露出那种老板的气派，又让叔叔帮着把西瓜搬到了离门口不远的一辆三轮车上，我这才留意到他是开了三轮车过来的。博又坐回了那张餐桌上，吃起了刚才没吃完的早餐，叔叔突然看了我一眼，问道："你吃过了吗？"

我说道："吃过了。"

我立马又说道："我今天还去城里，中午不用做我的饭了。"

只是没等博反应过来，我已经出了门。

我很熟络地上了3路车，到了万年桥下，又走过万年桥，经过四角牌楼的解放街,一直往前,解放街的尽头就是我读高中的地方:绩县中学。我很想再去看看"屁颠屁颠"的中学老师怎样了,可能都成了佝偻的老头了吧。

学校的正门有座状元牌楼,旁边白色的围墙上也贴满了海报,一个岗亭里一个老大爷瘫靠在椅子上吹着风扇,我走了过去问道:"我想进去看看。"

他警惕地看着我,说道:"你有什么事情吗?"

我对他笑了笑:"大爷,我是这个学校毕业的,想进去看看。"

他摆了摆手,对我说道:"不行啊,里面也没人了。"

我又哀求了两句,他仍是坚决地拒绝了我。我只能放弃了这个进去看看的念头,不过想想也对,我也无法证明我就是这个学校的,另外即使是这个学校的也不可能个个都是好人,进去会不会偷窃破坏,如果我是大爷,我也不想给自己找这么一个麻烦。我只能站在牌楼下朝里面看看,原来那个穿着裙子手上顶着鸽子的白色的少女雕像还在,我还在那下面唱过歌呢,当晚好像是巴西和法国的世界杯决赛,只是当时刚高考完的学校异常安静和伤感。

我又在牌楼前的操场上走了一圈,当年毕业时,还是泥地,现在已经是塑胶的了,只是塑胶也有些年头,有些地方也有些破损,奇异的是学校的操场并没有被圈在学校里,而是被一条公路拦腰断开,居民和汽车要从公路通过,操场就变成了开放式的。记得有一年,在这个操场上还开过一次公判大会,在操场对面的主席台上押解了三四个犯人,然后有人拿着话筒宣读了他们的罪状,好像是杀人、强奸之类,还说立即执行死刑,我看那几个身后插着牌子的人并没有强烈挣扎，面无表情，只是不一会儿就被一辆站满军警的卡车给拉走了，估计是拉去枪毙了。主席台的那边有座小土坡，我曾爬过，上面有农人种的一些蔬菜。我又沿着围墙走回到了解放街路口，却在一栋矮平的旧楼里看到一家杂货铺，文具用品居多，估计也是靠着这个中学吃饭的，我走了进去，毫无目的地四处看了看。看到了那种圆圆的镜子，突然想起住的车库里少一面镜子，于是挑选了一面，走到门口的收银台，一个中年妇女正看着电视，我问道："这个多少钱？"

她瞄了一眼，说道："十五。"

我又说道："电子钞票可以吗？"

她看了看我，说道："不要那个，最好现金，也不要拿一百的来，找不开。"

我掏出钱包，拿出了张二十元给她，说道："电子钞票不是一样的吗？"

她说道："还得去银行取，也不一定安全。"

她找了我五块，又拿个黑色的塑料袋给我套了一下，递给了我。我又沿着解放街走回到了四角牌楼，只是觉得这漫长的时间很难熬。我在解放街旁边的一条叫斗山街的小巷里找到一家面馆，吃了一碗笋干肉丝面，以前总觉得这里的面或者馄饨好吃，今天细细品味起来才知道里面放了味精，加上笋干本身有那种清香。吃完饭已经是大汗淋漓，付完钱我又坐在了风扇下，发了会儿呆。给我煮面的是个穿着围兜的中年妇女，她正朝外面的街市左瞄瞄、右瞄瞄，突然转过身来对我说："你不是本地人吧？"

对于这个问题我实在难回答，毕竟我在这边出生，也待了将近二十年，只是高考后户口就迁出这里去了S市，又在S市待了二十多年，身份证上显示的却是S市。我还是强烈地想证明自己的本土性，用普通话说道："我就是绩县人。"

她带着怀疑的眼神，突然爆出方言来："看起来不像啊，现在来这边的游客很少，本地人来吃的也不多。"

我本想用方言回她，但是偏巧我们这里十里不同音、百里不同俗，方言的差异很大，我还是用普通话说道："是啊，生意不好做。"

她又用方言问我："你是哪个镇的？"

我回了句："深溪镇的。"

在我说完深溪镇之后，她脸上的狐疑彻底消除了，转而说道："看你样子，应该是在外面工作吧。"

我回了一个字："嗯。"

我不想继续这种问答式的聊天，起了身，朝外面走去，想着还是回叔叔家睡觉比较好，于是又沿着解放街走到了四角牌楼。只是在此时远远地听到一阵喧闹声，看见一大堆人从城楼的门洞里拐了进来，里面有男有女，以年轻人居多，有的手上还擎着旗子以及各式的标语，还有举着照片的。我赶紧让到了旁边，每当领头的高喊起来，后面的总能整齐地跟上，只是在没有齐喊的时候，人群堆里还是会发出嬉笑声。人堆的中间是一顶仿古的花轿，花轿缠满了红绸，一个穿着大红凤袍，化着浓妆，戴着金钗凤冠的"古代女子"掀开了轿帘，却正与我打了个照面，也许她与很多人打了个照面。轿子的前面是一个骑着高头大马身，穿状元服装戴着官帽的男子，喇叭鼓手四周随队。抬轿的人身穿古式的脚力短袖服,哟嘿哟嘿地呼着号子,旁边有十多个警察跟着,像是维持着秩序,我不得不再往边上靠,贴在了城墙根上。气氛像是能传染一样,后面有零散的闲人一直尾随着,并融入队伍,因为"古代女子"的一瞥,我都有想尾随这个队列去探个究竟的冲动。

突然有个人狠狠地撞了我一下,我下意识地往旁边躲着,他却又贴了过来,把手搭在了我的肩上,我这才留意到身边这个人,他脸方正,脸颊鼓起,短发,穿着整洁的灰色T恤,看着脸有那么几分似曾相识,还是他先开了口:"你是王蹇?"

我试探地问道:"你是吴元?"

他突然很大力地握住了我的手,说道:"是啊,我一看就是你。老同学,多少年没见了,我看你没什么变化。"

我回应道:"是啊,高中毕业后二十多年没见了吧。"

他纠正道:"快三十年了吧,我们聚会过两三次,都没看见你回来。"

我笑了笑,托辞道:"没空嘛。"

他说道:"在外面赚大钱,都不管我们这些同学了。"

我说道:"唉,混得不好,不敢见你们,不像你,都做领导了,我应该叫你吴局。"

他却摆摆手说道:"老同学不要这样说。"

我又问道:"你这是做什么?"

他凑了过来,附耳轻声说道:"他们出来搞民俗活动,我们必须跟一跟,怕出事,一出事,我们兜不住。"

我说了句:"真是辛苦啊。"

吴元说道:"唉,没办法,这段时期都这样,要搞活动、搞宣传才能吸引人来。今晚我们去喝两杯,还有那个冯霆一起约来。"

我说道:"好啊。"

吴元又说道:"现在没空,晚上六点左右,去河边那个夜市。"

我说道:"明白。"

突然人群中起了骚动,有人点燃一大张海报,一群人喧闹地笑了起来,起哄声此起彼伏,警察拿起了喇叭喊道:"不能烧东西,不能推搡,按照指定路线往前走……"

吴元往人堆里看了看,我对他说道:"你忙,不打扰你了,晚些再打电话。"

被点燃的那张海报被警察给踩灭了,那群人又喊着叫着带着轻浮的笑声往前走。我又溜到了城西河边公园,躺在树荫下的石凳上……

当她与我擦肩而过的时候,我假装看不见,当她那一头满大街都能看到的黄棕色头发甩起来的时候,我竟然跪在地上号啕大哭,她突然转身笑着对我说:"刚才没看见你,重来一次吧。"只是再来一次的时候,我依然装作没看见她,一定是我的自尊心在作祟,我也没有跪在地上,只是裸露着身体,她还是背起了行李上了一辆车,离开了这里,耳边却有另外一个女人告诉我:"她终于要走了……"

一只鸣蝉在我头顶叫个不停,我睁开了眼睛,原来我在石凳上睡着了,可能是河边的风吹得我太惬意了,只是刚才的那个梦侵扰着我,那个女人的名字是清晰的,不止一次带来忧伤,只是我不愿去提起。曾看过一部片子,一个世界分崩成了三个世界,每个人都试图穿越时空去改变命运,但是该发生的还是会发生，世界末日如期而至，陷入一个牟比乌斯带中，结束就是开始，如果时间是上帝，那么我们任何想法和决定是否也是上帝决定好的？我们只是这一切必须要完成的一个小环节，生老病死，高兴，哀伤，愤怒，麻木，那么我们内心那微不足道的一点自主意识也卑微得可怜，越是要拼命拯救的爱情越会戕害对方。或许关于这个梦我得求助一下弗洛伊德，究竟是我的自我意识出现了什么问题，还是我故意隐藏了内心的什么秘密。

（六）

我突然想起了晚上的饭局，得先告诉叔叔一声，于是拨通了电话，告诉他晚上不回去吃饭，又担心晚上吃到很晚，只是说不用留门给我。

在我到达夜市的时候六点还差十分，在一家临河的饭馆里我看见两个发福的中年男子向我招手，其中一个就是下午遇到的吴元，另一个应该就是冯霆了。冯霆的肚子圆得像个西瓜，头发还是高中时有点自然卷的状态，只是胡茬粗硬，脸上也坑坑洼洼，像是春天刚被牛耕种过的地。

吴元先开了口，还夹带着一股字正腔圆的官腔："来这么迟啊，我们都等你很久了。要是我不打电话，你都不来是吧？"

我赔笑道："不是说好六点吗，你看，我还早到了。"我又瞧了瞧冯霆说道："冯霆，你应该是冯霆吧，多少年不见。"

冯霆站了起来和我握了个手，只是没想到粗糙的面孔下，他的手却是干净纤细的。冯霆对我说道:"好久不见,你小子发大财了吧。"

仿佛每个见面的人都要讨论一下发财问题,我说道:"哪里发财,给别人打工而已。"

冯霆说道:"总归是比我要好的。"

我却不想再争论,要是较真起来肯定又要比起工作、待遇,等一下又要说到副业、家庭,总之是很麻烦的。但是事实却并不是这样,冯霆还是继续问道:"你老婆怎么没跟你来?"

我只是诧异,我结婚的时候并没有告诉任何一个同学,也没请别人吃过喜酒,他是如何得知的?但又想到了在这个年纪结婚肯定是要经历的,他也笃定我一定是"正常人",但是对于这种查户口似的聊天我其实是很抗拒的,但要了解一个人不是也必须了解他的私生活甚至各种隐私吗?可能原本聊天就很尴尬,除非找到一个有着共同认知的某个人或者事大肆批判嘲笑,显然这种共识是需要慢慢试探的,在没有这种共识的时候只能打听对方的隐私了。

我只是假装笑了笑,说道:"我单身呢!"

冯霆对于这样的答案明显很诧异:"怎么可能!你肯定骗我,要不就是在外面有很多的女人,一定是这样,毕竟 S 市是个花花世界。"这是我来绩县第二次听到"花花世界"的评价。

我不置可否,又把眼光投向吴元,吴元倒是云淡风轻喝着茶,脸上毫无波澜,不愧是官员,一副经历过世面的样子。

我说道:"爱信不信,说这个没意思。你老婆呢?孩子多大?"我试图把这个问题抛回给他。

冯霆说道:"我老婆是县医院的,不过跟我不同科室,小孩今年上初中了,叛逆期,正是烦的时候。"

我没预估到他竟然干脆地倒出了他的家底,倒是显得我小气和扭捏了,我又想转移到另外一个话题:"我昨天见过王韵。"

冯霆突然笑了:"去见老情人?"

吴元说道:"应该不是,高中都没传过,倒是听说她喜欢胡毅,不过也是女生宿舍传出来的。"

我说道:"我跟她是一个地方的,都是深溪镇的,要是情人就好了。"

吴元说道:"你是深溪镇的?这个我还真没想到,你们原来早就认识,难道是地下情?"我并没有回答他,他马上又说道:"深溪镇我去过很多次。"

我说道:"地上都没有,还地下呢!领导要多去深溪镇啊,关照关照老同学啊。"

吴元说道:"你们那边搞旅游挺好的,有很多老房子,还有条河。"

我随口又说道:"我家的老房子要塌了,领导补点经费帮我修修?"

吴元此时却认真地说道:"这个可以,你向村里报,报上来我都会尽力解决,你们家是那种明清时的老房子吗?"

想着家里的房子早就塌掉了,我突然有点尴尬,笑着圆场道:"我也是开玩笑,并不是要修房子,家里是那种用泥土夯起来的,泥房子,不是古董房。"

吴元说道:"那这个可能修不了的,县里对于那些老旧的房子有维修这方面的资金,不过要那种砖头砌的老房子。"

我连忙应道:"明白,明白,只是开玩笑,局长当真了。"只是说局长两个字的时候我又有点戏谑的味道。

冯霆又把话题拉回到了韵的身上,说道:"王韵虽然在县里,可我们都很少见她,聚会也见不到,还是你面子大。"

我说道:"我哪里有面子,吴局长才有面子。"

吴元问道:"王韵现在怎样?"

我回答道:"我也没细问,样子跟以前差不多吧,可能胖了点,好像小孩读高中了吧。"

冯霆说道:"那她结婚早啊。"

吴元问道:"也不早吧,正常,是你结婚晚,不过男的都是要晚一点。"

冯霆说道:"要孩子干什么用,整天闹心,天天想揍他,又怕把他给揍傻,跟他好好说又听不进去,孩子跟我说咱俩不是一个时代的人,吃我的,住我的,顶嘴顶得我要得心脏病。"

我笑了笑说道:"的确不是一个时代的人,正好你躺在手术室的床上,自己给自己做心脏搭桥手术。"

吴元也笑了笑:"正常嘛,正常嘛,过个两年有高考压力了,他就不烦你了。再说你小时候,我们小时候不也是这样长出来的吗?"

冯霆笑了笑说道:"还是你好,生个女儿,懂事听话,真是贴心小棉袄。"

吴元说道:"差不多,差不多,稍微好一点吧。"

此时服务员端上了几盘菜,有个一品锅里面放着笋干和腌猪肉，又上了烤鱼、烤羊肉串和牛肉串……除了一品锅，剩下的菜几乎哪里都可能看到，烧烤更是全国大流行，吴元手一伸，又点了一打啤酒。

吴元给我拿杯子的时候我连忙说道："我不能喝酒，过敏，只能陪你们喝一点点。"

吴元倒是没有强求，我倒了大半杯，吴元和冯霆各自满上，举起了杯，说起了客套话："老同学聚会，来碰一个。"

我也把杯子凑了过去。他们的"战斗能力"明显比我强劲，筷子和杯子从来没有停过，转眼已经空了好几瓶，话题也渐渐多了起来。

冯霆给我们讲了他遇到的事情。

"其实我们做医生的压力也是挺大的，看起来好像工资挺高的，奖金也多，但是每天都提心吊胆的，生怕出点事故。就是不巧，每年医院总会出一单两单这样的事情，比如生个小孩死了产妇，又比如割个阑尾结果莫名其妙就死了。那阵仗，医生躲都没地方躲，棺材直接放在医院门口，病房里烧纸、放鞭炮，没个几十万下不来。"

我对这个几十万感了兴趣："那跟 S 市比起来少了很多，我们那边起码要百万起，不过这种事故也是很难搞清楚责任的吧。"

冯霆说道："有些医生可能有责任，有些医生也没办法，突然的并发症，神仙也救不了，我们医生其实也委屈，拼命地救了他，最后没救过来，还要被一顿暴打。"

吴元问道："那你遇到过这样的事情吗？"

冯霆说道："我还好，我如果遇到了就不能在这跟你们这样聊了，那不是揭自己的伤疤吗？"

接着他又说道："我老婆科室就遇到过这样的事情，这里说一下我老婆是妇产科，来的人也都是千奇百怪的。比如有一对夫妇来医院生小孩，生了个儿子，可她老公的表情却并不开心，抱也不想抱，倒是偷偷地把护士拉到一边问道：'这个孩子是我的吗？'护士先是一愣，幸亏脑子反应快，说道：'孩子肯定是你老婆的，这个你放心。'不过那个老公还是在那里唉声叹气，后来听人说原来是他的老婆跟另外一个男的有说不清的关系，生出来的这个小孩可能不是这个老公的。"

我应道："说起这个，据我了解，无论是农村还是城市，在人性方面多少不如教科书里标榜的那样吧。"

冯霆抿了一口酒，又将一串羊肉撸到嘴里："可能你容易将生活理想化，别看那些电视剧编得乱七八糟的，现实生活比那精彩多了。还有我们单位也常有那种逃单的，就是没钱还来住院的，交了几百块钱押金，过了两三天，医药费就付不起了，偷偷摸摸就跑了，就这变成了烂账。当然那种老实人来看病，一看要花几十万，第二天就打包回家了，说不看了，回家吃点好的，觉得自己的命贱，不值那么几十万。其实医院里最能看出人性，有的亲戚朋友买了水果来看病人的时候说尽好话：'你要好好的，安心看病，不要担心钱。'可当病人缺个几万要借钱的时候，这些亲戚朋友就不见了。光看见家属吵架的就不少，有的是当面吵，有的是拿着电话吵，说来说去，无非就是一个钱字。"

我问道："现在不是能报销吗？"

冯霆说道："哪有那么好，好多药品器材都是进口的，入不了医保，报销也有比例，而且我们这边是城乡接合部，农村人来看病，好多都是平时不注意，拖到了晚期的，即使花了几十万也不一定能治好，干脆就回家待着了。"

我突然陷入了短暂的沉思，吴元打破了宁静，对冯霆说道："这些年不是加了很多警力吗？你们医院的保安也增加了很多吧。"

冯霆突然笑着说道："保安顶个屁用，只能干站着，要不就是围成一个圈，围在那里。"他突然停了一下转而说道："不过还是领导关心啊，整体上肯定比以前好很多啦，只是好久不见王蹇，拿出来吹吹水嘛。"

我听到这个笑了笑，听他讲这些事情，虽然没有亲见，却也觉得生活亦是如此，过得糟心的大有人在，我又问道："那你们医生是不是也有很多福利啊？比如收个红包、拿个回扣之类的？"

我在问这个问题的时候也是试探的口气，生怕扰得他不开心，不过我还是心存好奇。

冯霆脸上并没有出现诧异和不快，而是干脆地喝完杯子里的啤酒才跟我说道："红包？我是不收的，不过有人送倒是真的，有时候上个手术台家属怕我们不用心，非要塞给我们，我们也挺为难，一般我都不收红包。"

我见他似乎很愿意敞开心扉，于是追问道："是不是还有药品的提成？"

冯霆说道："药商代表送点小礼物给科室也是有的，不过也正常吧，就随便拿个消炎药来说，那么多品牌，总是有竞争的，那药商代表总是想打开销路，反正医生总是要开药的，凭什么要开你们家的药呢，对不对。"

我怕得罪了冯霆,又顺着他的话说道:"是这个道理,是这个道理。"

冯霆听了这话似乎又觉得被理解了,接着说道:"当然了,这个都是在规则之内,药品的价格也是在规定之内,当然规定之内也是有高有低的,就像挂号,专家号和普通医生的号差别还是有的。"

吴元帮腔道:"现在也就是这套运营模式,政府出一笔,老百姓自己出一笔。"

冯霆突然打断对话,大声地问道:"今天没听到王骞说S市的事啊。"

我连忙摆了摆手说道:"哎呀,我去S市那么多年,也只是做了一个普通职员,哪里像你们这样生活丰富多彩啊。"

冯霆突然笑了起来:"我们这个小县城哪里能跟你们大都市比,别谦虚,肯定是吃香的、喝辣的不肯说,王骞你小子做人不厚道啊。"

被他这么一说,我竟然羞愧起来,连忙解释道:"其实现在都差不多了,就拿吃的东西吧,全国都一样了,说不定还是老家这里的好吃一点,正宗一点呢!其他那些娱乐这里也有吧。"

"这里本地的河虾不错,来尝尝。"吴元指着刚端上桌的一道菜说道。

我夹了一个说道:"搞得我像个外地人似的,呵呵,我也是这里的好不好。"

吴元和冯霆笑了笑,冯霆说道:"你的户口早就迁出去了吧,按道理高考以后你就不是本地人了。"

我只能假装哀叹一声，说道："喝酒！"

冯霆突然说道："我记得高中的时候王骞可大胆了，敢去女生宿舍检查卫生，我们当时都羡慕不已啊！"

听到这话，我一脑子浆糊，在我的记忆里完全没有这样的事情，于是认真地说道："怎么可能，你应该是记错了，我从来没有去过女生宿舍。"

吴元浅浅地笑了笑，却不失那张方正的脸的严肃性，佐证道："我也记得有这个事情，你去过女生宿舍检查卫生。"

我极力反驳道："不可能，如果我真的去了，我一定是有印象的，去女生宿舍这么醒目刺激的事情，我怎么可能不记得呢？"

冯霆说道："那我问你，你高中是不是做过生活委员？"

我说道："这个我做过，不过是个虚职，从来没干过活。"

冯霆接着我的话说道："那不就得了，生活委员嘛，就去检查卫生嘛，还说不是你。"

我被他们这般极力陈述弄昏了头，于是自己揣测着说道："要不就是我在班上说大话，说要去检查卫生，结果走到半路就回来了，根本没去。"

冯霆笑了笑："你肯定去了。"

我也笑了笑："不管了，反正我没印象，不过当时我是挺大胆的，现在可是胆小如鼠了。"

冯霆突然对我放在旁边的黑色塑料袋感起了兴趣："这里面装的什么东西？"

我从里面掏出了镜子，半开玩笑地说道："照妖镜，看看。"

冯霆还没等我完全拿出来就连忙说道："放回去，放回去，大晚上的,我还是以为带了什么好东西给我,怎么是这个东西。"

我解释道:"我现在暂时住在叔叔家,那边没有镜子,今天街上看到,就买了一个。"

夜越深,河边的风越发清凉,只是这清凉的风里夹杂着酒精味,河道两边七彩的路灯也亮起,浮光掠影,觥筹交错。冯霆顺手招来拉着音箱路过的流动歌者,塞了二十块钱给他,说道:"来来来,让我唱一首。"戴帽子的歌者帮他架好了手机,又选了歌,只见冯霆一手拿着酒瓶,一手拿着麦克风唱了起来:"莫名我就喜欢你,深深地爱上你……"他拿麦的那只手的指缝里还夹着一根燃了一半的香烟,在夜灯下,那个满面油光的男子露出了深情款款的样子。他那种在大庭广众下的自信让我心里一阵恐慌,不过并没有人投来嘲笑的嘘声,倒是有人看热闹不嫌事大地欢呼了一阵。当然,吴元绝对是不会上的,冯霆在邀请我的时候,我极力地摆了摆手说:"不会唱。"

其实话最多也就是冯霆,吴元只是端正地点头,偶尔说上两句也不会露出宵小的神态,他的这种端正让我不太敢用语言轻薄于他,他练就的这种威严震慑着我,我只能拽着冯霆,诱着他多说几句话。冯霆倒是放得开,时不时调侃吴元两句,或许他们两个更熟络一点,只是吃喝的能力还是吴元比较强,或许他整天都在东奔西跑吧,消耗亦大。

当绿色酒瓶都被清空之时,吴元摆手叫来了服务员,付了这次饭钱,然后我们三个决计结束这场饭局。冯霆跳上了路边的一辆白色小车,吴元却一把拉住了他,说道:"叫个代驾,叫个代驾。"冯霆突然醒悟过来,拿出了电话,叫起了代驾。

67

吴元转身对着我说道:"那你住哪里,怎么办?"

我说道:"等一下我打个车回去。"

吴元说道:"我的车马上来了,要不我送你过去吧,你住哪里?"

我连忙说道:"不用了,我打车就可以了,不用麻烦。"

吴元说道:"老同学,反正我这边熟,也是要跑的。"

只是话没说完,旁边一辆车开了过来,下来一个司机拉开了车门,司机毕恭毕敬,张口闭口都是"吴局长",吴元邀我上了车,我才说道:"七贤村吧,村口就可以了。"

吴元说道:"七贤村很近啊,小吴,去七贤村。"

车上我更觉得拘谨,又想找点高中同学的话题,于是打听起那些同学的去处,又问了问谁还留在绩县,只是对话并不多。好不容易到了七贤村,我立马跳下了车,向吴元摆了摆手,说了句感谢,他也向我摆了摆手,说以后再聚。目送他的车走后,我才朝叔叔的房子走去,还是那片蛙声以及零星的几声狗叫,稻田里似乎还有沙沙作响声。

原本以为遇到他们会聊些诗词歌赋,最终说的不过是一些世俗琐碎,然后用吃喝满足所有的期待,或许吃喝才是最真实和值得期待的。其实我原本对官员和医生这两个职业是有一定偏见的。在一些听闻里,总觉得有些医生是草菅人命的,总有些缺乏责任心,只知道捞钱,我父亲的早逝多少和医生的误诊以及吃错药是有一定关系的;另外关于官员总是有些惊愕的信息出来,就像吴元说的,有些话不可过多言说。但是这些偏见放在了我的同学吴元和冯霆身上,我似乎又有了折中的处理,我不认为冯霆草菅人命,也不认为吴元贪赃枉法,在吴元给我提供些许便利(送我回七贤村)后我的内心甚至出现了丝丝的优越感,我原本以为我是一个特立独行、立场坚定的人,其实也只是一个精致的利己主义者,我只不过是个摇摆的墙头草。

幸好叔叔给我留了门,我是摸黑爬上我的床的。第二天一早便将那面镜子钉在了墙上,我还朝着那面镜子做了很多鬼脸,只是并没有人在旁边,并认真地刮了胡子。

(七)

我还在回忆昨天的饭局,总觉得会有一堆人围着吴元,他说的每一句话,旁边的人似乎都不会去反驳,而且认真聆听,生怕没领会。能做到的都立马去完成,不能做到的呢?那又得向吴元请示解决方案。也许任何话总是得到别人的重视,他说话显得更加慎重,仿佛每句话都有强烈的定式,不得出错或者越轨。当然那种优越感跟我扯不上太大的关系,我顶多遇到几个熟人,说起我的同学是局长以增加我的颜面。在我走出车库的时候,阳光似乎刚扫到稻穗上,叔叔提起裤子从稻田边的茅房走了出来,向我打了个招呼,还问道昨晚我去了哪里。

我突然想到了吴元,于是对着叔叔说道:"昨天我去见了两个同学,一个在医院,一个是局长。"

叔叔对于我这个表述还是表现出了惊讶,但是瞬间又收敛了那份惊讶,说道:"那挺好的,有什么事情,可以找你同学帮忙啊。"

叔叔去了厨房，而我又站在麦田旁边伸展了一下身体，只听到叔叔跟婶婶说道："博怎么还不起床，去叫他起床。"

没过一会儿，叔叔又问道："博去哪里了，怎么没见他？"

婶婶和弟媳都说没见到，叔叔突然又说道："摩托车不见了，是不是他开走了？"

婶婶说道："可能吧。"

叔叔说道："给他打个电话，叫他回来吃早饭。"

婶婶拿出手机，眯着眼才找到了博的电话，拨了过去，婶婶说道："在哪，还不回来吃饭。"

只是这句略带责备的话刚说完，脸色立马就不对了："你说什么，你去哪里？你去哪里，跑哪里去？"

电话瞬间被挂断了，我刚好坐在客厅的凳子上逗着胡乐文，听到这些立马感觉有些异常，叔叔的眼睛也瞪得很大，问婶婶："怎么回事？"

婶婶说道："博说要出去找事做，不回来了。"

叔叔突然放大了声音："是不是又跑了？他去哪里找事情做？快叫他回来，再给他打电话。"

婶婶拿着电话，又拨打起博的电话，只是已经无法接通了。一家人都沉默地坐在了客厅，桌上的稀饭也已经凉透，经过叔叔和婶婶的寻证和推理，博偷拿了叔叔前几天卖瓜剩下的一些钱，另外还开走了摩托车，只穿了随身的衣服。叔叔判定他可能发了懒，只是到附近去混了，因为摩托车应该开不了多远。

但是没多久，同村的一个村民走进了叔叔的家里，告诉叔叔村口停着一辆摩托车，问是不是叔叔家的，叔叔没有承认是自家的，也没否认，只说等会儿去看看。全家人对博的判断又有了新的变化，只是并没有说出来，脸上都加重了那份疑虑，最后还是叔叔开了口："我先去村口把摩托车开回来。"看来叔叔已经认定那辆摩托车肯定是自己的了。

果真如此，叔叔将摩托车骑了回来，我无法判断博将摩托车开到村口经历了怎样的心理变化，也不知道他为何临时丢下了摩托车，或许他想走得更远？谁知道呢？其实骑摩托车也能骑很远，但需要加油。

摩托车回来以后，叔叔一家人恢复了日常生活，虽然脸上没有显出欢愉，总挂着某种阴郁的东西，但是该下地还是下地，该带孩子还是带着孩子，仿佛博的离开无足轻重。我作为一个客人以及旁观者只觉得有些尴尬，于是随便找了个借口去了桂林镇，我又坐在了河边看那些中年妇女捶打衣服。虽然觉得博的事情跟我关系不大，但还是间接地影响到了我的情绪，仿佛遇到了半个月的阴天，见不到太阳一般，说不上哪里不对，但总觉得想走得远远的。

我又回忆起这两天博对我讲的话，原以为他只是随口表达对外面的向往，并没有十足的行动力，况且他也没那个经济基础，显然我低估了他，他跟以前一样随性而为。在这天夜晚，叔叔拿起酒杯的时候，博没有回来，婶婶也试图打过几个电话，始终是关机状态。叔叔突然问我："这两天博有说去哪里吗？"

其实这个问题我也思考了一整天，除了他跟我说过想去县城和对 S 市的向往以外，并没有太多的信息，于是我将我所知的告诉了叔叔。同时又提出了我的猜测："去 S 市很远吧，那边又没认识的人。"

叔叔猛喝了一口说道："我在想我要不要去找他，他也不是第一次了，地方那么大，去哪里找？"

我却说道："不管是哪里，阜阳也好，S市也好，都很大，就拿县城来说，虽然不大，但是找个人也是很困难的。他随便躲哪里去，你哪里找得到？还是那句话，他想回来肯定会回来的，而且他这么一个大活人，自己走的，报警的话，警察根本不会理你。"

叔叔说道："道理是这个道理，只是……"

他说到"只是"并没有继续说下去，而是独自喝着闷酒。在我们交流的过程中，婶婶和弟媳眼巴巴地看着我们，在我表达出找人困难的时候，她们的眼神里流露出失望的表情。于是我又不得不转换了一下口气，想安慰几句："也许博只是心烦了，出去逛几天，马上就回来了，你看我都没有回S市，他去S市找谁？应该就在附近吧，我估计是。"

叔叔一直在犹豫要不要动身，甚至在某一刻想放弃，任他自生自灭，毕竟觉得无力掌控他的儿子，但是似乎又割舍不下。我只是觉得没必要为了一个成年人再去闹心闹肺，甚至还跟叔叔讲起了命运之说，有些东西是命运的安排，叔叔似乎对命运之说颇能接受，又跟我谈起了上帝，说上帝能照看世人，也能照看他的博。当他说起这个的时候，我又觉得自己陷入了宗教的陷阱，又搬出了世俗的一些理念，比如人到了十八岁就是成人了，不能再把他当成小孩子，该放手的要放手，也许博出去多受点苦难以后能更大器一点。叔叔异常坚定地反驳了我："博成大器我觉得是不可能的了，他我还不了解？我只是想我老了快死的时候，他能在床前给我送终。博始终是个孩子，如果不是孩子，能做出这么多荒唐的事情吗？"

其实我能给叔叔的建议都没能改变叔叔的既定判断，又过了两天吧，依然没有博的消息，叔叔又给阜阳教会某个认识的人打了电话，询问博是否去了那里，那边说没有，至于县城里的一些亲戚朋友也悉数询问了个遍。叔叔突然决定要去找博了，叔叔还希望得到我的帮助："我想去S市找找看，那边你熟悉，你能不能带着我去？"

对于这个要求，我心里虽然犯嘀咕，觉得无疑是大海捞针，但还是没有驳了叔叔的要求，答应了下来，我们买了隔天的高铁票，打算去S市。叔叔简单地挑了几身衣服，而我也背起那个从未曾全部打开的旅行包，坐上了高铁。

我又一次回了S市，一个原本我想逃避的城市。可能是我的青春都留在了这个城市，但是现在回忆起来只剩下一些苟且的片段，当初懵懂地来到这里读书，并没有什么梦想，毕业工作后就一直安于一隅，然后青春就没了，当然一地鸡毛的何止是青春。

高铁站依旧那么熙熙攘攘、摩肩接踵，站台上鹏翅一样的挑檐依旧宏伟，只是天气依旧炎热。我们拿着行李拦了辆车，回了我的住处，尽管司机拼命地向我灌输这些天的见闻，又预判起国际大势，可我始终没有记住一句，我不觉得博会来S市，但是碍于叔叔的请求，我不得不陪他走这么一趟。

当晚我们在街边吃了一碗面，回了住所又商量起去哪里找博。

我跟叔叔说道："S市比较大，有好几个区，我觉得博要来的话一开始可能不会跑到旁边的区去，因为不熟悉，我建议是先在火车站附近找找，然后问问一些小旅馆，第二个要去的地方就是去人才市场，也许他可能会去找份事情做。还有可能就是那种地标的地方，我觉得博有可能会去看看。"

叔叔又补充道："教堂也去看看，他可能会去做礼拜。"

第二天，叔叔早早起身开始了洗漱，我也不得不起身，又领着他去了楼下，只是发现很多餐饮店还未开门，可能S市的人都不习惯早起，在寻找一番后，发现一家不足十平方米的包子铺在营业，于是走进去点了几个包子。店里并没有太多的客人，我又随口问了一句店老板："生意还不错吧，我看旁边的店都关门了，就你还开着。"

一个脸色黝黑的中年男人呆坐在蒸屉旁，听到我的提问，突然有了精神："混日子，反正赚不了什么钱，但是不开店又不知道干什么，幸亏这个铺子是我小舅子的，不用给房租，不然也早就关门了。"

我又说道："那人总是要吃饭的，别人不开，你开了，要吃饭的人不都跑你这里来了吗？"

老板没有正眼看我，而是用他厚实的手摸着自己后脑勺，说道："一个包子能卖多少钱？现在肉那么贵，面粉也那么贵。"

我笑了笑："生意是难做。"

叔叔在旁边吃着包子，并没有作声，我们也没多耽搁，很快便吞了那几个包子，上了公交，兜兜转转到了S市的一个人才市场。其实我有一辆车，停在车库已经好几个月了，因为没有及时保养，没敢开出去，另外上班坐地铁也方便。我原以为人才市场会有很多人，恰恰出乎我的意料，只有零零散散几个人走到玻璃窗前，面无表情地向里面同样面无表情的人询问几句，然后就默默地走开了。可能现在不是招工的旺季，不像年初，这里有很多背着大包小包的青壮年等待着招工的人到来，一句喊话，某某电子厂招工，立马这些人在一张桌前排成了一条长龙，而坐在桌前挂着身份牌的工作人员不停地看着身份证，填着资料。

我们不是来找工作的，只是走了进去，认真地扫视了那么十几个人，发现没有博，又走了出来，坐在了大门口的石阶上。

我对着叔叔说道："好像没什么人，也没看见博。"

叔叔说道："我们等等看。"

我打量着叔叔，他脸色黝黑，颧骨突出，身穿白衬衣，只是半件衬衣已经汗湿，如果是在叔叔家，叔叔一定会敞开衣服，甚至还会光着膀子，但是来了这里，拘谨很多。我们在这里坐了一个多小时，也有一些人走进走出，当然逃不过我们的端详，只是我觉得这种守株待兔的方式显然不切实际，因为根本不知道兔子是否来了这里。

于是我忍不住提议："这样等也不是办法，要不我们去其他地方看看。"

叔叔同意了我的想法，我们又去了火车站，在火车站广场上来回走了两个小时后，又跑到附近的小旅馆那里去打听了一下，本身游客并不多，小旅馆的老板们看到博的照片要不回答很干脆，要不就是一脸不耐烦地拒绝与我们沟通。但是那么多旅店，谁能知道博去哪里了呢？我不知道这样找人的意义，这个答案也许只有叔叔知道。

到了中午我又领着叔叔去附近吃了一碗面，我发现煮面是比较省时间和方便的，而且大部分人都能接受这种食物。在吃完面之后，叔叔突然对我说道："S市太大了，这样找不是办法，要不再去看几个地方，找不到就算了，我就回去了。"

我觉得一个堰塞湖突然被人挖开了一个缺口，叔叔终于领悟到了一些东西，我顺应着说道："是这个道理，世界太大了，找个人很难，除非他愿意给你找到。"

下午我们又去了市民公园，只是并不如早上顺利。首先我们依然是坐公交去的，只是公交等了很久，在上车之后我还冒昧地问了一句司机，司机师傅只是告诉我公司预算出了问题，不得不延长了间隔的时间，况且也没那么多人坐公交，大多去坐地铁了。另外一个不顺利就是路上遇到了堵车，恰逢遇到了一个市民的跑步活动，封了几条路，公交不得不绕道而行，只是公交在开到一个十字路口的时候遇到了一堆穿着艳丽欢快的人，当然免不了激扬的喧嚣，有扎着头巾的人甚至朝着我们这些车上的人喊了起来，车上有的人憨憨地笑了笑，没有说话。他们也没有立即散开的意思，司机也只是停在那里，静观着路上的变化，等了很久，司机转身对我们说："也不知道要搞到什么时候，你们有谁到市民公园的，要不这里下了，往前再走两步。"

汽车的后门刚打开，突然涌上来几个年轻人，一阵激烈的嘈杂声、口号声突然占领了整个车厢，司机突然笑了起来，也顺应着跟着他们喊了几句。我一手拉起叔叔，从他们身侧钻下了车。往公园走，人越发多了，高音喇叭一直在响着，乌泱泱的一堆人，时往这边，时往那边，像是被驱赶的鸭子一般，呼叫声像能传染一样，每个人都竭尽全力，他们在群体的喧闹里，忘记了自己的忧愁，似乎找到了共振的频率。彩色的粉末被喷撒在空中，声浪一波接一波，我有些担心，对着叔叔说道："跟着我点，免得走丢了。"其实我更害怕突然被人挤倒，被人群踩在脚下。我们只能沿着人群的边缘走了一圈，并没有看见博，但是在这样的境况下，我们找人的冲动似乎被这种嘉年华似的气氛给震慑了，我不得不低声对叔叔说："要不快走吧，人太多了。"

叔叔默许地点了点头，我们又尽量往人少的地方走去，又沿着街边走了很长的路，才找到一个回去的公交站台，就如来时一样，又是等了很长时间的公交，我们才回到了住所。公寓里也没剩下什么食材，我们只能将就煮了些速食面果腹，我只能对叔叔说道："都没米了，要不明早和我一起去买点东西。"

叔叔吃完了面，靠在了沙发上说道："好，你这里买东西应该不远吧。"

我说道："不远，小区下面就有那种粮油店。"

叔叔并没有总结今天寻人的收获，反而问起了我："怎么你一个人住？你老婆呢？怎么住这么小的房间？"

我回答道："她带着小孩去了娘家，她辞了这边的工作，又没事干，所以去娘家住些日子。这公寓是公司给我们租的。"当然有关我的婚姻我并没有如实相告，我并不是一个喜欢说自己是非的人，更不喜欢将一些麻烦和不幸挂在嘴边以博取别人的同情。在我离异那年我就卖掉了一个三居室的房子，大部分钱给了前妻充当小孩的抚养费，然后就自己住进了这个公寓，当然这个状态除了极其亲密的友人知道，其他的亲戚朋友是不知道的，本身我与他们联系不多，况且我也不喜欢自我揭短。

叔叔似乎也没察觉，只是说道："还是老家好，自在一点。"

第二天一早我又领着叔叔前往小区下面的粮油店，买了一小袋米和一些米粉，只是担心自己不长住，米放久了容易生虫。我和叔叔拿着这两样东西就回了公寓，又去了那家包子铺吃了点早餐，这才坐上车去S市的两个著名景点看看。天气炎热，美丽的风景也少了几分柔美，的确没有那么多人，当然我找人的兴致也高不到哪里去，叔叔倒是很认真，只是这种认真并没有建立在歇斯底里的基础上，他的认真只是关乎于他自己的内心，我觉得他也不太在意那些穿着不同衣服的男子是不是博，但他的确是认真地看了。

这天回公寓比较早，因为出去得也早，加上交通比较顺畅。趁着回来比较早，我还去了趟菜市场，有些摊位盖着雨布，许多摊贩似乎也没在摊位上，我叫醒了一个正在打盹的菜贩，买了一把有一点蔫掉的青菜，又在一个豆腐摊捡了几个品相不好的油豆腐，至于肉，那个铺的灯是灭的，可能一早就把生意给做完了。

我拿着这点收获回家煮了点素面，口中对着叔叔说道："今天去晚了没看到肉，明天一早，我去买点肉。"

第二天一早我一个人去了菜市场，终于在一堆买菜的老人中抢到了一块半肥半瘦的五花肉，拿回住所洗洗切切，又炖了很长时间，心想这也许能撑个两天，肉吃完了，汤也许还可以拿来煮几次面条。

我们这天又去了教堂，教堂在一个被推倒的城中村旁，看样子那个城中村被推倒有些年月，里面的碎砖和弯折的旧钢筋也没人清理，甚至长出了荒草，似乎并没有开工建造新楼的迹象。这个教堂我是第一次来，一栋灰色的两层建筑，顶是尖塔形，上面很明显有个十字标记，只是门窗上落满了灰，教堂的门是锁着的，这让我有点意外，也让我不知所措，我站在那里对着叔叔说道："好像没人。"

叔叔面向十字双手合十，站在那里，默念起来，我识趣地走到了旁边，他默念了几分钟，这才走到我身边对我说道："看这里好像也很久没开门了。"

我又环顾了一下四周，似乎也没多少人能路过这里，对着叔叔问道："怎么办？"

叔叔说道："要不回去吧。"

我又有些不甘心，朝着那紧闭的大门看过去，发现门上有个棕色的旧牌子，上面似乎有教会的电话，我对着叔叔说道："这里好像有个电话，要不打电话问问？"

叔叔犹豫了一下，我又说道："试一试嘛，反正都来了。"

叔叔掏出了电话，这时我又走到旁边，这个电话大约打了两三分钟，我也没细听他们的谈话，只是听到叔叔问起了博是否来过这边。叔叔挂了电话，转而对我说道："负责的人说，这个很久没开了，听说要改造什么的，也没听说过博这个教友。"

问个究竟能彻底断了念头，不然总是会被良心无数次问起。

这天下午我们又去了另外一个地方，还没到晚上我们就回了公寓，我拿出了那盘煮了很久的肉，又开了那袋米煮了第一顿饭。吃完这顿，叔叔跟我说："我想回去了，反正我已经出来找了，找不到也没办法，家里还有很多事情，走不开人，我得回去，要不你给我买张明天回去的票吧。"

原本我对这次行程就不看好,但是当叔叔这样说出来的时候,我反而说道:"要不再等两天,四处再逛逛,说不定老天可怜,就那样遇到也有可能。"

叔叔突然对我投来惊奇的目光,他可能觉得我不太像能说出这话的人,其实我只是想在这里多待两天,另外回来这边也想去公司看看,见见同事,看看还有哪些未完的事情。可能也是出于我的补偿心理吧,我也没能尽心去帮助他。

叔叔也同意了我的想法,只是催促说今天要提前买好票。又一天,我们又去了一个闹市区,逛了一圈,看了看做着不同生意的商铺,又看了看行色匆匆的几个路人,叔叔也只是叹了口气,我们回了住所。

我一直觉得叔叔对我有"一饭之恩",我在县城读高中的时候,偶尔会去叔叔那里转转,他会给我炒个菜让我带回学校吃。在一所师专里,我曾遇到一个女孩,也是同学介绍认识的,见了两三面吧,她穿着白色长裙,戴着眼镜,当时只是觉得心脏快要停止跳动了,身体僵硬,只要有人轻轻碰我一下,我可能会像个气球一样爆裂。不过我并没有跟她谈过恋爱,我只给她写过一封短信,短信的内容无非就是调侃一下我的尴尬,我告诉她:"同学看见你来我的学校,都说你是我的某某,真是对不起你……"其实她的样貌并不好看,至少我现在的记忆是这样,现在我连她的名字都忘了,也不是现在忘的,估计是高中还没结束的时候就已经忘了,但她给我留下了一个面红耳赤的记忆。

趁下午,我去了公司,领取了我心心念念好些天的福利,还真让我失望，不过是两袋干果，要是以前效益好的时候，直接发一大叠现金。这次的福利还是经理在开大会上为了鼓舞士气而提出来的，为此很多人兴奋许久，现在估计许多人都感觉被骗了吧。另外我还见了那个杨同事，在公司楼下的一家咖啡馆。

杨同事比我年轻十岁吧，只是年纪轻轻就秃了头，刚来公司的时候还是我带的他，早些年他还尊称我为师父，只是叫多了，我免不了开起玩笑："悟空，你叫为师有何事？"我本来想说八戒的，但是怕伤了他的面子，他听我这么一说，居然红了脸，我于是开导道："唉，我不是古板的人，别天天师父师父的，大家年龄差不多，我听到都怪怪的。"

杨同事说道："那以后我叫你王工吧。"

我默许了这种称呼，现如今，公司不景气，由于我跟他做的事情其实相当类似，于是出于人道在不开除其中一人的情况下，我和他分担了这份工作，只是各领了一半的工资，在排班方面他也相当积极，总是有意无意多上一两天的班，我以为这是对我的尊重。

他还是表现出了热情，笑着对我说道："没想到你居然回来了，事先也没跟我打个招呼。"

我说道："我也是因为有点私事过来一下，哦，问一下公司最近怎么样？"

他说道："你这也没走几天啊，能有多大变化，半死不活的样子，没什么订单。"

我听到这个反而觉得有些失落，当然也在我的预判里，只是闲着无聊，聊这些又觉得无趣，于是说道："我今天来是领福利的，没想到才这么点东西，经理的脸上无光啊。"

  他喝了一口咖啡，笑着说道："经理有脸吗？更不说光不光了，头比我更光，不过效益不好，能发东西已经不错了。你孤身一人能吃多少，应该不会计较这些东西，像我这种要养家的人才觉得困难，小孩正是爱吃的时候。"

  我笑了笑说道："我也要养家啊。"

  只是说完这句突然陷入了很长的沉默。

  他突然收敛起了笑脸，认真地说道："不知道有个事情，该不该讲。"

  我说道："有什么不好讲的。"

  他说道："王工，要不你把工作全让给我吧，我现在生活困苦啊，半份工钱养活不了老婆孩子的。"

  当他说出这句话的时候，我是内心一阵错愕，紧接着充满了一种厌恶感，但还得压抑住内心的那种情绪，假装平静地问道："你就这么急着要钱吗？"

  他转而加快语速说道："王工，你看，你技术那么好，能力又强，没必要跟我争这个岗位，你到哪里都能吃上饭，以你的条件，别的公司不都抢着要。"

  他这段恭维让我越发生厌，看着他油头粉面，我感觉像认错了一个人，只是我的内心是倔强的，我很想破口大骂一通，又觉得在他面前不值得，其实我根本不在意这个工作，这些年一直处于心灰意冷的状态，但是该我做的事情，我一定会去完成的，原本我就想离开这里。我撇过头，沉默半晌，突然一阵豪气涌上心头。我甚至带着嘲笑的口气说道："你想要就要去好了，改天经理那里我去说一下。"

对,我就是想像扔骨头一样,把这份工作轻描淡写地扔给他。他脸上立马堆起了假惺惺的笑并说道:"我就知道王工很大气,是个好人,大大的好人。不用你去说,我已经跟经理提前说过了,他说只要你同意,经理那边没问题。"

我不想再见到这个人,说道:"这个事就这样吧,我还有事情要走了。"说着拿起那两袋干果起身就走了。可能我就是给别人一种很好说话的样子,我的随和并没有换来在公司的好人缘,当然我也知道,只要需要你,个个都是和颜悦色的,不需要你,就装作不认识你,其实我也不指望在职场中能交到朋友之类的,大家都是混饭吃。随后的某一天,经理还是给我打了电话,确认此事,工资也给我结到了月底。

我是带着糟糕的情绪回到住所的,叔叔正在整理着他的衣物,我说了句:"明天我跟你一起回去吧,这边我也没事做,一个人也挺没意思,还是回老家自在一点。"

叔叔没说什么,而我连夜订了同趟回绩县的车票,这跟当初逃离这里的心态又有点不一样,我可能厌倦了这里的气候——湿气重、瘙痒和嗜睡。

(八)

叔叔刚踏进家门,只是轻声地对着婶婶说了句:"我回来了。"婶婶并没有询问结果,也许叔叔早已经通过电话告诉了婶婶,我看了一眼有点斜眼的弟媳像是等待被人审判的犯人一样,脸上明显有一丝的失望,而不懂事的胡乐文还是问了一句:"爸爸什么时候回来?"

胡乐欣说道:"爸爸不回来啦!"

婶婶此时骂了一句:"小孩子不许乱说。"

阿芬突然转身走开了。

当我再次躺在那个车库里的时候,我又不免回忆起这么多天发生的事情。我极力想撇清博出走跟我有关系:即使我没来他家他也是会走的,我从来没有鼓动过他,也没有给他任何便利。只是这件事情确实很尴尬,至少叔叔的面子是挂不住的,叔叔出去寻找博,可能只是为了不让别人有个说头,或者说是为了他内心的那份安宁吧,可是生活在这个世界上又有谁能够无忧无虑不操心这个事情那个事情呢?我觉得孩童是有可能的,孩童对世界的认识比较浅薄,兴许一顿美味就能欢声笑语,或者说跟着同伴做个刻板的小游戏也能不亦乐乎。人总是要长大的,大了知道得越多也就越羞耻,总是要生活在别人的眼睛里,总是会让人挑剔的,虽然背地里的议论和轻蔑的眼光并不能实质性地伤害身体,但是在情绪方面确实会让人像背上长了虱子,抓又抓不到,抓大力了又痛那般烦恼,人如果可以不被情绪左右就好了,但是没有情绪的人不就是所谓的行尸走肉?所以长大的人都是忧愁的,只是忧愁的事情不一样而已。

那么那个我差点喊八戒的杨同事却是这次回 S 市的"意外惊喜",我内心的愤恨很难消退,我觉得他不道义,是个小人,表面嬉皮笑脸、满嘴恭维,暗地里却在使坏。我甚至巴不得公司再乱一点，公司干脆倒闭，让他也尝尝失业的滋味，别以为能得多少天的便宜，到时连死都不知道怎么死的。说到死我反而又坦然了，对，这个世道上比我有钱的人多了去了，有的年纪轻轻就死了，你说有钱有啥用，还不如我命长，其实在死亡面前，人还真的能够相对平等，为什么说相对平等呢？毕竟有钱人的医疗资源会丰富一些，兴许在同等条件下，有钱人能多活几年，但终归要死，在意外方面不分有钱和没钱，坐飞机也可能摔死，所以相对公平。如果这样坦然的话，我觉得我离开S市，放弃工作也很正常，其实我早就腻烦了那种朝九晚五的规则化，至少不知不觉地就消耗了我的生命，我宝贵的生命、大好的年华全陪着一堆我不喜欢的人在玩耍，太没意思了。"八戒"不过也是一个苦苦挣扎的普通人，他应该有欠债的压力，房贷、车贷之类，可恨的人其实也是值得同情的，或许我在他的眼里不过是个可怜的离异大叔，好不到哪里去。

那么我还要在叔叔家待下去吗？我只是觉得这个客做得不是时候。又住了两天，我向叔叔提出了离开的意愿。

叔叔还是问道："你不住我这里，去哪里住？"

我托词道："我有个朋友在县城里，他叫我去他那里，说有空房间，我想去那边住几天。"

叔叔没有继续追问，只是说道："那有空也可以常过来玩。"

我答道："好的。"

当天我又背起了包，离开了那片稻田和那个车库，我站在3路车的站牌那里沉思了片刻。我看着那根站牌的铁柱，发现柱子旁长了一棵绿色的草，勺形的叶子上有许多的白绒。它如果不开花，又不能吃，那它就是一棵杂草。它对于人类的价值放在科学的概念里是提供了人类呼吸的氧气，但是没有它人类也照样可以呼吸，也许只是少呼吸了那么一小口。也许我们看待它过于片面，它的存在对人类并无太大的价值，但是在这个星球或者宇宙中它也许意义非凡，也许它决定了某个星系的存活，它有生命，只是人类不懂而已，人类只会粗暴地踩着它，除非它开花或者可以吃。但是也有另外一种可能，它对人类无用，它对星系或者宇宙都没有特定意义，它只是存在，在某个偶然的情况下存在而已，它对于我们，对路过它的蚂蚁、蜥蜴或者蛇鼠，都无意义。我们可能犯了一个思维错误，总是要给任何物质定义某个价值，也许事物本身不需要价值，依此可以联想到人类，人类的存活、个人的生死也许并不需要价值，不需要某些特定的意义，他们只是某种毫无定义的存在而已。那么关于人的快乐与疼痛，关于人的际遇，皆可苍白平淡地看待。也许生活并不需要这种人为规定的功用，那么对于"有用"的人或者"无用"的人的判断或许是我们一开始就错了，我们用别人告诉我们的笼子罩装住了自己，在这个世界，博和我的存在并没有高下，死亡也一样。

我坐着带着煤渣的3路车去了县城。我并没有所谓的朋友，在我离开叔叔家的时候，我想到了几个人，韵、吴元和冯霆，如果我恬不知耻地硬说没地方住，请求他们收留，我也能去他们那里混几天，但是我不喜欢这种寄人篱下的感觉，而且如果他们不是真心地想收留我，而是挂不住同学的面子，弄得他们尴尬，我也很尴尬。再怎么样我也是一个知识分子、一个工程师，不过按照道理知识分子在这个年代应该是没有资格焦虑的。于是我想到去县城一个偏僻的地方寻一个旅馆长住一段时间,住得又自在,又没有人管束。

我先在四角牌楼转了转,又沿着城墙往河边走,在靠近一个叫渔梁坝的地方找到了一家民宿,叫"久隐",我觉得叫"酒瘾"更好一点,至少直接让别人明白就是要喝醉的意思。这是一间用老房子改建的民宿,外面看起来是白墙青瓦,马头墙耸立,走进去有个天井,中间装饰的是竹子样式的彩灯,一溜儿下来,讲究的是四水归堂。不过房间内部倒是现代化的装修,里面有数字电视、精致的油画,油画画的是一个半裸女人,还有干净独立的洗浴间,我对这个房间还是很满意的。而且迎接我的还是一个漂亮的女老板,脸白皙,圆形,脸上还施了粉,虽然到了中年,有少量鱼尾纹,却有着某种成熟大方的气质。不过她点烟的时候,我不是很喜欢,我本身不抽烟,另外也觉得抽烟的人身上有股味道,特别是男人,身上有种难闻的恶臭。而女人吸烟,给人一种不可亲近,甚至能够凌驾在某种层面之上的感觉,她们在吞云吐雾的时候,已经把普通男人轻易踩在了脚下,除非你特别有气场。不过我并不是来相亲的,我只是来找房子,恰巧遇到这么一个还看得过去的人,总比遇到一个面目可憎的男子好。她点着的是一根细长的精致的香烟,靠近她红唇那端有一圈金丝缠绕,因为我不抽烟,并不知道那是什么烟。她有种说不出的距离感,虽然脸上并没有表现出不悦,她说道:"每天150元,你看怎么样?"

我笑着说道:"我长住,能不能便宜点?"

她看了看我:"长住?住多久?"

我思忖了一下才说道:"先住十天吧,十天后再看看要不要续住。"

她想了想，反过来又问我："你打算便宜多少钱？"

我说道："100吧，你看现在这个行情，都没什么游客，你空着也是空着。"

她没想那么多，只见她用力地抽了一口烟说道："好，那就这样吧。你身份证拿过来，十天的钱一起交了吧。"

我见她这么爽快，也没说什么，直接向她支付了十天的费用，这就住下了。我还特意问了洗衣机在什么地方，几十年没有手洗过衣服的我，是很需要一台洗衣机的，她告诉我在一楼楼梯下的小房间里。我将包放在了房间的桌上，就在那时，我突然不知道自己要干什么了，这十天我要干什么呢？

我又拿着门卡，走出了"久隐"，走出城墙的门洞，来到了那个水坝前。据说以前年轻的小伙儿都是从这个码头坐船去杭州的，有的运点货物去贩卖，有的去街市的老铺子当学徒。不过现在的人如果再从这里坐船去杭州就会让人觉得有些荒谬，高速路已经开通，距离杭州也就二百多公里，两三个小时就能到杭州，高铁也有，可能就三四十分钟的样子。不过如果是闲着没事坐船去游玩倒也不错，下面也是漂亮的山水画廊，不过水路上修了很多堤坝，船能不能直达也是一个问题。渔梁坝是桂林镇的下游，这条河还是那条练江河，我就坐在了渔梁坝旁边的石头上看着红色夕阳洒满河面，堤坝上有几个小孩在跳来跳去，有时又去拨弄流经脚下的河水。当然我都是尽量把这一时光描写得美好，其实这种美好也许只是我空洞内心的一种慰藉，只有我相信生活是美好的，我才能感受到生活的意义。但是我内心从未真正定义这种意义，只是知道自己一直在忙,不知目的地忙,忙得发现不认识自己了,也不认识社会了。或许自从我出生到现在我也没有真正认识过自己,小时候还是恐慌的,还需要努力去寻找鬼怪和神灵,寻找终极的答案,只是很多年忘记去寻找这个答案。当然我也不是一个天才,即使我不浪费一秒地去寻找这个意义,可能终我一生也是无法得到答案的,另外容易被人当成精神病人,于是活着也许就是一个困惑,无法解决的困惑。

从坝口冲下去的水轰鸣着我的耳朵,这种持续的响声正好屏蔽了我的脑神经,让我进入了神游的状态。灯还是在河边点起,而我也因为肚子的呼唤而缓过神来,我起身,拍了拍屁股,走回了"久隐"。店老板不在,我又摸索着找到了一家馄饨馆,吃了两碗馄饨,发现根本无法填饱肚子,不得已又点了一个梅菜肉饼,吃完才走回了"久隐"。

店老板坐在院子里的一个藤椅上,她头顶那棵竹子上的灯也被点亮。而她身前茶几上正煮着开水,似乎要泡茶。我试着跟她打个招呼,只是顺应地叫了句:"老板娘,你在啊?"

她看了看我说道:"没有娘,只有老板。要不过来喝点茶?"

我有所领悟道:"那就是老板喽,什么茶?"我尽量装作自来熟的样子。

"毛峰,喝过没有?"她说道。

我坐在了她面前的藤椅上,说道:"喝过。"

水没多久就烧开了,她将罐子里的毛峰用镊子夹取了出来,放在了杯子里,热水冲了进去,香气早已扑面而来。

她说道:"我看身份证,你是S市人?"

我笑了笑："你有没有看开头，我的是3410，我可是本地人呢！"

她又仔细地看了看我，有些讶异："我还没留意，我以为你是外地来这里玩的，那你是哪个镇的？"

我说道："深溪镇，深溪镇你去过没有？"

她淡淡地说道："去过两次吧。既然你是本地人，你怎么不回家住？"

这个问题有些难倒我了，不过我还是勉强解释道："老家的房子倒了，一直没有修，又不想住在亲戚家，不自在，反正都是暂时的，待完这段时间说不定我就回S市了。"

她"哦"了一声，又端起茶杯对着我说道："喝茶！"

我顺应地拿起了茶杯，抿了一口，温热的甘苦味滑进我的喉咙，我还是问出了那个冒昧的问题："你老公呢？"

她平淡地说道："都说我是老板了，我没有老公，只有前夫，离婚很多年了。"

我才明白不叫老板娘的原因，我只是尴尬地笑了笑说道："原来这样啊，我一般都是老板娘叫惯了。"

她说道："你们常人的思维就是女的一定要依附一个男人吧，所以习惯叫老板娘，好像女人当不了老板一样，女人赚大钱好像就那么不受待见。"

我笑了笑："我对女人倒是没什么偏见，不过是习惯了。另外，你是赚了大钱了？"

她也笑了笑："赚什么大钱，不就是混个日子。"

我又拿起杯子，喝了一口，说道："这个是明前的吧？"

她说道:"是啊,我从山里一个老农那里访得的。"

我说道:"挺香的。今天还有其他客人吗?"

她拿起茶杯说了句:"客人?开什么玩笑,淡季,不过还是借你吉言,希望能多点客人。"

"再淡还是有茶味的,也许过了这段时间会好一点,不过你们这种开民宿的挺好,房子建好以后就是一本万利了,等着收钱就可以了,即使没客人来,你们也很清闲。"我又拿出了那套猜度别人的市井哲学。

她倒也没反驳我:"反正就那样,也不能计较太多,活着就尽力活得好一点,也不要为难自己。"

我应了句:"也是。那你晚上也住这里?"

她说道:"我不住这里,要不是因为你,我也不会坐这里,我在河对面开发区那边还有套新房子。"

我笑了笑:"那你也算富婆了,都两套房子了。不过你放心好了,我不会偷你店里的东西的,你可以回去。"

她用圆圆的大眼睛瞪了瞪我,说道:"我也不怕你偷啊,你的身份证都录入公安系统了,跑也跑不掉吧。要不晚些你下来帮我把大门关一下,其实关不关也没关系,反正我这里有摄像头,只是怕突然有人来住店,找不到人,打扫的阿姨明天才来换洗床单,哦,顺便问你,你需要每天换洗吗?"

我想了想,觉得每天清洗也没必要,而且也怕被打扰,没了隐私,说道:"不用,不用,反正都是我睡,不用天天换床单之类,缺什么东西我会跟你讲。"

"那也好,那我可以叫阿姨明天不用来了,反正就你一个人。"

她倒也不客气。

我又跟她闲扯几句，称赞一番她的茶叶，喝完一轮后就上了楼，回了房间，看了一会儿新闻，又找了一部很老的旧电影看了看。等我再次走出房门的时候，发现下面已经没有人了，而进出的大门是虚掩着的。

我很多年没喝茶了，因为肠胃不好，虽然我挺喜欢毛峰的，但是里面似乎掺杂了兴奋剂一样，这夜我失眠了，在这空荡的民宿里。二楼有六个房间，一楼除了喝茶那个地方，也有三个房间，我倚靠在二楼的栏杆上，看着挂在栏杆上的盆栽，除了几棵精致的兰草以外，还有那种多色的太阳花，红的、黄的、粉的都有，还有小叶杜鹃。在这空荡荡的房子里我突然想做点出格的事情，比如来个狂奔或者大喊大叫之类的，但是又突然想起了女老板的话，这里面肯定装满了摄像头，说不定我的一举一动她都用手机联网看着呢。我真的想来根香烟，假装思考状，四处走走，但是不需要香烟也可以吧，我一本正经地朝楼梯走去，转而往楼上去，发现往上就到了楼顶，楼顶有个露台，上面摆了一个玻璃茶几，还有几张沙发，茶几上面撑着巨大的棕色的阳伞。我站在楼顶往四周看，发现周围都是那种两三层的瓦房，可能不让建那么高吧，各个院子都错落开，零星的灯光映射出白墙。我又躺在了其中的一张沙发上，夜里的凉风也不时地吹来，我突然想到为什么人都喜欢住二楼，不喜欢一楼，当然如果有个楼顶的话，我肯定选这个楼顶，我觉得人是由猴子变过来的本性始终没有改变，总想爬更高的树，觉得住得越高越匹配那种刻在血液里的基因。

如果有几个烤串，几瓶啤酒，加上几个好友，那么这个楼顶一定很热闹吧,你看,我又市侩了。可能是由于很久没有摄入茶多酚了,我在楼顶又待了很久。如果楼顶也有摄像头的话,我是不是该朝摄像头做个鬼脸,那么店老板的偷窥欲是不是就得到了满足,可能我想多了,也许她压根不想理睬我这个住在故乡的异客。人,她实在见得太多了,就像她吐出的烟雾里的细微颗粒一样多。

(九)

我在一栋下雨的房子里乱转,这栋房子好像就建在海边,我依稀记得来过这里很多次了,为什么有种熟悉的感觉……

当我睁开眼睛的时候,我躺在了二楼房间里,窗帘拉得紧紧的,刚才又做了个梦,新的一天来临了,感觉世界没人会来理睬我。我拿出了手机,又不停地刷着,看着那些千篇一律的视频,觉得有些厌烦。我还是穿好衣服,拉开了窗帘,外面阳光明媚,照着栏杆上的兰草和太阳花,我甚至想给它们拍个微距。我走到了一楼,门还是虚掩着的,我又走到街上,沿着解放街一直往绩县中学走去。在斗山街的路口,遇到一个卖石头粿的老人,头发花白,面容慈祥,我买了两个就站在摊位前啃了起来,石头粿有几种口味,咸菜的,萝卜的,豆角的,只是上面的油脂还是沾满了我的手,我又向老人要了张棕色的纸擦了擦手,丢在他旁边的一个垃圾桶里。等我吃完这个,我突然不想往前走了,又沿着解放路回到了"久隐",还是没有见到女老板,看来她真的不是一个勤快的人。我出来的时候拉上门留了 10 厘米的缝，回去的时候还是 10 厘米的缝。我突然想回家一趟，那个已经没法居住的家，这样的决定也不需要跟别人汇报。

我只带了手机和钱包，在县城的汽车站找到了去往深溪镇的车，从我记事起，这条路线是上午三趟、下午三趟，现在依然如此。车上只有十多个座位，在繁忙的季节例如春节，往往能塞进去三四十人，然后又不得不面对交警的盘查，那时没有座位而挤得像面包的人不得不早早地下车，走过交警的检查点之后，又偷偷地挤上车。今天车上很空，十多个位子只坐了六七个人。司机是个年轻的小伙儿，看都懒得看车厢一眼，估计这趟又得赔钱，只是刚上车的人个个都像自来熟一样用方言打着招呼，除了我。当然在打招呼的时候，司机依然没有回头，只是在汽车启动的时候司机才转了身，看着车门关上。车里也没开空调，完全是敞开的窗户吹进来的自然风，本地的人都会说，这样吹起来舒服。一路上相熟的人攀谈着，虽然我听得懂他们说什么，但在他们眼里我可能更像一个外乡人，加上我的沉默，有的人甚至开始猜测我的来历，有的猜我可能是北京、上海回来的，有的又开始猜测我是谁的儿子。当然这些零碎的话，讲得不是很大声，我也听得不是很清楚，加上他们并没有正面提问，我也没有直接回应。这样也好，我也不善于表达什么，因为关于镇上的事情我知之甚少，祖辈父辈的那些人和事也记不得多少，我是难以融入他们的谈话的。

在经过了一个多小时的颠簸后，车终于到达了深溪镇。车懒懒地靠了边，司机也懒得报站名，悠闲的几个农人慢腾腾地下了车，我只是跟在了他们后面。其实眼前就是韵家的老房子，但我从没有去她家做过客，每次坐车都会朝那边望去，有时候赶早车会看见韵端着碗站在门口吃稀饭，但是现在不可能了，她去了县城，这里成了她的娘家。

我下了车，还得再走十里的路，其实以前有那种开面包车的本地人，如果你给他十元、二十元他愿意把你送到村口，另外如果他顺路过去的话，也说不定会捎带你过去，你也要给个三四元意思意思，十元、二十元叫包车，三四元叫顺趟，不过随着物价上涨，现在肯定不是这个价钱。但是我最近很闲，并不赶时间，而且就在我读书期间，已少有这种面包车，能遇到一辆装沙子的拖拉机已经是难得，大部分时间只能自己走路。走路也是很有乐趣的，可以看看路边的风景，虽然路边的树没有那种很有特点的形状，例如迎客松有充分的美的体态，这里的树极其普通，就是自然生长的状态，那些松树、杨树、杉树、枫树等是个人看到也不会莫名其妙地给它们取个名字，说不定它们过两年会因为挡了田里的光线而被砍掉。就是普通的山丘，普通的荒草，普通的野花，甚至还担心突然从草丛里窜出来的毒蛇、老鼠，以及跳出来的蚱蜢、飞过的蝴蝶，这些就是我所谓的风景。当然我实际上从来没有认真端详过这些风景，即使亲眼见到也刺激不了脑子里的多巴胺，只是在记忆里美化了它们。

这条路没什么变化，静得出奇，连个摩托车或者自行车都少得可怜，幸好太阳不是很大，风景还是让我失望了，与我脑子里的那种期望有些距离，但是理智又告诉我，如果真的山清水秀，那这里早就是景区了。其实路上要经过两个村落，在经过村庄的时候，总会有不同的狗蹿出来对我审视一番，但是并没有对我吠叫，可能它们已经习惯了人来人往，变得有点见识了。我悠闲地溜达，终于到了村口，村口有个亭子，不知道是什么年间建的，反正挺有年头，就是古代说的那种十里长亭、五里短亭的亭。一间二十平方米的小屋子，就架了两面墙，墙上用黑墨画了祥云图案，屋顶上盖了瓦片，没有墙的地方用了几根木料作为柱子撑着房梁，柱子被漆成红色，其实就是敞开式的，给人歇脚用。这个应该是长亭，我也见过短亭，在我从家去下邵镇的古道上，短亭更简陋，就用石头砌了两面墙，靠墙的地方摆了两个长石条，连屋顶都没有（也许因为年深日久屋顶垮塌了，当然我也没去考证），这就已经算亭。我突然想起两句话："何处是归程？长亭更短亭。""长亭外，古道边，芳草碧连天……"

家是什么，家不过是一种破败的记忆，家是一种伤心，一种内心虚构的纯洁。当我坐在一块青石板上，看着倒塌的旧房子的时候，我并没有老泪纵横，父亲在石头上刻的田字格还在。青苔盖满了倒掉一半的夯土墙，原来灶台的地方爬满了南瓜藤，上面还结着几个大南瓜。那烂掉一半的黑色的梁子成了南瓜藤的架子，"屋里"甚至还长出了茅草。原来整洁的坚挺的房子突然就这么零碎了，更难以忍受的是那种寂静，四周看不到一个人，乡间的石板路旁长满了荒草，风吹过留下树叶和枝条的摩擦声，干黄的竹叶窸窸窣窣地落下来。突然想起记忆中的老黄狗，那只老黄狗应该会站在屋角的石阶上望着我，它已经死去七八年了，我也不知道它被母亲葬在了哪块荒地。其实我家并不只有一条黄狗，之前还有条灰狗，那时父亲还在世，灰狗不知道去哪里吃了毒药，死后被父亲葬在了一片竹林的边上，有一天我跟随父亲上山挖笋的时候，他指着一棵竹子说道：小灰就埋在那棵竹子下面。我只是安静地在门口那块青石上坐了两个小时，其实有关家的记忆一点儿都没有消亡，只是存于内心的是一种义无反顾的悲伤，我越想念旧时的那些温情，越让我无法面对现在的境况，逃跑也许是我本能的选择。

我又回到了县城，一个让我可以假装轻松、假装开心的地方。女老板已经来了，她坐在厅里，悠闲地喝着茶，只是她并不在意我去了哪里，因为她问都懒得问一句，只是礼貌性地对我笑了笑，我也没过多地跟她寒暄，而是径直回了房间。

再造一个房子并不是件容易的事情，特别是在废墟上，而且在我家宅基地旧址上修建更为困难。首先我家并不靠马路，而是在半山腰，搬运东西需要人工，找不到人工得需要牲口，比如驴或者骡子，所以建筑材料运送不容易，做一个房子成本挺高。就如当时放弃修缮的原因一样，一年住不了几天，关键是生活不便，没有粮食和蔬菜，米面需要到镇上采购，家里即使能种点蔬菜也没法满足生活，吃不上肉。理智总是残忍地割裂情感！但是矛盾的心态一直在内心作祟，遗憾挥之不去。其实睡在别人的房子里也没有多大关系，比如这家旅馆，也没人打扰我，过得也自在，虽然无归属感。

当晚半夜突然下起了大雨，我被房外雨水拍打瓦片的声音给吵醒，我想到了刚洗完的衣服晾晒在去往楼顶的过道里，只是并不担心淋雨，因为上面搭了棚子，所以也没有起身的欲望，在雨声中我又睡了过去。第二天醒得比较早，我穿着拖鞋走到了楼顶，此时雨已经停了，楼顶上还留有雨水的痕迹，虽然大部分雨水已经随着管子流到地面，这沿河的一片院落间升腾起了水汽。我站在那里向四周瞭望了一番，又漫步走下了二楼，却看见女老板穿着睡衣从一个房间走了出来，我只是有些讶异，问了一句："你也住这里？"

她微笑地说道："昨天下大雨，所以没回去，就住这里了，反正哪里都是住。"

我也觉得颇有道理，说了句："也对。"

她又说道："昨天还刮了大风，那边墙上的瓦片都掉了几片下来，下楼小心一点。"

我朝着她说的地方看过去，果然有一堆碎瓦落在了连接一、二楼的楼梯上。

她又问道："你吃过早餐没有？"

我说道："没有，刚醒，刚才去楼顶看了看，下来就看见你了。"

她说道："要不等一下一起去吃早餐。"

我迟疑了一会儿，才说道："可以。"

她继而说道："那我先去换衣服，你等会儿。"她又钻回了房间，关上了门。我也回了自己的房间，换好鞋子，带上手机、钱包，站在了楼梯口。她出房门的时间比我预估的要迟了很多，她梳了头发，换了衣服，脸上甚至还化了妆。

她走过来的时候，我说了一句："这么正式吗？"

她笑了笑，说道："难道我要穿着睡衣出门吗？出门总要见人的啊，化妆很正常的吧。"

我又来了一句："也是。"

她领着我去了一家小馆子，吃的不过是白粥、鸡蛋和油条之类的，也没花几个钱，她也大方地抢先结了账，其实我也没打算跟她客气，况且就算她不买单，这个早餐我请她也不算什么。

只是刚回旅馆，天空又阴暗起来，雨水毫无顾忌地倾倒下来。

我对着坐在藤椅上看着天井发呆的女老板说了一句："下雨也挺有意思的。"

但是雨水声太大，她似乎没有听到我说什么，因为我没从她脸上看到任何一点细微的变化。我觉得尴尬，又将脸朝向门外，对着雨水发呆。发呆其实是极其无聊的事情，有的人发呆我怀疑脑袋是否已经进入了睡眠状态，只是眼睛是睁着的。我看着雨水从屋檐流到街道的青石板上，并没有发现上一滴水跟下一滴水是否不同，另外水滴的位置也似乎没有改变过，就像20世纪80年代完全没有信号的黑白电视机里的雪花屏幕一样，那么单调。就那么小会儿，我就起了身，回了二楼躺在了床上，发呆不如睡觉！在一个下雨天，什么也不干，就光躺在床上其实也是挺有意思的一件事情。当然此刻我并不能说出躺着的意义，只是在疲于奔命的生活中总会在刹那间觉得很劳累，就想躺着，如果是大街上，有一个长椅就躺在长椅上，如果是在车站，有一条长方的大理石就躺在大理石上，如果实在想躺了，又找不到可以依靠的方物，那么就干脆找个边角，蜷缩在地上静眠一番也不无可取。我曾在一座立交桥的下面睡过一觉，那是多年以前，那天应该是天翻地覆吧，就是争吵和冲突，可能在她眼里我的脑子应该是坏掉了，她不知道我为什么突然就厌烦了看起来和睦的生活，而且是那样毫无人性地提出了我的想法——离婚。她不停地质问着我，为什么，是不是外面有人了，还是怎样。其实当时我也说不出个所以然，可能她说得都对，当时我的脑子的确坏掉了，不光脑子坏掉了，连眼睛也坏掉了，看着外面的世界都是灰蒙蒙的，对，当时的世界应该就是失去了色彩，那么在没有色彩的世界，生活是没有意义的。我无法回答她的问题，只能报以沉默，她用可怜的或者是哀怨的或者是憎恨的眼神看着我，而我的女儿只是眼泪唰唰地流着，说实在的有那么一刻，我有过一丝心软，但是说出去的话怎么能马上收回呢？况且那句话不知道在心里酝酿了多久，一年，两年，甚至更长的时间……天知道是怎么回事。

其实我在别人面前总是试图去维持一种亲和的形象，喜欢自嘲一番，开点玩笑，曾有人问我住在哪里，我会说："我住的地方很多，每座天桥下面都是我的住处。"在我理解的世界里，天桥底下是人的避难所，能够遮风挡雨，虽然不是那么隐秘，也不那么舒适，但是已经够我驻留了。就在她歇斯底里地质问我、指责我的时候，我逃出了家门。这里暂且用"家"这个字吧，其实我不理解家是什么，地不是我的地，房子也不是我的房子，是银行的，如果我每个月不能按时把钱给它的话，它就会把房子收走，可能我从来没有认可过 S 市的生活吧。就在我离开家门的那一瞬间，我竟然有种快乐感。可能我真的是天性罪恶，犯了罪反而恬不知耻，人性泯灭，道德沦丧。就在那一刻，我想到了之前经常开的玩笑，住天桥下面——一个我经常挂在嘴边，但是从未去实现的一个夙愿。当时我并不是没钱，去哪里开间房也很容易，但是那时我偏偏想到了天桥底下，我真的在一个高速公路的天桥下面躺了一个晚上。

没有人和我抢位置，只是头顶上过往的汽车总带着强烈的震动和轰鸣，下面也没有暖和的被窝，只是一片没有长草的泥地。我先是在泥地上坐了几个小时，还担心把衣服弄脏，到最后干脆躺在了地上。当晚我想了很多的事情，比如怎么结束这恼人的纠纷，我想到的是抛下一切，因为这是我必须承担的后果，工作也打算放弃了，还有那个眼泪汪汪的"前世情人"还是需要抚养的。还想了以后该去哪里，当然该去哪里这个问题其实一直都想不明白，但是那天想得特别多，虽然没有结果。也想了不少我做这件事情的借口，比如为自己活着，做自己喜欢做的事情，放弃周而复始的生活，明天和意外不知道哪个先到，时间已经不等我了之类。

那天我也的确在天桥下睡着了，不知道是不是几年以来积累下来的疲惫。让我惊奇的是第二天醒来后，我身上的东西都没有丢，虽然我带了钱包，也带了手机，但是并没有丢，我觉得有些庆幸，庆幸没有损失什么，又觉得失望，失望的是上天为什么不严厉地惩罚我，让我潦倒不幸、痛不欲生。

人其实睡在哪里都可以，但有的人却不行。我曾跟人出去旅行，他或她有时候就忍受不了一些在我看来细小的问题，比如没有窗户，比如空调声音太大，或者热水不够热，或者靠近电梯，有点消毒水的味道，又或者嫌弃窗户不能很好地隔绝声音。对于吃的挑剔就更多了，当然他或她有自己的理念，比如追求高质量的生活，对生活有欲望、有要求，但我总是悲观，我觉得人只要走在外面就有丢失生命的可能，能活着已经不错了，还计较那么多吗？也许就是自己的一些抱怨导致了更加剧烈的冲突，那么受的伤害也许不只是睡不舒服那么简单了,也许会客死他乡,因为客死他乡的人实在太多了。其实我并不是喜欢睡在天桥下面,但是我却见过一些人睡在了天桥下面,那些看起来行动缓慢的、有点脏兮兮的人,他们也许已经不被这个世界认可,他们游离在社会的边缘,不太有人问津,我只是喜欢这种无人问津的感觉,当然我觉得我是很懦弱的,我无法承受食不果腹,无法承受蓬头垢面,但我总是担心当我的功用消失后自己会落魄至此,另外好奇更多。

……

在雨小之后,我又打开了电视,看了一会儿抗日剧,英雄总是不死,虽然经历千辛万苦,但是最终还是会取得胜利。我又整理了一下着装,下到一楼的大厅里想找个人说说话,发现女老板已经不在那里了,楼梯间的碎瓦片也被打扫干净。有些败兴,我又上了楼顶,发现还是原来的景致,只是比早上看到的更加潮湿,我又想到了那个渔梁坝,现在应该涨水了吧。

(十)

雨水比我预计的要多,接下来四五天都在下雨,少有雨停的间隙,我放在包里的雨伞不得不拿出来用。当然我出去闲逛的时间因为雨水的关系也少了,不过我还是出去过两三次,撑着那把黑色的带着少量碎花图案的伞,在细雨中去了斗山街,在吃石头粿的地方钻了进去,今天没有看见那个卖石头粿的老人。其实这条街跟我住的地方在景致方面并没有多大的差异，也是老县城普通百姓的住宅，大部分是些老房子，只是这条街的巷子更加幽深，青石板铺得更整齐。当然还有那种静谧，在这里仿佛能听到自己每一步踏在石板上的声响，还有自己的呼吸声，那从嘴巴里哈出的水汽甚至会浅浅地盖在眼镜片上，一瞬间就会消失，因为天气还没有冷到那个程度，只是有些凉意。

那么我走在这条街上的意义是什么呢？我是一个恐慌的人，总是害怕事情失去意义，什么事情都要想一下意义是什么。这条街并没有我的归属，也没有熟络的人，我在读高中的时候走过那么几次，通过这条路去师专见那个忘记名字的姑娘，只是我对这条街有些熟悉，跟几十年前一样，没什么变化，可能上百年也没变化吧，我并没有那么多的年月留在这里。在这个阴雨的日子里，在游人很少的街巷里，我只是无聊地走着，无聊地胡思乱想，想着我的意义，结果却是一阵恐慌和酸楚。我不知道这种酸楚是不是我刻意营造的，刻意让自己怀念一下过去，纪念一下青春，其实它就是这么没来由，我并不属于这里，但为什么我要来这里，我只是来看一下风景，看一下内心是否可以留存的风景，我无法停下来，没有我歇脚的地方，我只能躲在伞下，像个路人，匆匆地走过去，走了三十多分钟，终于又钻到了另外一条街。那么关于斗山街有什么？有高高的墙，有形态各异的砖石雕花，有个水井，还有某个人家门口种的鸡冠花，没有爱情，没有穿着旗袍的玲珑女子，那粉黛只是涂在了墙上，成了装饰的祥云。我还听说朱元璋曾流落于此，受到一个寡妇的恩惠，朱元璋做了皇帝以后还给这个寡妇修了一个牌坊，当然这个故事不知道是不是后人杜撰的，总之扯上名人就对了。我又走回了旅店，其实在雨天出来行走并没有很惬意的享受，总是会负重，总是会阴郁。

女老板也来过几次，当然在这个无聊的雨季，我是她唯一的客人，我也是她旅店里唯一可以沟通的人。她很木然地跟我说了她的姓氏，也可能是我无意中问的，因为我觉得老是叫她老板有些别扭，口齿不清的话容易叫成"老爸"。她告诉我她姓许，许仙的许。但我明白她跟许仙应该没有关系，只是下雨跟许仙有关系，她叫许文玮，这个名字并没有给我留下深刻印象，不过我还是努力地在脑子里反复念叨几遍，以防忘记，结果当天晚上就忘记她叫什么，只知道她姓许，结果第二天突然记忆又恢复了一样，又想起来了。她说可以叫她阿文，朋友都叫她阿文，但是"阿文"两个字我始终没有叫出口，所以我还是叫她老板，顶多加个许字，她会带着一种无法描述的眼神看着我，仿佛是嫌弃从我嘴里蹦出来的话。

有一次她又拿出她的细长香烟的时候，突然提到了她的前夫，说她的前夫是绩县中学的，我惊讶地回了一句："我也是绩县中学的。"

她鄙夷地看着我，不过立马还是收起了那副表情："他读的是名牌大学，我们是在大学认识的。"

我像个说相声捧哏的，只是偶尔蹦出一个嗯或者哦之类，我是个聆听者。

她继续说道："后来有一次跟他来了绩县，发现这个地方挺好的，安静，惬意，小市民生活，我就想住下来，我们大学毕业就回来改造了这栋房子。"

此时我惊讶地问了一句:"你不是本地人?"

她回答道:"对,我不是本地的。"

这还是有些出乎我的意料,我原本以为她就是土生土长的本地人,她的外貌和口音并没有很明显地表示出她是个外地人,可能我也根本没有仔细留意这些,毕竟我跟她说的也都是普通话,不过这也没啥关系,反正我只是个过客。

她说道:"我前夫是本地人。"

这话倒是在我的预料之中,在绩县中学读书的人,大部分是本地人,极少数是从其他县市转学来的学生,要么就是有很好的关系,要么就是花了钱,而且高考的成绩也不算在本校的升学率中。

她继续说道:"男人不可靠,谁也不意外。"这话像是她把前夫和我都给骂了一样,不过我又觉得她说得极有道理,反正我是没有脸面去反驳她。

我只是顺应地问了一句:"你前夫怎么你了?"

她丢了一个厌弃的眼神给我,我又觉得我问得很幼稚,变成前夫肯定是经历过一些是非纠葛的,谁也不会开开心心地跟另一个人说离婚,我只是好奇这其中的故事,但的确会使她不愉快。

在那根烟燃尽之前她还是大致跟我讲了一个究竟:"刚毕业那会儿大家可能都热血沸腾吧,就想着二人世界、风花雪月,其实刚开店那几年挺好的,收入也稳定,虽然少是少了点,至少生活还有结余,而且这里又是他家乡,熟门熟路的。可是不好的地方也是这个熟门熟路,熟人遇到他总会热情地跟他招呼,然后聊起一些话题。对于其他人来说,他读了名牌大学毕业后没有在外面开创一份事业，反而回到老家这边吃老本，是很不可思议的事。起初他也不是很在意，过自己的生活，让别人说去。但是时间是会磨人的，一年又一年地做着跟自己专业毫无关系的事情，甚至一点技术含量都没有的事情，当然这话是他跟我讲的，他觉得很困惑，觉得好像有点白活了。那时我们就有了分歧，我觉得这样挺好的，为什么还要出去折腾，我们干脆生个孩子，生活也许就有盼头了，但是他对生孩子这件事是极力反对的，我不知道为什么，他不愿意跟我生孩子，难道他还想着跟别人生孩子？我就是搞不懂，觉得他变了。"

"有时候店里灯不亮了，下水道堵了叫他的时候，他就甩一句话过来，这点小事还要找他，我自己打个电话叫工人来修不就行了吗？我说我跟工人不熟，他是本地人好处理。他却怪我，都来了多少年了，这么点小事还要唧唧歪歪的，他要去跟朋友喝酒了。他经常去跟朋友喝酒，我也不知道他哪来那么多朋友，喝酒的乐趣难道比陪老婆的乐趣更大吗？你可能觉得我有点婆婆妈妈的，但是女人不都这样的吗？也不是我计较这些，但是长期这样谁能忍受呢？我也不知道他哪根筋搭错了，终于有一天他找我摊牌了，说要离开这里，去上海。我表示反对，当然这个反对是他对我那段时间冷落的反对，然后他就说要离婚。我很惊讶，我不知道他为什么那么轻易就说出那句话了，我做错了什么，我没做错任何事情，我觉得一丁点儿都没有。我怀疑他是不是外面有人了，当然这话也是脱口而出的。他说没有，我当时很伤心、很绝望。我也是受过高等教育的，我不想做个怨妇，我不想说脏话，但那天我破口大骂，一点斯文也没有了，我的确是一个怨妇，我整天纠缠于此，找他问个究竟。"

她继续说道："有时候觉得生活很可笑，当初我来这里是放弃了我原本可以留在大城市的生活，没想到，到了这里，他放弃了我，为别人牺牲最后还是被别人给牺牲掉。他最后净身出户了，说把房子留给我，还说可能会回来，但是不想耽误我，所以要离婚，也叫我不必等他，如果遇到好的就……听到这个我觉得很可笑，觉得他在施舍我，可怜我，好像他做得多么伟大正确光明一样，真的很虚伪，呵，男人！"

听到这些，我插了一句："也许，他还是喜欢你的。"

"喜欢？怎么可能喜欢？喜欢会离婚？喜欢会出走？你们男人的脑子里长蛆了吗？"她义愤填膺地说道。

我又换了一种说法："可能他太看重事业了吧，一个男人没有事业其实是很憋屈的，就像一个入赘的男人没有尊严一样。那你们后来还联系吗？"

她又说道："后来他给我写过信，邮寄的信。还给我发过短信，不过我没有回他。"

十多年的事情说起来其实就是一支烟的工夫。

关于她的阐述我只是听听，我不是当事人也没有亲历，况且一说到感情，总是不能带着客观的态度去评价谁是谁非，或者另外有隐情都有可能。例如，有没有可能是阿文耐不住寂寞出轨而导致她老公出走呢？完全有可能，以她的姿色和风度。而且如果是这样的话，阿文也不会把自己的不对说出来，总是要遮掩一番，从对方身上寻找不是。当然，这只是我的一个猜测，也不能当作事实，只能当作一个谣言，所以我还是本着善良的原则认为她说的都是真的，可能她老公也深爱着她，只是因为理想得不到施展不得不离开这里。或者两个相爱的人，到了七八年就倦了，唉，谁知道呢？

她给我讲了这个事情，我为了回报她的信任跟她讲了我知道的另一个事情："我在S市认识一个朋友，就是那种普通的职员吧，在公司里上班，有点技术，收入也不错，当然是跟全国的比起来，算是比较高的，有老婆孩子。他每天都准时回家，算上堵车，误差不超过五分钟，超过五分钟就会觉得今天发生了一件大事，他也从来不和别人吵架，更不要说和老婆吵架了。别人看来一定是模范家庭，但有一天，他开着车，开着开着就没有停下来，一直开到云南，突然就在S市消失了，他老婆找不到他。后来他告诉他老婆，说要离婚，他说他腻了，不想每天再这样周而复始地活下去，一点意思都没有。他说每天开着车，看着太阳升起，下班的时候又开着车看着太阳落下，感觉自己像是夸父追日，可又成不了神仙，觉得外面的世界跟自己没有关系一样，不是被关在车里就是被关在了公司的格子间里。"

许文玮说道："这是什么故事？"

我有些尴尬，说道："可能我讲故事讲得不好，不能带你进入那个状态，不过我想告诉你的是，每个人都会有自己的想法，任何人都有可能因为某些事情，突然累了，突然做出了巨大的改变，一成不变的东西很难一直招人喜欢吧。"

许文玮说道："钻戒不招人喜欢吗？即使不是钻戒，你看满大街的石头，还有那个四角牌楼，不还是有那么多人喜欢吗？还来拍照，那些不是一成不变的吗？"

我想了想说道："人也不会想做块石头吧，一个花盆再好看，也要在里面种上花，不然花盆有什么价值呢？在石头里长出花才是人们所希望的。"

许文玮反驳道："我恰巧觉得相反，你看古代的诗歌变成崖刻，大学士变成牌楼，和尚高僧变成舍利，守节寡妇变成牌坊，人变成墓碑，人最终的价值就是做块石头。"

许文玮又不屑地瞧了瞧我，转而又说道："你是说我不会改变，没价值，没有魅力喽。"

我又认了怂，诡辩道："你们女人就是会联想，我也是随口那么一说。"

……

不小心遁入这寂静的小城里，时光悠哉，总是不担心老死，一季又一季的。每年潮水来的时候人们总是站在河边惊呼，看今年又从上游冲下来些什么。

"去年是一头猪，在水里还活着。"有人这样说道。

今年如果只在河里看见原木，人们估计都提不起兴趣。当然内心邪恶的人会想到冲下来一个人，给人们一种恐惧的震撼，但是这样的邪念是不能说出来的，说出来的话会被众人谴责。于是只能旧事重提地联系起某某年份的山洪暴发，死了多少人，然后说一些惨状。

今年还是有件大事的，上游冲下来很多大树，把一座百年古桥给堵了，水上了桥面，没人敢去拨弄掉那障碍，实在是太危险了。结果，桥就垮塌了，老人们用迷之眼神说道："今年真龙现世，石桥已经压不住了。"

这是一个无聊的雨季，我也曾独自走到河边看着那浑浊的河水，看着看着就有些头晕。许文玮不是老人，况且她是一个外来的人，对于那些老黄历里的典故压根不知，也丝毫没有兴趣，她只愁她店里的生意不好，潮湿让蚊虫滋生，另外静滞的生活也让脂肪沉淀，女人更加圆润，而男人更加大腹便便，活脱脱像一只癞蛤蟆。我已经将几条内裤挂在二、三楼过道的头顶了，幸亏许文玮并不是经常上楼走动，只有那么一次，她还是上了楼顶，瞟见了挂在那里的内衣，我顿时觉得自己像被看了一个裸身，脸红到了耳根。不过她应该习以为常了吧，至少我的非常大众，不是黑就是灰或者白，没有耀眼的红，也没有怪异的形状和制式。因为我觉得一不小心就会被人看透，所以内内外外都伪装，一切奔放就放在深山老林里吧，肮脏的内心也只有自己来谴责了，因为别人来谴责的话，很容易击破我的玻璃心。

　　终于迎来一个没下雨的阴天，我趁着这个没有雨水的时间又去了河对岸，从河西那个公园旁边的桥上过去，走到那个森林公园。那里跟我之前来的时候大有不同，高中来的时候，这座山上还没有规整的石阶路，我是顺着雨水冲刷的一条泥路爬上去的，同去的还有几个同班同学，只是我攀爬得比较快，在寂静的林木中间，一对年轻男女正在接吻。当时的我从未有过恋爱的经历，情绪是很复杂的，有点罪恶感，又有点好奇，当然我只是瞄了一眼，立马跑下了山，告诉了我的同学，等我们一伙人再次爬到这里的时候，他们已经没有贴在一起，而是开始轻声地交流，我顿时觉得有点失望。

　　这座山植被很茂盛，林间还有几座古坟，有汪采白墓，当初不知道汪采白是谁，后来才知道他是个画家，所以这里极度幽静，也可以说很有"灵气"，对我而言还有一种恐惧，生怕跳出一个穷凶极恶的坏人时，我却无能为力。雨后这座山笼罩在雾霭中，原来的泥路已经修好了石阶，石阶的边边角角也长满了青苔，只是那松树、栗树依然那么高耸，跟几十年前给我的印象并无二致，伸开的枝叶遮住了大部分的天空，即使在晴朗的日子里，下面依然是非常阴冷的。我沿着石阶走到了半山腰，并没有登顶，沿路设了几个亭子，只是路上并没有遇到人。其实我并不了解这个公园，除了知道里面有很多树，还有几个墓之外，我并不知道这里是否有庙或者有关佛法的古迹，或者神仙曾经驻留的传说，所以我来这里是没有特别期待的，也许没有遇到人就是我的期待。我可以站在林间看着自己的手和脚，听着自己的呼吸声，然后对着空气做个鬼脸，当然这个鬼脸我自己看不见，这里没有摄像头，在略带给人恐惧感的森林里，我的内心竟有些许莫名的欢乐感，也许是树木唤醒了我猴子的本性。

我一直认为这是一个好去处，我该在学生时代带个清纯的女生来此幽会，把那最甜蜜的语言说给森林，说给不被世俗左右的姑娘，当然如果可以，我还想在此拥着毛绒玩具一般温柔的她。当然这只是我年长后的痛悟，等我明白之时逝去的芳华已经无法追回，可以赴约的姑娘已经嫁作他人妇。若是现在，稍有柔情的女子遇到我的邀请也会警惕地看着我，似乎一眼就看透我的不怀好意，来一句："我觉得还是下个馆子吃顿饭好一点，爬山很累，蚊子又多。"在我大学毕业之前，我从来没有感觉到蚊子的存在，即使在炎热的夏季，在杂草丛生的老家山区。自从我认识了女生之后，蚊子突然飞入了我的视野，每次在城市的公园里、幽暗的林间小道上或者绿化丛中，蚊子总是那么明显地出现，出现在女生厌弃的口述之中。那一定不是当初的那种兴致了，在我高中的时候我跟同学来此拍过照，其实只是几个男生而已，照片大部分是在山脚下拍的，有几块裸露的岩石，我们几个就站在岩石上，抬着头望着天空，仿佛眼里只有天空，没有大地。

在我回到"久隐"的时候，我告诉许文玮："其实我也想开一家民宿，在大理。那里有一大片稻田，能看到洱海和苍山，生活过得很慢。"

许文玮笑了笑："那你开了吗？"

我也笑了笑："当时我没钱，不过现在也没钱，去的时候是跟朋友一起去的，我很想有一栋自己的漂亮的房子，这也许是我的一个理想，但是我从来没有为了这个理想去行动过。"

她又泡开了她的茶，不过这次是红茶，经过了发酵，不易伤胃。她对着我说道："其实有了房子不一定是万事大吉了，还要经常打理，这里漏水、那里发霉的。"她停顿了一会儿，看了看我又说道："你今天好像没有刮胡子。"

我尴尬地用手抚摸了一下："不是今天，是两三天没刮了，反正也不见人。你看我是不是特别沧桑？"

她用那无情的眼睛扫了我一眼，安慰了一句："还好吧。"

我又说道："我毛发长得很快，一天不刮就很明显。"

她突然说道："我听说当官的毛发都很茂盛，有的那个鼻毛都戳出来的，你是不是当官的料，或者你当过官？"

当她说到鼻毛的时候，我又把手从下巴移到了鼻孔，幸亏没有戳出来,然后带着玩笑的口吻说道:"应该是这样的,当官的要做事业嘛,精力旺盛,特别是男人,荷尔蒙也旺盛,鼻毛长得快。"

我对自己胡诌的能力很满意,只是她并没有被我逗笑,我继而说道:"我听说有些女孩子也长胡子,特别是美女,美女就会长胡子,不过不是很粗的那种,应该是很细密的那种。"说着,我假装认真地看着她的嘴唇。

她连忙说道:"我可没有,我从来没长过胡子。"

我笑了笑,她把一杯橙黄颜色的红茶递给了我。我本来想戏谑一下说她不是美女,不过看到她递过来的茶,又改口恭维她说:"不长胡子的也可能是美女,而且看起来更干净。"

我又仔细地端详着,说道:"其实你看起来也是个美人坯子,如果早几年,应该有一大堆人排队追你吧?"

她浅浅地笑了笑:"你的意思是我现在老了吗?没人要了?"

我说道:"现在也不错,老也不老,只是青春易逝,肯定比不上学生时代了。"在此我想尽力坦诚,比起化妆后的精致,我更喜欢纯天然的吹弹可破,就像高中时期的韵,没有任何粉饰,白里透红。

她也没有迁怒的意思,而是细细地品着她的茶,只是天空像漏了的勺一样,雨水又落了下来,我又抱怨道:"怎么又下雨了?"

她来了一句:"烟雨江南嘛!"

我大口地喝着圆融杯里的红茶,说道:"烟雨江南我就想到苏州,有个搞笑的事情,我一直以为苏州在南方,其实跟绩县比它是在北方,可能是别人带给我的信息,书本上写的东西,让我一直觉得苏州在南方。要不就是写书的人都是苏州以北的？"

她说道："你地理不好？"

我看着圆融杯上的兰草图案说道："还行吧，我去了Ｓ市后才知道，除了海南以外，其他地方都叫北方，虽然Ｓ市在南方，但是在我心里它不是南方，我的南方固定只有苏杭了，苏州可能是一座在北方的南方城市。"当然我更多幻想的是秦淮粉黛，只是我并未经历那个年代。

天空经过一阵狂暴的发泄后，雨水又渐趋平缓，她说道："这些年，我也去过很多地方，其实从书上、电视上看到的和去现场看到的还是不同的，想象的画面跟亲眼见到的差别还是很大的。"

我赞同地说道："心里想的地方应该是永远到不了的地方，毕竟没有一个地方是与心理预期一样的吧。不过有些地方还是挺喜欢的，比如大理。"

她反问一句："那你为什么不在大理住下来呢？"

我哀愁地说了一句："当时没勇气吧。"

（十一）

十天很快就过去了，在平淡的雨季里，在我没有想出其他打算的时候，我向许文玮要求续租，理所当然的还是原来的价格。雨天像是困住了小城的人们，大家都躲在自家墙角的一隅发着呆，聊着老黄历里的一些是非。

许文玮也有几个要好的姐妹来找她喝茶，当然聊到开心处也发出了银铃般的笑声，我只是从二楼的走廊探出头去偷偷地瞄了那么一眼。她们聊到了百货大楼里新来的裙子，其中一个女人还站了起来，转了一圈，然后得到了旁边的人一阵夸耀，而她自己却连忙说道："最近胖了，穿什么都不好看。"而旁边的人立马否认了这种说法，还说她这个腰身正合适。我从头顶望下去着实也看不到腰身，不过我也不相信女人聊天会真诚以待。然后其中的某个女子又聊起了跟家婆的一些事情，讲她如何与家婆斗智斗勇，大概的意思是家婆嫌弃她做饭难吃，结果有一天她突然不做了，要家婆自己做，结果家婆弄出来的更难吃，小孩最实诚，向着妈妈，说饭菜难吃死了，当时家婆不知道有多尴尬，而她心里不知道有多暗爽，结果从此之后再也没说她做饭难吃。然后那个女人说出了总结："老人啊，有时候挺烦，爱挑剔，轮到她来她就知道有多不容易。"然后几个人突然画风一转，对着许文玮一顿夸耀，说像她这样的独立女性就不会有这个烦恼。当然她们还是聊起了男性，聊起男性在她们眼里的糗事，以及男性在某些契机下的高光时刻。例如因为某个单子大赚了一笔，或者说木讷的本性之下突然给妻子买了条项链之类，然后又有女人提出了怀疑，对，就是那个永恒的话题——出轨，男人有时候撒谎都不会，送项链说不定是因为心虚。接着她们将话题转向了身边认识的某人，置身事外地聊别人的事情应该让她们觉得很惬意吧。

当然我不是有意偷听她们讲话，我只是闲着无聊，而且偷听女人讲话让我觉得自己会变得娘娘腔。许文玮的生活比我想象的要丰富，她有很多不知名的应酬，当然我并没有细细去打听，她待在民宿的时间并不是很多。

有一天她还带来了一个客人,这让我这个曾是唯一的客人顿时"醋意大发",不过看到是一个妙龄女子,顿时又期待连连。新来的客人比许文玮更瘦一点,在当下的审美标准下,她的身段更好看一点,另外看装扮应该会比许文玮年轻几岁。许文玮就将她安排在我隔壁的对门,我仗着自己多住了几天的熟悉劲儿,偷偷向许文玮打听她的来历。许文玮倒也没什么遮掩,说道:"是我朋友的一个女儿,我老家那边的朋友,一直说要来爬山,顺道就住我这里,待几天就走。"我想到她要来爬山,应该是爬黄山,不过黄山离这里还是有一定距离的。

我也曾有意无意地在听到开门声时假装巧合地走出房间,为的是和那个新来的租客打个照面,然后问道:"你来绩县玩啊?""老家在哪里?""爬了黄山没有?"当然这类问题其实并没有多大的意义,有的我甚至已经知道了答案,只是为了假装是初见。我看见她柳叶一样的眉毛上有一丝疑惑,带着警惕的口吻轻声地回答了一两个问题,然后客气地与我道别,整个过程没有露出一个笑脸,我在她眼里可能看起来更像是脑子有些问题,在我目送她离开之后,我又叹了一口气。我也不是火急火燎地要找个女人,特别是美女一诉衷肠,在我与前妻离异的前后几年我对女人都提不起兴趣,当然这里的兴趣不是说我已经丧失了性功能,就是一种烦躁的情绪让我无暇顾及儿女情长,而且情字特苍白无力,甚至比每天吃的快餐都缺乏味道,说上几句情话或者表达一下恩爱显得无比做作。可能是我回到了绩县突然空闲,让我找回了对异性的迷恋,但是又觉得这种迷恋让我有些力不从心,我甚至担心任何感情的发展到最后都会走向疲惫,所以美好的女子只能初见，或者只见那么一两次，然后彼此都拿出最为高贵的品质展现给对方，比如她拿出她的美丽大方，我炫耀一下我的见多识广以及幽默风度，彼此互相欣赏一下也就罢了。当然这样的"女子"网络上很多，时不时要你加她微信，白皙的脸庞、精致的妆容让你欲罢不能，但是我敢肯定，这种十有八九是骗人的，不过是为了骗取我皮包里那几个大洋。我怀疑那些美丽照片的后面是一个抠脚的大汉或者挖鼻屎的大妈，但我对"她们"不会义愤填膺，"她们"会说："我喜欢的就是大叔。"我笑着回了句："坏大叔还喜欢吗？"然后就没有然后了，又有人告诉我美丽的女子不需要上网找男人，因为在她们的现实生活里身边已经乌泱乌泱地围了一大群男人，我觉得挺有道理。

直到有一次，许文玮为我引见了她的女租客。那天下午三四点钟我起了床，洗了脸，又拿出了剃须刀刮了胡子，这胡子上午起床的时候就没有刮，直到睡了个下午觉。我走到一楼的时候许文玮正在泡茶，今天没有她的姐妹，我自来熟地坐在了一个藤椅旁边的凳子上，喊了一句："许老板早啊。"

当然这里的早指的是她来店里来得早，因为有时候她晚上才过来看一眼，相对来说比较早一点，当然这话也是我随意说的，只是为了打个招呼。

她却说道："早？你有没有搞错，现在是下午了，你不是躺了一天了吧。"

我连忙解释道："我早上有起床的，只是这个午觉睡得比较久。"

当然这样的解释也没用，其实我跟她所说的躺了一天也没多大区别，只不过是早餐和午餐的时候出了门，其他的时间还真的是躺在了床上。

她说道："人还是要多活动，不然躺僵化了。"

我看了看门口，今天下午都是阴天，没有下雨，街上的石板路差不多已经干透了，此时一身白色长裙戴着草帽的女租客快步跨了进来，说道："许姐姐早。"

我听到这个早字忍不住笑了出来，对着许文玮说道："你看吧。"

许文玮没有应我，只是对着她说道："今天去哪里玩了？"

女租客回答道："我去了趟呈坎村，今天还好，没下雨。"

许文玮邀请她坐在了藤椅上，女租客坐下的那么一瞬间，我觉得一团火焰烧在了旁边，那么热烈温暖，又带着一股香味。许文玮又看看我，指着我对她说道："这个大叔姓王，好像叫王蹇，你们见过吧。"我的名字在她的记忆里也只是一个"好像"。

女租客此时看了看我，没有之前紧锁的眉头，只是回了个"哦"字。

我顺势又对着许文玮问道："那这个美女又叫什么？"

许文玮说道："我还以为你们早就认识了呢，她叫黄玉霞。"

我发现取个让人难忘的名字真的很难，特别是女性的名字，不是芬芳，就是玉霞之类，反正离不开花草和流水。

许文玮又接着询问她这些天玩了哪些地方，又提供了一些建议，黄玉霞又说已经完成了爬黄山的首要任务，正计划着要回去了。此处我插了句玩笑话："爬黄山怎么不带上我呢？我还算土生土长的本地人，可以做你的导游啊。"

许文玮白了我一眼："别听他乱说，他不是本地人，他是 S 市的。"

我极力争辩道："我身份证的区号可以显示我是本地，3410 开头的，不信我拿出来给你们看。"

许文玮说道："要不我改天爬黄山，你去给我当导游？"

我立马应承道："可以啊，完全没问题。"

许文玮又跟黄玉霞聊了几句，说要请她吃饭，又看了看我说道："要不带上你？"

我说道："没问题，我买单也可以。"

喝完茶之后，黄玉霞回了房间稍做整理就下了楼，我们三个又沿着石板路，走出了城墙，在城墙边上的停车场看到了许文玮的车，古城里面因为都是旧宅，并没有修出宽敞的马路，加上旅游的因素，里面一些街道只允许步行或者一些体量较小的三轮车进入。我们上了车一路兜转，又过了桥，车停在了河边的烧烤街上，这里就是上次吴元、冯霆他们跟我吃饭的地方，可能小城就是这样，玩来玩去也就那么几个地方。在这个县城我也认识那么几个人，我真的生怕看见熟人就坐在隔壁吃饭，那样会有些许的尴尬，不过我担心的事情好像没发生。

吃的依然是那些食物，然后三个人免不了闲扯几句。

许文玮指着我说道："这个大叔是一个闲人，说老不老，说小不小，又不工作，我觉得很不正常。"

我说道："哪里不正常？我一个月前还在上班的，只是辞了职而已，回来小住一段时间，过段时间又会去找个新的工作，只是暂时休整。"

许文玮接着说道："这是第二个不正常的地方，说是回家，却没地方住，要来住旅馆。"

我不免叹了一口气："我这叫老无所依，不像你，还有两栋房子。你们看看这个世界，森林有人霸占了，草原有人霸占了，河流有人霸占了，甚至空气都有人霸占了，比如那个碳排放，你要呼吸还得收钱，那还剩下什么给我？我想到了云朵，云朵应该还没有被人霸占，正当我去霸占云朵的时候，结果被雷给劈了。"

黄玉霞笑了笑说道："按照你的说法，那你就是一个失败的中老年男人，到现在什么都没有，不过你的品行一定有问题，老是想着去霸占东西。"

虽然这话听起来让人很不舒服，但是我还是接受了这样的评价："这样说也可以，我认识一个亲戚，生了三个儿子，那时还没有计划生育。大儿子当过兵，退伍后干了一段时间的保安，后来外出打工，也不在家；二儿子去了市里经商，生意做得还不错，有车有房，虽然有时回来，但不长住；最可怜的是三儿子，人老实肯干，年轻的时候也想出去闯荡，结果他父母死活不同意，非要把他留在身边，还给他娶了一个本村的老婆，结果一辈子就留在了村子里，留在父母身边。我在想，养儿防老还真是这个道理，有的父母一定要留一个子女在身边。但是我又替三儿子感到可悲，人的一辈子就这样被父母决定，他活着的意义就是在家赡养老人，有时候觉得父母也很自私，当然这只是我的看法，也许他自己觉得日子过得挺好也说不定。"

黄玉霞说道："按你这样说，是挺惨的，一生被安排。"

许文玮却不以为然："正常吧，有几个人能决定自己的事情，很多事情都是别人帮你决定的,如果不是别人帮你决定,就是环境帮你决定的。比如有人学了医,可能只能去县医院做个医生,再努力也只能做到院长,要不就自己开家诊所。人活着其实就一辈子,也不可能样样都会,各种东西也不能都能体验到,除非你特有钱,生活会丰富一些。比如说,你现在还有点钱,可以闲着,要是钱花完了,还不是要给别人打工?而且还可能做自己不喜欢的事情,这也是被安排。有时候人只能认命,顺应环境,顺应时势。再比如,万一战争爆发了,一个炮弹下来,不偏不倚地砸我们头上,那人生也就结束了,更不要说选择了,没得选择。"

黄玉霞沉思片刻,才说道:"没选择就是没自由,没钱也没自由。"

我又笑了笑说道:"我觉得你现在比我自由,还能自己一个人出来玩,想去哪个景点就去哪个景点。"

黄玉霞回应道:"家里催着紧呢,马上得回去,我这个自由啊,也是有限度的。"

我们并没有点酒,因为许文玮要开车,我也不胜酒力,自然也没有喝酒的兴致。小县城的夜还是比较幽静的,昏黄的灯照着尖下巴的黄玉霞,烫染的波浪发披在她的肩上,散出阵阵幽香,如果是放在某种思维里面,肯定会觉得她有狐媚相。

聊多了人生渐渐就变成了唉声叹气,讲过很多哲理,又觉得尽是为无能的生活做的无可奈何的辩解,于是又说起了旅游。

黄玉霞对旅游充满了激情,总是说去过哪里,某某少数民族跳的舞很有意思,遇到的某某人唱的歌很特别,然后就是怪异的风景和难以忘记的美味小吃。

我很羡慕她这种对异乡新奇的感悟，至少她觉得是有乐趣的。我却摆出了老人世故的态度："我觉得去的地方多了也就没什么意思，吃的玩的基本类似，而且都是人山人海。"

许文玮却轻蔑地嘲笑道："都说人老了就不行了，什么都不觉得有意思，什么都提不起兴趣，干脆现在先买好棺材，准备好后事，何必活在世上呢？"

我笑了笑："你这话说得还真对，我记得以前我去别人家，有些人家家里就摆有棺材，一般放在二楼的阁楼上，挺瘆人，但是人家说了，家里摆个棺材反而不容易死，容易积福，棺材都被虫给蛀了，人还没死。其实我也没那么绝望吧，我只是想表达各地旅游的模式差不多。"

许文玮接着说道："我去泰国，觉得那边的人妖挺有意思，我还花钱摸了一把，虽然我明知道他是个男的。"

我笑了笑："你是做了在国内不敢做的事情吧。有时候觉得在路上碰到的人，一辈子可能只能碰到一次，想到这个，我就觉得旅行其实充满了悲伤。我去过左所海，因为时间比较赶，所以报了一个团，结果在团里看到一家人，其中有两个年轻的女孩，大概二十岁左右吧，不像许老板这般……"

我伸开手掌在自己脸上比了一圈，接着说道："我的意思是化妆，我并不是说化妆不好啊，我也不排斥化妆，但是她们的脸是天然的，那种自然的光滑，白里略微透着红。当然，我就跟她们待了两天，甚至没说过几句话，当时我很想找她们留个电话之类的，但是后来因为还是不好意思，而且她们父母也在，就没要。也不是说她们很漂亮，就是有那么一股青春的味道，也可以说清纯吧，但是想到其实我这辈子可能就只能见她们那么一次，我觉得挺遗憾的，其实遇到很多人都是这样。"

许文玮说道："你瞧瞧，男人就是这个德行，看到年轻靓妹就走不动道，但是怎么老觉得你有贼心没贼胆呢？"

我应道："我贼心贼胆都有，但是总不能每遇到一个美女都去要手机号吧，那我的手机不就存爆了，而且有的人适合聊几句，有的人只适合远远看看而已。不过让我更加印象深刻的是那像土匪一样的导游，非要带着我们去一个不知名的店里买中药，当然里面还有一两个穿着白大褂的人装模作样地给我号脉，然后说出了那么几个常有的症状，比如肾亏、湿疹、风湿还有肝火旺之类的。他们不光对我这样说，对其他人也这么说，女的就说月经不调或贫血之类，总之旅游团里没有一个人是健康的。"

许文玮突然笑了笑问道："有没有带你去买珠宝？"

我叹了一口气："珠宝没有，银饰就有。"

黄玉霞在旁边发出一阵嗤嗤的笑声，这顿饭后我再没有遇见过黄玉霞，她隔天就回去了，这个还是许文玮告诉我的，我也没有留下她的联络方式，当然我知道许文玮那边肯定有她的联络方式，但是我并没有去索取，其实我对黄玉霞没什么想法，我只是想多看一眼她的青春靓丽，就像无意间多瞄一眼风景一样。

……

许文玮终于爆发了，因为这过于漫长的雨季，几乎没有遇到一个晴天，她抱怨道："人都要发霉了。"的确房间里都弥漫着一股潮气，院子里灰白的墙上，竟然长出了鲜绿的青苔。

我劝慰道："你不是说这很正常吗，刚好是梅雨季节嘛。"

"以往没有像这样下这么多天,水都漫过桥面了。"她说这些的时候,我并没有惊讶,因为前些天我就撑着伞站在渔梁坝那里,呆呆地看着那毫无美感的洪水。

我又说道:"看来雨太大了容易发生灾害。"

我们在民宿的天台上喝着啤酒,看着潮湿的周围有些怅然若失。

她突然说道:"我突然想知道我的前夫现在在干什么,是不是搂着一个年轻姑娘在做龌龊的事情,他怎么不给我打个电话,打个电话来让我骂一顿也好啊。"

我不觉得她是喝醉或者是数落她前夫,我甚至觉得她可能想勾引我,勾引起我的恻隐之心,我不知如何以对,只是胡乱地自言自语:"我在 S 市的时候,看到一个卖早餐的餐厅,在餐巾纸上写着'念着你,暖着你',弄得像情人一样,实际上是这样吗?可能真正想着你的人,却对你没有只言片语。"

她沉默了很久,我不懂她是否悲伤,她坐在我的面前像是一座遥远的孤岛,她在她的理想国。为什么有那么多人喜欢岛?是因为岛是孤独的吗?还是因为岛是在海中的摇篮,安于片刻的风平浪静。我觉得女人可能是我的安慰剂,但绝对不是灯塔,或许我从未真正扬帆起航过,我只是站在陆地痴心妄想而已。

(十二)

在此期间我接到过一个电话,晚上八九点钟打过来的。这个人很少会主动给我打电话，她对我的憎恨应该不止一点，而且肯定也挥散不去。

她开门见山地说道："女儿的抚养费什么时候打过来？"

我低声下气地说道："过两天吧，我不在 S 市。我想过几天去你那边看看女儿。"

她不耐烦地说道："有什么好看的，反正你都不管不顾的，赶紧把抚养费打过来，一年的。"

我本想问一下她的近况，只是那样的语气让我又打消了念头，便应了句："嗯，过两天就打。"

她又逼迫了两句："要快啊，法院都已经判了的，我不想再去告你。"

有时无法想象她对我态度的转变，其实我很难说清我是否深切地爱过她。我之前也有过几次恋爱经历，比如初恋的时候总是懵懵懂懂的，想着去模仿影视剧中恋人间的相处方式，甚至为了某个女孩子而去唱情歌。当时是在一个湖边的荔枝林下，在某个忘记了日期的夜晚，可能一切都是美好的吧，但是我明显感觉到我唱歌是难听的。如果可以穿越到过去的话，我一定站在我的身后狠狠地嘲笑自己一番，但当时的确是那么幼稚，不过当时交往的女子也很幼稚吧，大家都充满试探性地在一起，我也不知道当时她内心是否在笑话我的歌声，当我后来决定要离开她时，她在深夜的电话里唱起了同样的歌，想到这个我真觉得是我在作孽，我能够好好珍惜她吗？在当时显然不可能，因为我搞不明白什么是爱情，只是内疚的心是有的，而且这种内疚每每想起还是存在于内心，但是这样的内疚也没能让我不能存活于世，在这方面我的确是比较冷酷的,而当时在一起也不知道要干什么,也许只是夜晚太幽暗,而我太好奇。可能她不是我完美的情人吧,我总是心存杂念,直到现在我仍没有找到我完美的情人,于是我又假装明白了一个道理,没有完美的女人,但同时每个女人都具有可爱之处,那么,只要去爱她可爱的地方就可以了。那样的经历让后来的我不轻易再对女人唱歌,更惜于说"我爱你"之类的,我总觉得歌唱得不好就是丑,毕竟我不是歌星,多说一遍"我爱你"便在我脸上多写了世俗两个字。

在遇到前妻之前我还正经恋爱过一次,有了一定经验的我又有了财力的加持,持续了那么几年,但是我跟她都不是一心一意地喜欢着对方,年轻的我总是难免有些心猿意马,并没有打算把爱情当作我人生的主题,不过爱情的确也不是人生最重要的事情,相比起来,繁衍后代可能比爱情更重要。我当时想着跳槽或者创办自己的公司,她是我在原来公司里认识的,刚入职的她颇有姿色,公司里也有好几个人追求她,当然鬼使神差地她跟我在一起了,可能当时的我看起来人畜无害吧,或者说在业务方面我还具备了一定的口碑。她满足了我对女人的认知,可我偏偏就有了些偏执的想法,比如喜欢自作主张之类的。我跟她吵过几次,也复合过几次,直到有一次才发现,她并没有把我当成唯一选择,她会去跟其他人约会,当然他们约会做了什么事情我并不知道,这也是我不能想象的,不过这样的事情还是得到了验证。在某个夜晚我去一家酒吧与合伙人商讨公司起初的规划时,我看见穿着青色长裙的她正端坐在一个卡座的沙发上,表情天真地看着对面一个年轻帅气的男子,原本我以为看错了,可我远远拨打她电话时,发现她拿起了手机并快速地挂掉了。我确认是她,但并没有走过去狠狠地扇她,当时的我纠结了那么几秒吧,可能她在我身上也看到了失望吧。当然这些是非也没必要去纠结,大家都没有婚配,各自追求所喜欢的也正常。就在我打算辞职不干的时候,合伙人突然跑了,说是另外有个项目,跑去跟人开宾馆了,而她那时也离开了我,分手的时候我还是伤心的,毕竟我也投入过。

后来反省与前妻的这段感情,可能更大的责任在我,我一开始可能就没有好好地尊重她,我的痛苦大部分来源于自尊心的受挫,加上事业不顺利,当时就想着当一个浪子,只要遇到姑娘就去摧残,反正爱情就是痛苦,看得淡一点,自己才会开心一点,结果就遇到了前妻,可能就是她的不幸。

我毫无触动地搂着她的腰肢的时候,她还是羞红了脸。

"我听说有种量子纠缠,只要产生作用,无论它们相隔多远,都能互相感应,做出相应的变化。"我抓住她的手说道:"来,让我们量子纠缠一下吧。"

然后我就丝毫没有诚意地吻了她,她痴痴地问我是否爱她,我没有回答,因为我已经不喜欢说那三个字了,另外我也知道女人善于表情管理,我对女人忌惮几分,她们会用各种天真或无辜的表情来让我放松警惕,落入彀中。她见我有些木然,竟然找了一个台阶下:"吓得都不敢说话了?"然后娇羞地依偎在我的身上,当时的我并没有体会到柔软,更觉得像是很有分量的石头靠在了我的身上。

我觉得其实在我心里她是陌生的,但是我竟然对着一个陌生人做出了这样的事情,当时的我毫无愧疚。我正处于某种心灰意冷的伤害里面，我对她毫无爱意，我也随时准备接受分道扬镳的结局。她不懂我的情绪，但是就她所表现出来的行为，她好像处于对我的热恋心境之中：害羞，热情，说话温柔，主动纠缠，倾诉她的生活琐事。其实我对其所表达的一点都不感兴趣，毕竟她跟其他女子并没有什么不同，所说的事情也大同小异，她说起了初潮时的糗事，我甚至觉得有点恶心，毕竟我在高中的时候不小心就看见一个女同学裤子红了一大片，她居然还不知道。当时有好几个男同学看到，但是没有一个人去提醒她，按道理这应该是我这个"生活委员"的职责，但我假装没看到，也许说了会更加尴尬吧。说到这里，我觉得我闯进女生宿舍检查卫生应该是毫无可能的事情，估计宿管阿姨会拿着扫把把我赶走吧，另外女生宿舍的门并不宽敞，只是一扇半开的小门，我绝无闯进去的可能。

前妻不光讲了这些，还讲了她家的枣树和稻田，还有她的亲生父亲在她三岁时死于采矿场，她母亲获得一笔赔偿后又嫁给了现在的继父。还说继父并没有虐待她，后来她母亲又给她生了一个同母异父的弟弟，然后她就受到了冷落，同时她叹了一口气说，在当地重男轻女是很正常的，即使她是她继父亲生的也会这样。正是因为如此，家里对弟弟特别溺爱，结果她弟弟反而没有读好书，早早走向社会，在他二十岁那年，他伙同他的狐朋狗友跟别人打架，伤了人，结果被关了一年半。自此，她的父母突然又无比依赖起她来，觉得儿子也靠不住，不过还是希望她能帮弟弟早日找个媳妇，希望有了女人生个孩子也许弟弟就变好了。她有些幽怨地告诉我：坐过牢的人哪那么容易找到媳妇呢？当然还讲了她小时候跟男生打架的那些小事，只是在那段无聊的相处时光里，我还是用嗯、啊之词来应付她，而我心里想着的却是过去的痛苦。这些对她都是不公平的，她向我倾诉自己的时候，我却隐藏着自己的内心，并且把控着事情的发展。只是因为她是女人，我暂且跟她在一起，我从来没有考虑过以后会怎样，在当时境况下我的心里应该是没有以后的。可能是我无所谓的态度，反而让我们相处得很融洽，她要什么，花钱买就是，反正当时的我丝毫不注重钱财。在S市一家高档的主打炖汤的餐馆里，我点了鲍鱼，她拿着账单小声地说："这东西好贵啊。"

我毫不在乎地说道："花点钱算什么，活着就得吃点好的，不知道明天会怎样，今天不吃，明天不吃，到了想吃的时候说不定就来不及了。"

她突然咯咯地笑了起来，我又问道："我说错了吗？"

"没有，我还以为我遇到大款了呢。"她调侃了我一句。

我真诚的悲观厌世哲学在她的理解里却成了显摆、装大方。我只是继续说道："我很穷，真的，没啥存款，过了今天没明天，你得想好，吃完这顿就得去住天桥下面了。"

她又咯咯地笑了，不过我食言了，我那天没有住天桥下，而是带着她去了宾馆。

另外她想去哪里逛，就去哪里逛，反正我不去也是一个人在住所闲得发慌，而且我还抱着演戏的状态，做着原本我可能不会做出来的事情，比如送个花，买个巧克力，讲一些听起来很浪漫，其实就是不负责任的话语，浪子不就是需要影帝一般的演技吗？我甚至怀疑我在做试验，用我的各种行为在她身上试探会出现哪些不同的反应，我是个理性的求证者，而不是一个热烈的恋人，我的热烈早就已经死亡了。

在我们交往了几个月后，她突然向我提出了结婚的要求。提出这个问题后，我思考不到三秒钟就说了两个字："可以。"

当时的我应该是很轻松地说出这两个字的，因为是抱着无所谓的态度，觉得结婚不就是领张纸吗？而且结婚很方便，即使过不下去还可以离婚，我觉得结婚后再离婚可能会让我看起来更加沧桑一点，更加有浪子的味道。

当然还是那句话，这对她来说是不公平的，可能她还没有完全弄清楚社会是什么样子的，男人分为什么样的类别，比如是禽类还是兽类，就被我那温柔沉着的表象给欺骗了，她甚至想把她的一生都绑在她压根不了解的这个男人身上，她无所顾忌地奉献着一切。我突然想到那句话，婚姻是爱情的坟墓，那对我来说，没有爱情的婚姻那就不是坟墓，那是活埋。

可能是我高估了我的骄傲和冷酷，我并没有如期望那般成为浪子，我竟然习惯了她的存在，习惯了她的柔和，习惯迁就她的一些做法和观点，习惯她将我占为私有，习惯是个可怕的东西，就像人如果习惯了坐牢就没法离开监狱一样。

在与她真正领证之前，我只见过老丈人一面，让我记忆犹新的不是他讲了什么条件，而是他脸上那副有点无所适从的表情。他可能也想表现出某种欢迎的姿态，但是又有什么压抑着过分绽放出来的笑意，甚至是话不知道怎么说，事不知怎么安排。我想她一定跟他说了我很多的好话，不然按照传统逻辑，丈人一定是要板着脸孔，认真严肃地与未来女婿交谈，这样才能在这场婚姻里为自己的女儿赢得一定的地位。不过大部分人家嫁女儿竟成了一场买卖，说实在的就是要花钱，价格谈不拢一拍两散的也很多，但是有点羞耻心的丈人可能在这场买卖中就有些扭捏作态，一方面想卖个好价钱，一方面又不愿意将这层血脉关系直接用金钱去衡量。我从来不担心一拍两散，我的泰然自若反而赢得丈人的好感，无论怎样我还算是一个正经大学出来的工程师，钱的问题自然就淡化了，加上有S市的加持。谁都知道S市是先富起来的城市，传说中街上都能捡到大把的钱，仿佛每个在S市的人都富得流油，这点我得感谢这个城市，至少让我走到其他地方聊起S市，别人都投来艳羡的目光，甚至觉得我也是一个有模有样的富豪。不过他还是说了那么一句：以后多帮衬着小舅子。

我见到的小舅子跟我预想的有一定的差别，我以为坐过牢的人会满脸横肉、凶神恶煞，显然他没有，只是他的脸有些苍白，眼睛耷拉，显得有些疲态，对我没有表现出热情，他穿着短袖短裤和一双人字拖在家游走的时候，显得非常散漫，我觉得他更像一位隐藏在农村的居士。

婚礼是在S市的一个酒店举行的，那套仪式感十足的活动我也不想多说，总之就是累，而且旁观的人甚至比我这个主角还要兴奋，仿佛他们窥探到了我的房事。可能我真的是被活埋了，一个拼命想做浪子的我怎么就稀里糊涂地结婚了？一定是有人给我下了迷魂药，总之让我忘记了我到底是个什么东西。

前妻那段时间给我的就是温顺、体贴，让我没法跟她翻脸，因为只有翻脸吵架我才能从坟墓里爬出来，她有可能看穿了我的计谋，不给我得逞的机会，我的苦恼是不能无理取闹，不能无事生非，不能黑白颠倒。

过去的前妻跟现如今的她比起来,完全是两个人,现在的她不需要掩饰了,她看透了我,同时也收起了那份初见时的纯真或者是装出来的纯真情谊。我也终归找到了一丝浪子的心态,从土里钻出来,呼吸到了一口还带着一股尿臊味的空气,一定是有人看地上没动静,在我头上撒了泡尿。她唯一想起与我联系的就是索要那份抚养费,其实我觉得我即使没给抚养费,她们母女也不会饿死,因为她们家还有很多农田,但是她就是想恶心我,让我不得安宁,而且这是法院给她们的正大光明的权利,我也觉得这是我应该得到的惩罚,另外我还想听到那个"前世的情人"对我的一声亲切的呼唤,可惜今天并没有听到。说到农田,其实我并没有亲眼见到她家人下田,我去她家的时候要不就是稻子刚成秧苗还没抛秧,要不就是已经收割剩下稻茬,两三头黄牛在田里吃着杂草。

我觉得我并不会因为漫长的雨季而去喜欢一个异性。但是我依然会以开放的态度和许文玮探讨有关两性之间的想法。

"喜欢一个人应该是从肉体开始的吧,谁都不会一眼喜欢上一个身上邋遢、面目狰狞、丝毫没有特征的人吧。也不会有人对着一张医院拍出来的片子说道:'我喜欢这副骷髅。'"我喝着许文玮刚泡的普洱说道。

"男人思维敏捷,找借口的脑子也很灵活,肉食动物总是要为自己吃肉找个借口,说:这是我的天性。好色就是好色,阉割后的男人才能规规矩矩的。"她凌厉地反驳着我。

"呵呵,你说得对。我就是喜欢美女,如果看美女是一种出轨的话,我一天可能出轨十多次,但是阉割后的男人你会喜欢吗?"

跟她认尿是最好的延续聊天的方法。

"有那么多美女给你看吗？在你眼里美女的标准这么低吗？"她比划着，展平的手几乎按到了地上，仿佛就是我一样，接下来是不是要在上面踩一脚呢？她继续说道："只有公狗才不挑吧。"

我只能尴尬地笑了笑："小泰迪也能爱上金毛？唉，男人多，女人少，女人稀有，没办法。你看下了半个多月的雨，也只是看到两个美女，其中一个还走了。"

恭维似乎有点作用，她反问道："你觉得我是美女？"

我随口一说："美，美得一塌糊涂。"

许文玮又嗤了一声："看来你虽然去过Ｓ市，估计也没见过什么世面，也没什么格局，所以觉得只要是个女的就是个美女。"

我反问道："你见过世面？那你跟我说说什么是美女？"

许文玮停顿了片刻，突然说道："哎，我还真想到一个人，我手机里有她的照片，我给你看看。"说着开始在她手机里翻找图片，我的眼睛随之找去的却是她涂着鲜红指甲油的细长手指灵动地在手机上滑动，她的手指跟她微胖的身形应该是不相匹配的。

"喏，就是这个。"她的手指停在了一张图上，递给我看，继续说道："你看看美不美，我表妹，姑姑的女儿。"

我大致瞄了一眼，的确是有几分姿色，但是不敢细看，随口说了句："的确是，跟你一样都是美女。"

她继续说道："她不光美，还见过世面，你肯定驾驭不了。"

我追问道："为什么这么说？"

她笑了笑说道："她是美院出来的，你懂艺术吗？她因为漂亮，还没毕业就被温州一个卖假鞋出身的土豪给看上了，好像是这个土豪卖假鞋赚了些钱，也想装一下斯文，不知道通过什么途径说要给学校捐钱，结果就搭上了这个美院，捐款仪式上我表妹正好被学校选来做司仪，结果就这么遇到了。起初我表妹根本看不起这种没文化的土豪，当时她还发信息跟我说起他，说他土得跟猪一样，比土猪还土，就是有几个臭钱，不过现在的土猪肉的确是贵。但是没想到架不住土豪天天开着跑车往学校跑，送这个，送那个，结果我表妹就沦陷了。刚毕业就结婚了，其实我姑姑姑父他们一开始也不喜欢这桩婚事，但是生米都给煮成熟饭了，肚子都大了。我姑父还抱怨道，当初送表妹去美院花了一大笔钱，光买颜料都花了好几万，更不要说找专业老师来培训了。土豪一听这个直接给了几百万的彩礼，我姑父再也没提这茬。不过可惜的是孩子没保住，流产了。虽然很有钱，我表妹其实挺忧愁，还是嫌弃他不像个正经的企业家，另外也怕被查或被抓。后来听说转型了，不卖假鞋，帮别人代工，还申请了个牌子卖真鞋，还有模有样地想扩大生产，那时集资还是什么的又贷了很多钱，结果遇到次贷危机，听说欠了好些亿，土豪从顶楼跳了下去。我表妹那个伤心啊，怎么也搞不清，卖个假鞋活得好好的，卖个真鞋结果丢了性命，不过土豪妹夫还是对得起她，给她留了一笔钱。但是后来不知道怎么的，我表妹开始养男人了，可能是妹夫的死对她打击太大，我表妹还把小白脸带回了家，结果被人指指点点，我姑父脸上也挂不住，说不想再跟她来往，要断绝关系。结果真的被老人说中，我表妹又被骗了一大笔钱，有段时间还差点被送进精神病院，神神道道的。后来好了点后，又听说她想继续学画画，去法国待了两三年，好像还交往了个外国男朋友，不过最后也没待住，可能妹夫留给她的钱也给折腾得差不多了，回了国，见到我只留给我一句话：鬼佬很自私！最近又听说，她在莫干山有个别墅，现在跟着一堆人学修禅，整天穿着一件类似道袍一样的长衫，打坐啊，读书啊，问禅啊之类的，不问世事。前段时间我去了趟莫干山，我觉得她简直变了一个人，年纪轻轻的讲话活脱脱像个老人，不能说通透吧，我觉得她有点虚妄，反正我是无法理解的。这样的人，你觉得你能驾驭吗？"

我笑了笑，假意问道："她有没有剃光头？要不你把手机号给我，我也去莫干山修禅悟道。"

第二天我还是找了一家银行，给前妻打了钱过去，同时也发现我卡里的余额剩下不多了，如果不找份事情做的话，肯定会坐吃山空的，在这方面我还是有些忧患意识的。

（十三）

但是刚刚堆积起来的懒散习性并没有马上被纠正，我还是如同一具没有思维的稻草人一般躺了两天，才又考虑起是否要去找份工作。第一个方案是回 S 市，毕竟在那边也经营多年，跟经理套套近乎似乎也有继续工作的可能，当然只是可能而已；另一个方案就是另外找一家公司，但是就目前的形势而言，似乎有些困难，大部分企业都趋于稳固，而且也不是人事变动的旺季，我的年龄也不是网络工程师的黄金阶段。当然我也想到了那个曾经的合作伙伴，虽然当时没有合作成，但还是有一定情谊在的，不过只是少有联系。再次就是暂时留在绩县，先找份临时的工作做着，不过落魄的凤凰肯定是不如鸡的。

刚离开公司不久的我如果再恬不知耻地回去也不是我的风格，另外，我也不想看到那个"八戒"，所以我否定了这个想法。不过我还是给以前那个合伙人打了电话，当然我还是假意地叙了叙旧，说的是曾经想大干一场，甚至还想把公司弄上市，在IT火热的时候，我跟他完全是可以分到一杯羹的。当然这些做梦的东西、吹牛的东西是我和他共同的回忆，只是梦刚开始就破灭了，源于他立场的不坚定，也源于我的那个前女友卷走了我几十万的存款。

傻子很少承认自己是傻子，这里我必须要承认一下，我承认当时的我是傻子。按照当时的法律来说，一部分钱是可以追回的，毕竟不是赠与。但是我判断我跟她并不是没有感情，而是感情无法再维系。而且那几年的欢爱还是记忆犹新的，她也许把最好的青春给了我吧，按照当时流行的说法，这些钱就是青春损失费，我也不明白当时为何那般大度，可能我更看重那份我自以为的纯真吧。对，那个存折以及密码也是我心甘情愿告诉她的，当时我们如同一体，就在我看到她跟另外的人在一起的时候，那刀绞一般的感觉让我忽略了神经痛，那时我的脑子里应该被过度的电流给击断了。这也许是S市的魅力，如果是放在一个小乡村，她也不敢拿得那么理直气壮吧，因为地方小，吐口水的人总是会反复地吐。因为S市够大，各种想法也多，一句拜拜之后难以相见，谁又了解你的前尘往事，明天照样可以花枝招展，男人照样可以风流偶傥，道德早就被丢弃在昨夜的呕吐物里。

当然跟老合伙人的聊天最后还是进入了正题："最近在干什

么？应该是 S 市的大老板了吧？"

他却说道："你还不知道吧，当时宾馆就开不转，没多久我们就散伙了，我离开了 S 市，现在在老家的小县城搞了一家面馆。"

看来他也没有实现他的富豪梦，不过我还是说道："那也还不错，还是一个老板，我还指望着跟你混呢！"

电话那头他笑着说道："你我可都是搞 IT 的，我都把自己老本行给丢了，在小县城做了个街边小贩，我还指望你呢！这些年你在 S 市应该混得不错吧。"

我只是说道："唉，我也是替别人打工，最近刚辞职，回了老家，我还以为你已经发达了，打算去你那里讨口饭吃，看来也是指望不上。"

只听见那边一阵嘿嘿的笑声，然后说道："给你一碗面吃还是没问题的。"

我说道："花几百块钱坐个火车去吃十几块的面？还是算了，如果有空了去你那边玩，别不认识我。"

他满口答应道："行。"

说实在的，老合伙人以前比我的胆子大，说辞职就辞职，说投资就投资，在我还在犹犹豫豫、思前想后的时候，他已经开始行动了，他总对我说："要先干起来，机会不等人。"结果我还没完全辞职，他就被另外一个我不认识的人拉去开宾馆了，他认为 S 市人多，大家都吃喝玩乐到深夜，肯定有人晚上想着住酒店宾馆的，因为他曾有那么两三次凌晨两点吃完消夜找了很多酒店都是客满，他觉得只是前期投资大一点，后面基本上是一本万利。至于里面的经济账我也仔细算过，后来他是怎么亏的，我也不清楚，可能还是跟当时的疫情和经济有一定的关系吧。我跟他的合作也仅仅是停留在意向上面，他后来基本驶离了我的生活。

基于这样的情况，我想到了最后一个方案，打算在绩县找个临时的事情先做着。于是我开始思索着在这个县城认识的人，那些熟识的亲戚显然是不会去找的，不然不就等于自己打自己的脸吗？况且也没有有权有势的。说到有权有势我不免想到了吴元，或许跟他开玩笑似的提一下，他也许能马上领悟到，我觉得当官的脑子对于别人说出的话应该是相当敏感的，如果可能的话，他也许会安排一点事情给我做做。冯霆应该是指望不上了，他在医院工作，我思来想去也在医院找不到适合我的事情，我总不能去他们医院修电脑吧。当然还有那个韵，去给她老公开大货车？我连开货车的驾照也没有，还是算了。

不过我第一个委托帮我留意工作的却是许文玮。当时她正倚靠在民宿的木门上，看着外面半晴不晴的天气，那个西方油画里才有的肥臀将裙子衬托得刚刚好。不过油画里一般是裸露的，而她的是遮盖起来的，只是透过裙子依然能看到她大致的线条，当然有一种柔和的美感，但我并不能说她如何完美，况且每个人的审美意识差别还是挺大的，如果不看脸，我觉得那会是一张很好的照片，如果我是一个被阉割了的人，可能根本不会看到这个细节。

我站在她身后随意问了一句："今天是晴还是雨？"

她没瞧我："晴转雷阵雨。"

我突然想到这两天忧愁的事情："再下雨的话，我快饿死了。"

她转过头来，有些讶异地看着我："下雨跟你饿死有什么关系？我看你过得挺滋润的。"

我说道："唉，还是要找份事情做啊，钱一下子就用完了，你不是住在开发区吗？那边应该有很多公司吧，看有什么工作，帮我留意一下？"

"工作？什么是工作？我从矿业大学毕业后来这里就从来没有工作过，我怎么知道那边有没有事情做。"她的老板气质完全展现出来了。

我只能又低声下气地说道："唉，有钱人就是不一样，要不你帮我找个富婆养着我吧。你不是有一些姐妹闺蜜什么的，有没有富婆，介绍给我认识。"

她突然哈哈大笑起来，还用鄙夷的眼神打量着我："就你这个样子？一坨油腻，谁看得上？"她停顿了一下，转而又说道："不过我可以帮你留意留意，说不定有哪个眼瞎的看上也有可能。"

在她回开发区的时候，她突然叫上了我，说打算捎我一段，问我是否愿意去那边碰碰运气，我立马应下来，只是刚上车顿时觉得我像个被人豢养的小白脸，在Ｓ市都是我开车，女人不是坐在副驾座，就是后排，掌握主动的可是司机我。在许文玮的车上，我只觉得我是被她关在后座的小动物，如果此时她突然说想养我的话，可能我的内心会猛烈地挣扎十秒吧，然后就会低声地说道："可以。"因为我觉得除了说可以之外，其他的说辞似乎都不太合适。但是她并没有说话，我只是看着车窗外，也免了那份尴尬。我看到一个拱形的大门横跨在马路上面，上面写着"绩县高新技术开发区"的字样，白底蓝字，颜色依然鲜艳，可能每年都会刷新一下吧，只是车刚拐进一个小区的大门就停了下来，她对我说道："我要进地库了，你下车吧，自己去看看。"

我"哦"了一声立马跳下了车,甚至有点失落,她都不打算请我上去喝杯茶之类的。不过我的正事是找工作,我顺着大马路往前走着。除了大片杂草丛生的农田,靠近火车站的一边也修了很多崭新的小区,其中包括许文玮的这个小区,另外往前走个一公里发现几家类似工厂模样的房子,等我走到那边,证实了我的判断。只是偌大的厂房里没有看出热火朝天的开工迹象,不过墙体那么厚,另外现在对工厂的各类环保要求也高,生产并不会产生巨大噪音也是有可能的。我看到一个大门旁的门卫室里,一个年轻的小伙子正坐在藤椅上打盹,我走了过去,敲了敲玻璃窗,他醒了过来问了一句:"干什么的?"

我顿时有点慌,我还真不是来干什么的,只是赔笑道:"我来看看,其实我想问问,你们公司现在招不招人?"

他倒是热心地说道:"我们现在流水线都开不足,不缺人。"

我连忙说道:"我不上流水线,我是搞技术的,工程师。"

他眼睛突然有了神采,仔细地打量着我,不过始终用怀疑的表情:"我也不知道,要找工作都在网上找,我们公司包括厂里都是在招工网上发公告的,政府网站,你应该去网上看看。"

"哦,我只是想来开发区看看环境,这个我知道,谢谢你啊。"我的确是不太了解绩县,这个我自称的故乡。不过我这次跟着许文玮过来,也只是想出来走走。

然后我又绕着这片区域转了转,在厂区的街道上几乎看不到人,反而是居民区里人多一点,小孩的喧闹以及狗吠声不绝于耳。我突然觉得在这块真实的广大的土地上很难找到所谓的形而上的"工作",因为它不长在地里,也不生在街上,而是在我看不到的地方。为什么说它形而上呢？因为它太不具体了，比如有的人睡睡觉就是工作——酒店试睡员，有的人说说话就是工作——电台主持人，有的人喝喝茶、聊聊天就是工作，有的人什么都不干也叫工作，所以工作这个东西就是形而上的东西。

这片区域，让我较为熟悉的就是那个火车站，当年第一次去S市就是在那里上的火车，我不是走上火车的，而是被人托着从窗户塞进去的。刚好是春运时期，绿皮车到了车站都不敢开门，怕人多拥挤出事情，只有我们少数几个幸运的人从窗户爬进去，而车厢里其实已经塞满了人，可恶的是里面已经上车的人拼命地往外推着还没上车的人，嘴里一直说着，人太多了，上不了了，不要上了。到了下个站依然如此，我也立马明白火车为什么不开门了，当时我是挤在厕所门边经过差不多两天才到了S市，对厕所里的那股夹杂着方便面味道的臭味我到现在仍记忆犹新。再后来就是在某个冬天，我在这里下了车，当时大概是晚上九点，街上已经没有人了，刚刚下起了小雪，我背着包哆哆嗦嗦地往前走着，街上的长方体灯箱上展示着这个地区的历史名人，例如方腊、胡雪岩、胡适、许国等，我在附近的一个小旅馆住了一晚，小旅馆的老板恰巧是深溪镇的，不过当晚我也没睡踏实，因为实在是太冷了，睡到天亮脚还是冰的。后来再也没有从这里坐过火车，改去了市里，相对来说那边更容易上车。

但是现在看来，这里完全没有当时那个印记了，可能我没有走到那个火车站，当然大白天的也很难怀旧，在我逛累的时候，我很想拨通许文玮的电话，说去她家看看，但是理智又让我断了这个念头，其实我不太喜欢去打搅别人。后来还是在一个小区的门口拦了一辆三轮车，给了点钱，我才又回到了"久隐"。

我越发觉得只有吴元才能帮到我了，我回到了旅馆，又用手机查找起政府网站的一些信息，果然看到了一些招聘信息，不过那些信息大部分已经是一年前的了，离现在最近的也是六个月前的，是招销售经理，我也没干过销售，直接滤掉这条。

我想着怎么跟吴元说起这个事情，想来想去还是需要来个饭局。于是我又在班级群里私发了几条信息给吴元和冯霆，说我还在绩县，是否有空再来聚一下，还特意强调了是我请客，这个饭局在几天后得以实现。

但是地点由原来我说的河边的夜市烧烤摊换成了吴元指定的城墙边的一家鲜羊店。这是一家装修偏复古风的羊肉火锅店，有两层，门帘和窗户都是镂空的木质雕花，墙上贴着巨幅的绵羊的图案，端上来的火锅里面是带皮的羊肉。其实我不太喜欢吃带皮的肉类，就怕没煮烂，嚼不动，卡在喉咙里十分尴尬，当然除了羊肉还有一些配菜。我和冯霆先到了，吴元说有个会议要开，要晚一些，我跟冯霆识趣地吃着瓜子，在等候吴元过来的时间，冯霆跟我提起吴元的一些仕途经历，说是人大毕业后在隔壁两个县做过，后来又调回了这个县，前些年是开发区的主任。其实我对这些并不感兴趣，这里的不感兴趣不只是针对吴元，而是所有的同学，我觉得每个同学都会遇到很多不同的人和事，如果有人愿意讲起，我也就听听，没有人讲起，我也不想去细细过问。吴元迟了一些，不过还是到了，首先跟他碰杯的还是冯霆，滔滔不绝的还是冯霆。我突然明白冯霆的重要性，如果是单纯的我和吴元，那么这个局就会很沉闷。首先我不善言辞和溜须拍马，插科打诨的能力不足，可能身上有了工程师的包袱，人变得假正经，其次我与吴元的交集不多，知道的事情也不多，很难聊到共同话题，冯霆解决了我的难题，只有他能带动以及黏合起我们三个人来。而我只是尽力地顺应到他们的聊天情景中，适度地表达一些观点。

冯霆先是说起了几个女人，当然有我认识的高中同学，也有我不认识的他的大学同学，说到了女人就说起了欲望、情爱、婚姻之类的。他认为，像他这种学医的其实对女人并没有十足的兴趣，因为在医学院搬尸体搬多了，男男女女看得太多，人赤裸地躺在床上其实并不好看，如果再被人开膛破腹的话，那就极尽丑陋，但是婚姻和性其实就是赤裸相见。就他来说，他看到乳房首先是观察有没有动过刀，也就是隆胸，其次摸的时候是考虑里面有没有纤维瘤，可以说对女人是专业，对感情是走神。当然他还说起了盆腔和骨架问题，他觉得医生对这里是没有理想主义的，因为人体对他失去了神秘感。

我不免嘲笑一番："照你的观点，医生接近和尚了，随时准备出家。"

他说道："对身体的了解并不是说完全失去欲望，荷尔蒙还是要萌发的，只是我们看东西的角度不太一样，你们是探索秘密，我们是没有秘密。"

吴元说道："欲望才是人活着的意义。"

冯霆立马说道："还是领导总结到位，来，喝一个！"

整个过程我只吃了一些容易食用的蔬菜，聊天的最终目的终于如期而至，冯霆突然问起我最近在干吗，我于是倒着苦水说道："前段时间回了趟 S 市，结果辞掉了半耷拉的工作，现在在一个旅馆里待着,快要上街要饭了。"

冯霆说道:"什么叫半耷拉?"

我解释道:"新闻上应该有吧,就是一份工作两个人做,一个岗位两个人做,为了不裁员。其实已经裁员了,还要分着做。"

冯霆若有所悟地点了点头,我连忙又接着说道:"现在我可是无业游民啊,以后还指望着跟着你们混,两位大哥有没有什么工作的事情可以照顾着我,短工也没问题,看门、扫地、端茶倒水、洗衣服的也可以。"

冯霆连忙说道:"这个啊,那还是得指望吴局长了,吴局长才有这方面的能力和资源。"

我不免朝吴元看了过去,吴元那不动声色的表情实在让我捉摸不透,我突然想起了许文玮说的官员的鼻毛很旺盛,不免朝着他的鼻子看过去,如果不是因为这样留意,我可能觉得他的五官并没有什么不妥,但这一留意,竟让我发现他好像真的鼻毛旺盛,那粗黑的鼻毛像豪猪上的刺,而我又假装食物辛辣也用手触了自己的鼻孔,想验证是否每个人都如此。

吴元还是说话了:"工作这个事情也不是我说了算的,政府里要招人,比如公务员都是公开考试的,雇员也是要选拔的,有些岗位也不是说有就有的,有些公司、厂区需要招人的话,信息会来我这里,到时我可以发给你。不过我觉得王工在 S 市混得那么好,应该是有过人之处,找个工作应该是难不倒他,而且一个高材生谁也不敢让你端茶倒水啊。"

这话讲的像是答应了帮忙,又像是在推辞,不过我更留意的是他的鼻毛,心里不免一阵笑意,这股笑意也传达到了我的脸上,我连忙掩饰道："领导讲原则，我也不能为难领导。"

吴元又补充了一句："当然了老同学，能帮忙的肯定帮忙。"

冯霆却说道："对局长来说，这都是小事情。"

吴元却并没有顺着他的话说下去，而是说道："喝酒，喝酒。"我很感激冯霆的尽力帮助，不过其实我也不太想过分地把这个事情强加于吴元，于是说道："说笑的，说不定过些天我回S市也有可能。"

饭局结尾，正当我抢着要买单的时候却被吴元给拦了过去，说这是他的地界，请客是他分内之事，我又不能驳了他的面子，于是还是他付了钱。

对于这个饭局的结局我也是看不透，我也没正儿八经地拿着礼物上门去求他，只觉得十有八九找工作的事情黄掉了，又想着怎么回S市去碰碰运气，另一方面也在网上搜着各类信息。

只是没过几天，突然有个陌生人给我打了电话，他说是一家用人公司，县民政局需要一个信息平台维护的工程师，觉得我的学历和资历符合要求，希望我跟他签订一份工作合同。一开始我觉得他是在骗我，但是他说可以去县民政局当场签订的时候，我突然明白过来，一定是吴元帮了忙。当我坐在民政局的一间办公室填写个人信息的表格以及签订合同的时候，我并没有看见吴元，我也是第一次见到这个用人公司的经理，我试探地问了一句："那个，你们是怎么找到我的？"

中年的秃顶男经理说了句："哦，有人推荐的。不过说清楚，这只是一份临时的购买服务，不是职员，也不是雇员，我们都是按照程序在走，以后你想变成雇员或者职员的话，全靠你自己。"

我连忙说着感谢的话，又想起吴元，回到民宿的时候又给吴元发了条感谢的短信，他只是回道："恰巧有这个工作，人才公司推荐了你，不用客气。"我又发信息给冯霆，感谢他的美言相助，他又说道，按照以前的政策，我完全可以按照人才引进的政策招调入职，只是现在还有没有这个缺口不得而知。

在遇到许文玮的时候，我又把找到工作这个事情告诉了许文玮，许文玮没多大兴趣，倒是对上班地点感兴趣，她说："民政局离我新区房子不远。"

我说道："那我可以去你家蹭饭吃，那边我还是有点熟悉的，在那边的火车站坐过火车，那路上还有一栋有时钟的大楼。"

许文玮告诉我，火车站早就搬迁了，又往外推了好几里，那有时钟的大楼其实是以前开发区的办公楼。

（十四）

动物园里的火烈鸟害怕孤独，饲养员会在火烈鸟的旁边放些镜子，镜子里的影像成了它们自身的伙伴。不过人却不那么好欺骗，即使是自己欺骗自己，其实孤独不在于人多或者人少。那年我跟朋友去了云南，在丽江喧闹的酒吧，我却不想听到世界，希望酒精能够阻隔我所有的感官，恰好酒吧里也摆了一面巨大的镜子，为了让空间感觉更加宽敞，店家可能也知道欺骗不了我们，也许店家只是想让我们看清楚自己。那里不属于我，我只是假装与热闹接近一点，然后让别人忽视这种少许的不协调感，一个在酒吧喝酒的人任何的呆滞、抽搐或者喧哗都是极为正常的。

当然在我深陷孤独的时候，我也出现了一些莫名的既视感，我好像在丽江见过金鱼在脚底下游动的旅馆，我也好似看见过"久隐"二楼的那道院墙。我一度认为我的大脑预知了未来，要不就是神仙已经写完了我的剧本，只是在我做梦的时候无意剧透了那么一个片段，我只能沿着那浅浅微微的线索继续活下去。有的地方走过对我来说只是走过，但是当朋友走到大理的时候，他打算在一个寂静安宁的小镇定居下来，那时，我只是背着包回了S市。

我不知道许文玮是否也存在这种孤独感，每当她燃起一根烟的时候可能是孤独的，当然我只是猜测。在我开始上班那段时期，许文玮破天荒地带我去见了她的一个闺蜜，我以为是那个闺蜜有"圈养"我的意向。我们站在一个十多平方米的画室里看着她闺蜜的画，许文玮燃起了一根烟，她闺蜜长发文静，脸颊却很消瘦，好像一点也不在意她抽烟。画室里摆放着十多幅画作，大部分是油画，少量的粉墨画，而她画的主题似乎就是山水。这其实是一个老宅，这间画室在二楼，她闺蜜告诉我，一楼太潮了。我问她是否属于新安画派，因为我只知道汪采白是新安画派的，她只是告诉我，这一带画画的都常有联系，有时候聚一下喝个茶或者酒之类。我总觉得山水不如人物和事件来得有意义，山水只是自然之物，恬心悦目，而人物事件却故事颇多。可能是我浅薄，我还是问了她那个问题："你的画能卖多少钱？"

许文玮瞪了我一眼，画师倒是平淡，跟我说道："这要看篇幅的大小了。"说着指着一幅横竖一尺多的画对我说道："这幅按照现在价钱也就一千左右,那边那幅大的花了我两三个月时间,要一万五。"我又看向那幅将近一平方米大的油画,上面内容较多,除了山水还有亭子、游船和人物,跟刚才小的那幅比起来,我更倾向是小的那幅。小的那幅内容比较简单,一条透亮的河,两边是翠绿的松树,但那片绿色是一片朦胧状,色彩却让人看得十分舒服,我觉得用眼过度的话,不做眼操,看这幅画就好。

我于是说道:"我挺喜欢这幅的,看着挺舒服。"画师笑了笑,许文玮对我说道:"喜欢就买下来。"

我思忖片刻:"喜欢归喜欢,我买了也没地方放,没地方挂。"

许文玮说道:"这个不怕,我那里有很多地方挂,就挂你住的房间也没问题。"

我笑了笑:"这不是给你做了嫁衣吗?"

许文玮又说道:"你是光看不买啊,那得收你门票才行。"

她闺蜜插了一句:"你还真会说笑。"

许文玮说道:"我哪里说笑呢?你以前不也跟别人办过展,也收过门票吧,五块十块也是收嘛。"

许文玮指着一幅画着一间旧房子,旁边是或红或白的梅花的画说道:"这个挺好看的。"

她闺蜜说道:"这个是二月去卖花渔村画的,那里种了很多梅花,过年期间正是开放的时候,不过卖花渔村并不卖鱼,而是一个山村。"

许文玮说道:"我要这个。"问了价格立马掏了钱给画师,画师推托两下还是收了钱。

其实我不太喜欢那画的红艳,虽然看起来也是挺美的,不过每个人的喜好是不一样的，艺术的事情太个性化了。

许文玮掏钱的时候我没敢出声，等她们交易完之后才对着画师说道："这个地方挺安静的，可能只有你们这些画画的人才能待得住。"

画师又转头问许文玮："那你们两个是什么关系？"

许文玮说道："没有关系，他只是我的租客，今天带他来看看，没想到他小气得很。"

我笑了笑："怎么没有关系，是赤裸裸的金钱关系。"人在金钱面前是最容易坦白的，比起医院的那个X光要有用得多，爱钱和占有我觉得是人的本性，当然这句话的重点是在赤裸裸，精神上扒光了衣服。

之后我也偶尔会见到这个画师，有时是在"久隐"的客厅里，我并没有追求和她成为朋友，毕竟我对绘画不通，盲目去攀附容易显得自己浅薄，人还是需要装一装。包括那些搞艺术的，比如搞音乐、搞艺术设计的，都要敬而远之，敬而远之的还有那些官员。

就在我第一天兴致勃勃地去民政局上班的时候，显然低估了里面人员的复杂性。首先科室一大堆，计财科、救急科、组织科、社务科等等，然后是各种的身份，局长就好几个，还有处长、科长，这个主任、那个主任的，还有副职，关键是他们很少直呼其名，都是带着身份叫的，记住脸都不容易，再加上与之相对应的关系就更麻烦了，总之让我感觉好像每个人都是领导一样。以前我在公司里的这个王工，在这里居然变成了小王，我莫名就年轻了起来，而且觉得领导颇有亲和力。有个新晋的主任见到我亲切地问道："小王，家里人还好啊？父母高寿了？小孩读几年级了？

149

有人接送了吗？"我顿时有种温暖感，他嘘寒问暖地关心我的私生活，我也只好谨慎地回答了他的所有问题，他诚恳地点头示意，虽然看起来他比我还小几岁。只是没过两天他又遇到了我，而且问了同样的问题："家里人还好？父母高寿了？小孩应该读小学了吧？"我突然明白他并不是想知道我的生活是怎样的，而且他也没记住，只是他习惯这样跟人打招呼，而且我隐隐约约地发现，其实他采取的是一种"领导亲切慰问员工"的姿态，我得毕恭毕敬。另外一开始我也想尽力去记住他们，但是到后来放弃了这个想法，因为不光是整个民政局里的人搞不清楚，与民政局接触的人也搞不清楚，个个好像都有来头一样，走路都带着风，后来我干脆采用了一个懒人的方法，遇到像模像样的以及不像模像样的都叫领导，生怕把某个长相丑陋的领导给得罪了。

民政局的系统是采购的，有专门的企业进行维护，而且相对来说也不会出现很多的问题，我只是通过系统的后台能够看到一些数据，当然某些数据对外面的人来说就是机密，当然我对这些机密也毫无兴趣。那我能干什么呢？只能在各个科室里面转悠，他们还是很热心地招呼着我："小王来看一下，我这个表格对不齐怎么办？"我只能跑过去帮助他调整表格。另外一个人又说道："小王，我的显示器不亮了，是不是坏了？"我走过去又把她显示器后面松动的电源线给插紧，还有一些事情就是帮他们清理清理电脑里的垃圾文件，我已然成了修电脑的。他们对我还是挺客气的，可能是有人听到有关我来此的一些小道消息，有时还有意无意地试探着问一句："你跟吴局很熟吗？"我不置可否，也没正面回应，我怕认了会影响吴元，不认又怕他们不信。还有一些设备的采购，有些报单还是礼貌性地送到我面前，让我提供"意见"，我哪能有什么意见，我只能签个"同意""符合"之类的，真正需要意见的是报表最下面领导的签字和印章，而我只是这个环节的一个见证和技术支持而已。在这里上班两个星期，我没见过吴元，渐渐地我对这里的架构有了一些了解，当然这些了解都是通过背后打听出来的，我也能慢慢叫出他们的姓氏和官衔。

当然还是落入了那个俗套之中，民政局的局长听说已经到了退休年龄，估计就是年底的事情，谁来接任局长成了一个很大的问题，那几个科室几乎每天都会悄悄地讨论一遍。有的说办公室胡某一直与现在的局长走得很近，估计他会上，也有可能局长临退休的时候拉他一把；又有的说组织科的许科长可能会担任，据说他是市委书记的门生；又有的说，可能是空降，上面委派一个新的领导来，还是隔壁县的；当然还有传闻是吴元，有的又说不可能，吴元是重点培养对象，只能往上，不能往下；等等。还有人逮着我说道："你不是搞工程的吗？编个程序来预测一下，看谁来担任下一届局长。"

我笑着说："程序能有这么神奇吗？能预测出来？"

好事者继续说道："大数据不是什么都知道吗？听说开什么双色球都知道，谁谁家里缺什么都知道。"

我讶异道："你说得还真有道理，改天我试试编写一个看看。"当然我只是随口说的，他们单位要换领导跟我这个临时工几乎没什么关系，我也不会为了这个劳神费心，大数据能猜出某个家庭缺什么是有可能，但是能猜出下个局长是谁我觉得不太靠谱。另外这里面也不是一团和谐，暗地里还是有些是非，当然对这种争斗我也司空见惯，只要有人的地方肯定就有是非。就在我以前上班的那个公司，研发部的和销售部的一直不和，就是因为两个部门领导因为某一次酒桌上喝大了，摔了杯子，然后推搡起来，结果就结下了积怨，结果弄得两个部门下面的员工也被逼着站队，站队其实是很痛苦的，谁也保不齐一定站对。当然总经理是知道这个事情的，但他却认为这叫竞争，可能他在中间才能左右掌控吧，价值更能体现。不过年终分奖金的时候，总是会争来争去的，方案起码也得改个三四次，最后还得经理一锤定音，也许这就是权术。

一开始我还能与世无争地过我的日子，但是渐渐发现，有一两个科室不怎么待见我了，一方面是讲话冷言冷语，另一方面是我在场的时候几乎不说闲话。我也反思起自己到底哪里做错了，可是一天到晚我也没干什么惊天地、泣鬼神的大事，我只是一个"修电脑的"而已，难道我叫错了某个领导的称谓？应该不会吧。

直到有一天，我在茶水间遇到一个搞清洁的阿姨，也不要小看这个阿姨，据说她也是某个领导农村来的远亲，没读过书，一开始在领导家当保姆，主要是带孩子，后来孩子大了，就不需要她了，又不好把她赶回农村，就把她安排进了一家保洁公司，转而进了民政局做清洁。打听消息方面她应该比我厉害多了吧，她有着那种天然的能力，一方面有着中老年妇女的全面沟通能力，另一方面她也慈眉善目，似乎任何人的话她都能听到，任何人愿意分享的东西都在闲暇的时候与她分享。她来这里也有好几年了，而且她的活动范围也大，楼上楼下，大办公室、小办公室，甚至是男女厕所她都能进去，而且不管是谁见到她都要叫她一声樊阿姨，一方面可能是因为她有着与某位领导沾亲带故的关系，另外一方面谁也不会与一个农村来的妇女斤斤计较吧。当然我也试图从她这里得到我需要的答案，于是笑脸相迎地对她说道："樊阿姨好，我看你越活越年轻了。"

"嘴巴甜得跟蜜一样，可不要骗我这个老太婆了，拿我这个老太婆寻开心可不好。"她说道。

"我说的可是实话，我就觉得你做事挺有劲儿，整天乐呵呵的，不是年轻是什么，你说我说得对不对。"我继续说道。

她笑了笑："这倒是，我也不能整天板着脸，我一个老太婆想不了那么多，每天吃好，睡好，把事情做好就可以了。"

我又说道："不像那些领导，一阵风一阵雨的，压力大还是怎么的，今天看起来很开心，明天就感觉死了人一样的，板着脸。"

樊阿姨说道："他们那些东西我可不懂，也不知道他们在琢磨什么事情。"

我倒了一杯热水捧在手里，继而轻声说道："我也跟你一样搞不懂啊，前段时间感觉还好好的，不知道为什么，最近胡科长好像对我有点意见，我也不知道发生了什么事情。"

她突然向四周瞅了瞅，发现没人，也压低声音对我说道："你是不是吴局长派来打听消息的？"

我连忙辩解道："我可不是，我只是临时来顶份工作，我都不管他们的事情的。"

她说道："他们都说你是以前的吴局长派过来监视他们的，打听消息的。以前吴局长在民政局待过，后来换了领导，下面的人也换了些，都分派的，可能现在正要换局长，你跑过来不就被人嫌弃和怀疑了吗?那个胡科长是提防你吧。"

我恍然大悟,又笑着说道:"那他可是冤枉我了,我就是做份临时工,说不定没几天就得走。"

当然对于这样的事情我也不可能专门找他去解释,毕竟都是小道消息,他也没有对我恶语相向,只是表情严肃而已,我也只能权当没这回事。

民政局的大楼有四层,主要领导都在四层,其他的科室依次分列在二、三层,一楼是大厅,加几个杂物室和一个大的会议室。我的办公场所被安排在二楼一个小房间里,房间正式的门牌是"网络维修室",里面除了我还有一个电工。我跟电工的关系倒也融洽,毕竟也没什么利害关系,他是这里的雇员,只要民政局不倒闭,估计他要在这里做一辈子的电工,换个灯泡、铺个线路他还是很在行的。他做的时间比樊阿姨还长,领导换了几拨,他没有换,当然他对这里面的事情更加门儿清,有时候我也不得不关起门来向他请教。他告诉我民政局主要分为三派:以现任局长和胡科长为主的是一派;另外一派就是许科长,听说他上面很硬气,很有可能提干;另外就是吴局长留下来的程科长,不过程科长看起来像没什么大志一样,整天乐呵呵的,遇到人总是说好话,也没见他出过风头,做事做人都很低调,但是越是这样的人越可能扮猪吃老虎。见他分析得头头是道,我笑着问他:"那你是哪一派的呢?"

他摆摆手,把抽剩的烟屁股按在了烟灰缸里说道:"我是自由派,这里的道道你不懂,不能随便站队,站错了就不知道怎么丢工作的。"

我深有同感，对他说道："我以前那个公司也是这样，但是没办法，我在研发部，主要是开发新程序、新产品，我们研发部领导和销售部领导关系不好，但是没有他们销售部，公司赚不了钱，每次分奖金的时候，销售部都要压我们一头，我们研发部的头儿就很不开心，说我们开发的产品，凭什么奖金比销售部少，还要我们去总部反映，意思就是站队，我本身就是在研发部，你说不站队可以吗？但是谁也没想到后来研发部的头儿跳槽了，把我们给撇在那里了，你说尴尬不？幸亏有总经理撑着那里，也不想研发部的人流动太大，影响公司的发展，于是那些事情也没再计较。后来我就明白了，我们没有必要为了别人的一些私人恩怨而赔上自己，别人只是利用你，没用了就一脚踢开，所以不参与最好，当然不参与也可能得不到利益，被排挤之类的，也正常吧。总之遇到这类的事情总是很烦的。"

当然我跟电工聊这些只是为了求证胡科长对我的看法，接下来电工说的话和樊阿姨大同小异。于是在我再次接触胡科长的时候显得更加小心谨慎，这种小心谨慎让我不自觉地去留意胡科长的每个细节，比如他的鼻毛就很旺盛，时不时地会从那个鼻孔里戳出来，还有那秃了一半的脑门儿。他渐渐成了我心里标准的丑角，虽然他从来没有刁难过我，说过一句让我听到的坏话，我也不知道他是否做过任何一件坏事，他是否打压过其他的同事，等等。就在我对他完全不了解的情况下，我开始讨厌他了。

一天楼道里突然传出了一阵急促的脚步声，就见局长带着几个人冲下了楼，上了一台十三座商务车，汽车迅速驶离了大院。我看着樊阿姨正在拖着走廊的地，问道："他们这是干什么去了？"

樊阿姨直起身子淡定地说道:"估计是有紧急事情吧,他们应急小组的必须要到场吧。"

听到这个我突然想起第一次遇见吴元的情景,于是又对她说道:"那民政局不就没人了吗?"

樊阿姨说道:"怎么会没人,剩下的是老弱病残吧。"

我闲着无聊又走进一个科室,对着一个大肚子的中年妇女说道:"啊呀,刘姐,你这个肚子这么大了,快生了吧?"

刘姐说道:"别瞎说,还有几个月呢!"

我又说道:"你肚子里可是祖国的未来啊,得好好养着。"

刘姐说道:"什么未来不未来,就是我老公那天没做措施,不然我也不会来受这个罪,这个都是三孩儿了。"

我说道:"这可是天注定的,安排你们家人丁兴旺,别人想生还生不出来呢,以后我们这堆老人还指望着娃娃来养呢!"

刘姐笑了笑:"要养也是养我,你是没机会了,你想有这个机会也可以,你有小孩吗?我们可以定个娃娃亲,说不定成了亲家以后,你就可以指望一下。"

她这么一说,我突然又想起了我的女儿,内心蓦然一阵心酸,却立马又抑制了回去,说道:"唉,看来我们是没机会成为亲家了。"

我应该是那个不受待见的人。离婚之后,前妻把我当作瘟神。其实当初结婚我也是昏了头,就在我有点想明白的时候,她却说想生个孩子。在我想成为浪子的那段时光,我的脑子从来没有出现过孩子,无法想象一个外星人一样的东西突然侵犯到我的生活里,那是多么恐怖的事情,而且孩子意味着结束了我很多的可能性。但是总是有人说没有孩子的家庭是残缺的，为什么在很多人眼中自己始终是个残次品，不是缺一半，就是缺这个，缺那个。为了找到另外的一半要恋爱、结婚，但是结婚了一半加一半还是不完整，还是残缺，为了不残缺，要赚钱，要买房，要生孩子，生了一个还不够，还要生两个，生出个"好"来。

他们老是说小孩是爱情的结晶，但是没有爱情呢？那小孩就是性爱的结晶，可是在大部分人的观念里性是罪恶的，攻击搞臭一个人就开玩笑似的讨论一下他的性事就可以了。然后又有人说了，小孩是无辜的，那就意味着罪恶是无辜的了，我们始终没法在罪恶方面自圆其说，只有千万句的诡辩，或者我们的出发点就是错了，我们就不该讨论性事，特别是我，作为一个普通人的我，不该胡搅蛮缠，对性事评头论足，只有高尚的人才配定性。

前妻还是给我下了最后的通牒，她一定要有收获，她认为，当然也不只是她认为，一个女人没做母亲是不完整的。她拿出要搬走和离婚来威胁我，就在我使劲挣扎的时候，我被制服了。

护士抱着女儿对前妻说："她长得真漂亮。"我始终没觉得她漂亮，她并没有给我一种专属的冲动感，她是骨头汤、鱼汤里捞出来的吗？毕竟前妻几乎天天都在吃这些东西，而且在我看来每个赤裸裸的小孩都长得差不多，漂亮的点在哪里呢？于是关键的对话出现了："她长得鼻子是鼻子，嘴巴是嘴巴，耳朵是耳朵，粉扑扑的。"

"呵呵呵……"

我突然明白，不残缺就是漂亮，虽然这个不残缺也是建立在残缺的基础上的，当前妻亲吻带着"骨头汤"味的女儿时，我不知道她怎么下得了嘴。那几年不缺赞美吧，赞美来自她认识的所有的人，以及我认识的几个人，有的说："她长得真好看。"有的又转而对前妻说道："你真了不起，要是我一个人都带不过来，你能全部都搞定。"我不知道这里面有多少真话，不过给的红包是实诚的。

我抱着她，只是觉得一只一两个月的小狗比小孩生动多了，至少毛茸茸的抱着很舒服，而她显得有些呆滞，只能睁着眼睛，要不就是人来疯似的哭闹。直到三四岁，我才觉得她有点像个人样了，觉得也有那么一点乐趣。

（十五）

如果说她是我前世的情人，那么前妻是否会生气呢？显然前妻没有恶狠狠地盯着她，也没有原配打小三那种激烈的冲突，或许前妻在这方面睁一眼闭一眼了？不过话说回来，按照时间来说女儿是前世情人，妻子是当今的，妻子才是"小三"，"原配"反而是无力招架。

……

那时兵荒马乱，许多穷人不是死于战争就是死于瘟疫，年迈的不中用的老人就自行去森林里喂了豺狼（参考《楢山节考》），穷人更找不到老婆，那时应该不叫老婆，而是娘子之类的。她是地主家的女儿，地主家有了余粮也养活了一些人，而我呢，一定是穷酸的农民子弟，吃不饱饭，幸得读会了几本祖上传下来的书，为什么要设定让自己读几本书呢？可能我骨子里还是对知识充满了敬畏和尊重。

而我每天只能路过她家的地，趁人不注意偷偷跳到地里，扒拉几个红薯抱在怀里拼命地狂跑。但是常在河边走，哪能不湿鞋，我还是有被发现的时候，她家家丁放出了恶狠狠的狼狗，追着我跑了五里地，腿上的伤只能自己找点草药抹上去。那时我还不认识她，虽然我识字，但是我也行窃，我在文人中的确是败类。当时的我却对皇帝的政令颇为不满，豢养犬牙，恐怖统治，苛捐杂税，官兵腐败，盗匪猖獗，民不聊生，但是又为自己的罪恶辩护，曰：迫不得已。书生就是如此，一副正气凛然的样子，内心却懦弱至极，遇到官匪，如过街的老鼠，暗地里却自命不凡，以为能指点江山，蔑视权力，却又巴不得高中状元，八抬大轿。

初见是在清明，在烟雨之中，在潺潺的溪水边，在一座青石拱桥上我看见一个着红色披风的女子，发髻工整，面若凝脂雪，身如玲珑玉。她提着一篮子祭品，身边跟着一个丫鬟还有一个家丁，像是要去祭拜祖先。我远远地随着她去了青山，爆竹响起，青烟缭绕。在桃花与油菜花盛开的时节，她是一幅无法忘记的画，那青石桥旁边的百年樟树可以为证。

这是一个避世的村落，存于山坳之中，当年太原郡王氏兄弟携族人为了逃避战争的灾祸逃荒于此，见四周都是无主之地，便立茅草屋为家，后又有吴氏和汪氏迁入，形成此村落，先来的王氏先行开荒，占了诸多良地，长孙一支便成了地主乡绅。那我的前世情人应该叫什么呢？当地产兰草，按照旧历，取名王惠兰好了，惠为字辈。

再次见到王惠兰是在我母亲挑着一担新收的粮食前去交粮时，地主老爷站在门前指着那担粮食说道："今年就算了，你家也不容易，你家男人死得又早。"

母亲却坚持道："这是规矩，契约写得好好的，不能坏了规矩，另外都是邻里，男人的面子也是在的。"

地主老爷叹了一口气，招呼着长工收了那担粮食。那时我透过大门，看见里面依着屏风站立的王惠兰，亭亭玉立，温文尔雅，才知道她是地主家的女儿。回家路上我询问母亲："家里粮食不多，为何不领了地主的好心。"

母亲答道："人活着就要站得住。"我很痛恨地主家的狗，但是并不仇恨这个地主老爷以及让我一见难忘的地主女儿。这位地主也并非万恶不赦，村里需要修路都是他出大头，谁家有困难也都是他牵头帮衬，还有那条长十多里的青石板路也都是他修的。地主的钱并不全是收租来的，大部分来自往城里倒卖一些山货所赚的利差，例如茶叶、丝绸之类，所以这个地主更确切地说是商人。

由于村落闭塞，村里达到婚配年龄的男女并不多，选择的余地不大，锁在闺中的女子更少得可怜。父亲在世期间，我还读过几天的私塾，等着朝廷开科，却迟迟不来，先来的却是几年的蝗灾，以至于家道中落。王惠兰的选亲是地主老爷安排的，就在地主家的厅堂，我有幸参与了这场选亲，来的有十多个青年，王惠兰躲在里厅，地主老爷走进里厅跟王惠兰私语几句，出来对我们说道："识字的前列。"结果只有三个人站了出来，其中包括我。老爷打发剩下的人出了门，出门前还每人发了一包顶市酥。接下来老爷说道："我家女儿喜欢有学问的，三位后生展示一下你们的学问。"

由于我背诵了一段《中庸》，最终我被留下来了。王惠兰从里厅的门缝里瞧着我，问题来了，我穷得叮当响，如何能与她婚配？老爷也很头疼，此时我的母亲也被请到了厅里议话，商量一番，三年期限，要不科举中第，要不经商富甲，否则另觅良婿。恰巧来年开了恩科，我幸得秀才，虽未得进阶，却也得到地主老爷的认可。

成婚之时我酩酊大醉，那夜月光皎洁，我向王惠兰倾诉道："我们并非初见，那年清明石桥上便对你一见倾心，可懂我心意？"

王惠兰云："小女子也曾见过相公两面，只觉得相公斯文，识得诗书，望君不负卿。"溪水柔情狗吠止，云腾玉露凝柳枝，不见七情入深夜，只悲来生忆此时。三年恩情，却因丈人生意，我提着一篮行李随着丈人去了杭州，在那里我见到了另外一个世界，花红柳绿，沁香粉黛，勾栏瓦舍，我茫茫然。

我在运河上见到渔家小妹，与之吴语，鱼肥蟹美，楫下波光粼粼；我在河坊遇见浣纱女，青红随波逐流，风起彩衣飘飘；我在三潭印月饮醉柳间，画舫上二胡凄怨夜瑟瑟……世间娇如此，青衣巷里多情日，却是阅尽人生无归途。

我在一庙中遇一和尚，见他擅长山水，高山流水，素雅仰止，画上落款"弘仁"。于是问道："大师超凡，能否指点一二？"

和尚不语。

我又问："人活一世终于卒，所谓何求？"

和尚亦不语。

我又问:"书画何为美?"

和尚云:"不见佛祖不见经。"

若是没有离开那个乡村,我并不会如此苦恼,我会觉得世界最美为王惠兰,生活静如磐石。但是来到了苏杭,才知道世界繁杂。秀才不如一杂货商来得潇洒,生活随意,欢笑直叙,秀才只能正襟危坐,方寸有序。

等我再回村落时已经是腊月,情人的眼泪是月下的泉水。只是来年春雷响起,我又要远行,在渔梁坝坐上乌篷船,行进到临安却不巧遭遇到洪水,船被冲到支流的一个垭口,幸而得救。接下来打听到消息,因为这场洪水来得很突然,淹死了很多人,我与一伙计暂住在一农家,身上带着一些做生意的资财。看着滚滚洪水,我觉得不死已经是我的大幸,突然萌生一个想法,我分了一些资财给了伙计,要他回报称我已身亡,伙计犹豫再三,我说道:"要不是老天可怜,我们都已非命,为何不肯应我?"

伙计说:"我不想欺人。"

我说道:"不是你欺人,是我欺人。欺骗不了自己,只能欺人。"

伙计最后答应了我的请求,而我承诺不在两地出现。于是我带着一些钱财开始游历四方,而王惠兰听到噩耗,伤心欲绝,丈人劝她改嫁,她却誓守终身,死后终立一牌坊于村口的樟树旁。

……

许文玮哈哈大笑:"你讲的是什么鬼?这是你的前世?"

我稍有不悦:"编个故事嘛,总是要联系联系实际,比如,那个渔梁坝,那个牌坊之类的。"

许文玮说道:"里面还有一条狗呢,那条狗咬了你,也是跟你有缘,说不定今生也会来找你。"

我说道:"你说的也有可能,轮回的事情谁知道呢,对不对。"

许文玮又问道:"那个和尚怎么回事?平白冒出一个和尚?"

我解释道:"和尚高深莫测嘛,为了解释我为什么要离家出走,因为看透人世嘛。"

许文玮继续说道:"那为什么不干脆让你直接给水淹死,那不更现实,你为什么要游历四方,而不是跟着那个和尚去庙里?"

我又说道:"那样就不是冤孽啦,有冤孽才有轮回吧,我是这样认为的。"

许文玮说道:"凭什么好处都给你占了,别人为你受苦受难,我觉得可以加上一条,方腊起义的时候,怎么不把你砍死?我觉得就应该砍死。"

我笑了笑:"只要你喜欢喽,喜欢砍死就砍死。那时的女人是不是自称奴家?你看'奴家'这两个字多谦卑,不像现在。"

许文玮说道:"你真的是恶公子当惯了,我觉得还有可能前世你不是男的,而是女的,你其实就是王惠兰。"

我一想也对,说道:"都有可能。"我也许还可以把这个故事编得更新奇一点、曲折一点,当然总是要凸显某些罪恶在里面,然后顺理成章才能延续到今生。也可能是遇见吴元那日看见的红绸花轿,爱慕起了里面的美人才有此想法,这飞逝的年岁我们也只能通过做戏才能领悟古代的风月了。

这是我第一次去许文玮的家,因为有些无聊,下午五点钟离开民政局之后,我就拨通了许文玮的电话,没想到她也没拒绝。刚进门,只觉得房子里有些寂静,因为没有别人,这是一个三居室,地板、茶几和餐桌的桌面一尘不染,茶几和餐桌上各摆着一个精致的琉璃瓶,瓶里插着鲜花,一个朝南的阳台很空旷,外面透进来的光,反射在黑色茶几上,这也是我判断出一尘不染的原因。

我笑了笑说道:"你这里我都没法下脚,这么干净。"

她还是从鞋柜里拿出一双拖鞋扔给了我:"你上班这么闲吗?有空转我这里来了。"

我生怕被某种寂静给吞噬了,急忙答道:"近嘛,所以来看看。嗯,房子挺漂亮的,就是缺少人气,估计蚊子蟑螂都不会来光顾吧。"

她说道:"我就喜欢清静。"

"你是想学莫干山的表妹?但是我觉得你也不是清心寡欲的样子。生个孩子,就热闹了。"我喝着她倒给我的果汁说道,其实我诧异的是知道她抽烟,但是房子里却没有烟味。

"找谁生?生了孩子我的日子还用过吗?不是成了整天带小孩的保姆了吗?"她一连蹦出了几个问题。

我脑子里立马回忆起之前她跟我讲起的旧事,转而说道:"这就奇怪了,之前你不是说是你跟前夫提出要生孩子的,而你前夫不同意,现在你又不想生孩子了?"

"不可以吗?此一时,彼一时嘛,女人都是变来变去的,要不你带个孩子来给我养养。"她似乎也振振有词。

我说道:"我倒是有个女儿,都说女儿是前世的情人。"

她却嗤笑一声："色字头上一把刀！"

然后我就构想出那么一个王惠兰守活寡的故事，不过许文玮却不认同，可能她是一个唯物主义者，不相信前生来世，当然当我说起这些的时候，她的表情是轻松的，完全当作一个笑话来听。但对我却不一样，毕竟跟女儿待过几年，总会想起一些琐碎，当然我编的故事我也不会当真，唯一当真的是女人守寡给我的震撼。

那年父亲突然离世顿时让家里失去秩序，而我也一直沉浸在逃避悲伤的情绪里，母亲突然说道："我现在是一个孤零零的寡妇了……"

那句话突然扎进了我心里，原本坚强好胜的母亲突然换了一种口吻，向别人表露出了一种可怜相，而且那语气中的无助，像是四处要找棵树靠着一样，然后她以一种低吟倾诉的语调跟我说道，某某亲戚死老公也死得比较早，她肯定也懂这个心情，死老公是很惨的，连个讲话的人都没有。我没有应答母亲的话，这让她的倾诉感觉更像自言自语，那时她就一个人看着电视，一直看着电视。我是无法替代父亲给她精神寄托的，我只能希望她能面对这世间的残忍，就像那倒掉的房子，很难再修葺起来，或者只能交给自然去消磨和填平。然后她又跟我聊起了是否有来世，我以一种含糊其词的说法应承着，既不能承认有，也不能否定没有。但是我想到的画面却是母亲摔了父亲的酒杯，我忘记了当时我是初中还是高中，我是在夕阳落入西边村口的大樟树时走进的家门，父亲坐在正堂的左边椅子上一言不发，脸色虽并未那么难看，却也是一副倔强的凝固，他的酒杯就摔在了正堂的地板上，母亲倚靠着厨房的门不停地数落。当时正值茶季，最为农忙的时候，父亲忙于村里的事情，丝毫没有帮上母亲的忙，母亲估计当时自己也很惊奇吧，在农村忤逆丈夫可不是件容易的事情，不过父亲忍让了母亲，并没有发生更激烈的冲突，我识趣地退出了门口，站在屋旁的石阶上看着那夕阳落下。对于来世的疑惑让我想到了我自己，我自己可能也会走到这一步，要不就是妻子先死，要不就是我先死，然后丧偶的人要在存活的时光里熬尽悲伤和孤独，如果有一方死得比较早，可能会有不同，另一方会改嫁，寻找另外一个寄托。但是无论如何，丧偶都是人类极大的痛苦。

在绩县有很多这样的牌坊，有的是朝廷为了表彰妇女守寡的，当然一定是要守节到死的，不然出了纰漏再来拆掉石坊就很麻烦，那时崇尚守节，按照另外某个时期来说就是封建思想、残害妇女之类。当然我并不希望我的女儿经历那样的事情，而且我也并不觉得她真的是我的前世情人，我甚至有点乱伦的感觉，也不知道是哪个人第一个提出了前世情人的说法，往好的方面讲，他提出时应该是没有想到乱伦的，可能只是觉得女儿十分可爱，想好好照顾女儿的生活而已。

像许文玮这种离异的绝对不是寡妇，即使她的前夫死了也不是寡妇，同样的，我的前妻也是如此。但是离婚跟丧偶还是有微妙的共通之处，离婚的好处是可以重新再来，虽然会经历一些痛苦，当然离开的那个人也许并不是相爱的人，也许离婚是解脱，所以离婚和丧偶还是有一定的区别，但是守寡也未必守的是自己相爱一辈子的人，也许只是守着自己无法挣脱的道德或者是某个"公序良俗"以及让人只会服从的制度而已。

面对一段正发生的情事，是很难预估到未来的，当我成为垂暮老人的时候，我是否还能拉着她，老泪纵横地说着对她的爱慕？

（十六）

我还是打算回请吴元，当然顺带约上了冯霆，地点当然是吴元挑选，我特意强调了一定要我买单，并且说下了狠话：如果谁再跟我抢单就不是我同学，也不是我朋友。

这次我们去了一家徽菜馆，也在河边夜市街上。端上来的臭鳜鱼却让我难以下嘴，我只挑了点冬瓜、笋干和火腿吃着，然后喝着一杯一个晚上喝不完的啤酒。

"感谢老同学的帮助。"我还是说出了主题，然后举起了杯子。

"小事情，不用客气。"吴元淡定地说道。

"领导一句话可帮了别人很大的忙。"冯霆说道。

当然这些都是客套，客套完以后又聊起了时事政治，吴元要不就是避而不语，要不就是含糊其词，倒是冯霆及时将话说到半明。我在民政局也听到一些消息，不免也跟着说了几句："上次那个事情，我这种外来人能有收益吗？"

吴元问道："什么事情？"

我又不得不挑明说："就是发钱的事情，刺激经济啊。"

吴元说道："已经没有这个事情了，钱搞不出来，另外方案牵扯太多，始终定不下来，到底是给本地户口的，还是包括外来务工的，是给农户还是城市户口，一直有争议，后来干脆取消了。"

冯霆惊讶地说道:"我还等着好消息呢,没想到就……"

吴元夹了一块臭鳜鱼放在嘴里说道:"现在做什么事情都要谨慎,弄得不好舆论压力太大,肯定是要人担责的,撤职处分之类的肯定是要的,所以叫你们不要乱传一些消息,因为有些事情不是很确定。"

冯霆连忙打包票道:"我可是什么都没说!"

我顺着吴元的话说道:"我看民政局那些人也是,一听说有事,立马就出去了,就怕点名没在场一样,吴元你以前不是在民政局做过吗?"

他那尖利的眼神瞟了我一眼又移开,谨慎地说道:"待过一段时间吧。"

"我看里面也挺复杂的,至少我是理不顺。"我有意笑了笑,说了这句话。

冯霆追问道:"怎么复杂?"

"人际关系呗,这个那个的,加上最近领导要退休,然后我就有点搞不清状况了。"我解释道。

吴元此时说道:"哪里都一样嘛,都有竞争关系,工作方面有不同的意见和想法也很正常,国企私企不也是这样,都正常,反而是一言堂容易出问题。"

这话像是给这个问题定了性、定了调,定性很重要,定了性就不能再跑偏,只能在规定的范围内阐述。

我只好说道:"也对,哪里都一样,每个人想法都不一样,人事变动其实也很正常,我以前那个公司也有类似这样的事情……"然后我又不厌其烦地把那些以前公司里的旧黄历给翻了出来,绘声绘色地又讲了一遍，对吴元和冯霆来说可能是第一次听。

在这个问题上冯霆也分享了他们科室的一些事情，大致类同，然后我们形成了一个共识，那就是在任何一个单位或者公司，纷争是不可避免的，而且是极其正常的，我们必须去适应。我本想继续将在民政局遇到的事情一一向吴元说一说，但是又觉得自己可能小瞧了吴元，另外我也耻于这种细作的行为，于是将那些原本数落、埋怨某些人的话又咽了回去。

能找到一份开心的工作真的很难，自己做老板赚大钱可能会开心吧。但是只要给别人做事，拿别人发的工资就不得不低声下气。如果领导器重你，包容你，又给你很多的福利，那或许真的能获得一些成就感，可能会开心一点，但这样的事情少之又少。大部分人为了生计不得不委曲求全，每天准时打卡，还得面对来自管理人员的责难，在他们眼里，责难算是对工作的要求，总认为责难越多要求就越严格，就越能体现管理的核心价值，所以要员工温顺得像绵羊一样，还得多产出羊毛，可能也觉得员工都是不靠谱的，都会坏了他们的好事。可是不开心的员工真的能高效地工作吗？人逃不过欲望，总会被社会功能所驱动的阶层理念所俘虏，定位与角色扮演也恰如其分，或者是这一方人自古就积极向上，例如"吃得苦中苦，方为人上人"之类的，总喜欢爬得高一点，架子也搭得高一点。

我在以前的公司，虽然在研发部，但是我过得并不开心，当然也不是特别难过，毕竟我还是"老人"，还是有一定的工作能力。研发部的部长其实还是高层的某个亲戚，这种"近亲繁殖"的现象在哪里都能看到，他的能力全在公关上面，喝酒方面极其有一套本事，在年会上他能一手拿着酒杯，一手拉着领导的手，说得自己像领导的儿子一般——忠诚、可靠和担当。领导是乐的，当然我也无法明白这种乐是真的，还是假的。其实研发部部长的技术技能在整个部门排名是末位，当然是我排的名，所以整个部门干活的时候他基本上提供不了任何技术上的支持，但他能提供精神上的"支持"，例如开个会说一下工作纪律之类的。当然这样的会议对我来说纯粹是浪费时间，一大堆人坐那里就听他一个人讲一个小时，越讲他还越发自我感觉良好，我觉得肯定是有一些同事摆出一副如获至宝或茅塞顿开的表情，不然他怎么会讲着讲着自己笑了起来呢？对于那些开发出来的东西从来不会署上我们的名，只能署上公司的名，而我只是想早点干完活，早点下班，我的工作仅仅是工作，没有成为我的事业，这也是后来我想出来单干的原因。

基于我的认知，大部分人应该都不会很快乐的，在说领导坏话的时候，部门里除了领导以外几乎是全部参与的，而且每天朝九晚五的，多少青春时光都用在了工作上。只是智慧的人太少，很少人选择换一种快乐的方式，大家都在互相折磨，有时候在一些无意义的事情上反复折磨，尴尬地活着，或许是我们的承受力太强，忍一忍就过去了。王惠兰是不是也是如此，只要每天想着吃与喝，对其他的全都不予理睬，那么这一辈子是不是也就过去了，就那么容易地过去了。

当然我有那么一刻两刻的醒悟，当我在上班的路上看到晨曦，在下班的路上看到夕阳，那种纯天然无须雕饰的美丽，那种缓慢的延伸出来的流光溢彩，不是人左右的风景，只需要时日的等待而已。原来时光是美好的，但是不知为何我的生活缺少了这种最原始的美好，那周而复始的节奏，那毫无波澜的进程，那漫长的哀怨一直堆积在我醒着的每个时刻。说我醒悟也好，说我绝望也好，失去动力也失去意义的生活只是纯粹在消耗我的生命，我的生命被不知名的东西给掌控，给糟蹋，给抛弃，不要说给我竖立一个失败的墓碑，甚至连个名字都不愿被提起。当然这种情绪并不只有我有，我遇到的中年的大腹便便又秃顶的油腻大叔也曾向我抱怨说，日子过得一点意思都没有。当然他是衣食无忧的，甚至还有点余钱，在别人觉得他应该感到幸福的时候，他却在唉声叹气。这种情绪像传染病一样传染着人，传染能力甚至比传染病更加厉害，一种莫名的怀旧情怀和伤感一直在油腻甚至有点扭捏的身体和灵魂上发作，仿佛大家都突然丢失了什么似的，像是被人删除了一段记忆一样，但是总是想不起是什么，你可能会嘲笑我的智商，说道："那肯定是理想啦。"我们从来不谈理想，年轻的时候谈点情，工作时谈点钱，夹杂着谈点女人，理想从来没有谈过。

比起理想，我更愿意说点花草，紫荆花开的时候正在冬季，但是在S市的冬季，温度跟绩县秋季差不多，紫荆花开得满树都是，花期又长，一树红，一树粉，到了落下的时候又是一地红、一地粉。簕杜鹃如果不加修剪的话，能长得像瀑布一样，盖住整栋房子，那一片的红火仿佛开花根本不需要任何成本一样，肆无忌惮，任意妄为。还有那精致的各种花草的叶子和花瓣，如果没有外界的打扰，上面往往会一尘不染，鲜嫩无比，精致得令人不忍心去抚摸。有的叶子或对称，或不对称，都有人为无法实现的美感，该圆润的圆润，该尖锐的尖锐，该翠绿的翠绿，该鲜红的鲜红，该橙黄的橙黄；有的花瓣或四片，或五片，或六片，等等，有的又说植物的叶子或者花瓣的数量符合斐波那契数列，黄金分割一般。这一切的生长和鲜活是不需要人参与的，只需要交给四季，它们就这么静静地展现在了我们的面前，没有贵贱之分，也没有任何规章条约来限制，那是上天交给这个星球的美感（此刻允许我唯心主义一把），那么我把我的心情完全交给轮回在四季里的自然之物，我便只有新奇，只有感恩，只有快乐，也只有孤独。

所以吴元的理解应该是符合自然规律的，如果你不去理睬这些是非，生活其实也挺好，就把那些人当作静默的花草，风来时只是沙沙作响而已，当然也没有必要指望他们是芳香的，丢在沙尘里没有雨水浇灌，始终是暗淡的。就像腌制过久的臭鳜鱼，虽然有人说它鲜味无比，但是已经不是鲜活的东西了，而且异味难除。

同样的，啤酒也陶醉不了中年油腻男人的灵魂，冯霆还是聊了一会儿女人，以展示他还保有的欲望，但对于见了过多烂肉的他，这些话也不过是欲盖弥彰吧。或许在一堆纯男人的局里聊着聊着，女人就变得不值钱了，兄弟之情似乎高大起来，但是一离开兄弟哥们，女人又弥足珍贵起来，毕竟天天跟兄弟睡在一起似乎不太正常。

我回到"久隐"已经是深夜，连洗个身子都觉得烦，就和衣躺在了床上，我仿佛听到了黑白电视里的雪花点的声音，但是我明明没有开电视，难道我接收到了外星人给我发的无线信号？可是我的脑子并没有开发好，根本不懂解密这些雪花点一样的信号，那我只能期待是一场酣梦，希望在酣梦里能找到解开这密码的方法。

许文玮找来了换床单的阿姨给我换了新的床单，实在是睡得太久了，她也觉得不好意思。她特意走进了我睡的房间，可能是想看看我有没有损坏她的东西，有没有在她墙壁上乱画，有没有乱丢垃圾到地上。床单除了有点褶皱以外，还是白的，台灯还是能开的，纸糊的灯罩也没破损，只是她的卫生间的门是木头做的，不知道是不是因为受潮，一直关不上，不过我一个人住也不需要关那个门，我倒是问了一句："你这个门好像关不上。"

她笑了笑："胀开了，没办法，下个月找个木匠看看。"

她刚走出门，突然又转过来对我说道："你不是找到事情做了吗？其实老住我这里也不合适，我这里是给游客的，价钱比较高，我建议你去找个便宜的房间长住比较好。"

我露出一副可怜相说道："你这就要赶我走啊？这么嫌弃我？"

她摆摆手笑道："这不是为了你考虑吗？你愿意多花钱也可以，反正我涨房钱的时候你不要哭。"

长住其实是个难题，我压根没打算长期住在这里，长住肯定要准备锅碗瓢盆，而且还能不被赶来赶去，我突然想念起了 S 市，虽然 S 市不是我的故乡，却有种牵绊的东西，可能是因为我对它还是有点熟悉吧，而且还发生了那么多事情。而且每次看到许文玮的背影仿佛看到了我的前妻，有时真怕她转过身来，突然是我的前妻，身形很像的人太多了，如果人没有那么一张脸的话，似乎差别也不会太大，也很难区分出子丑寅卯来。前妻叫小寒，寒冷的寒，她是在冬天出生的，她的性格却不高冷，而是极尽温柔，特别是她抱着女儿的时候是极其温柔，这一句宝贝，那一句宝宝，听得我直起鸡皮疙瘩。房子是我出钱买的，可是里面的物件和摆设都是她去张罗的。她喜欢在餐桌和茶几上摆上盆栽，里面栽了几棵蝴蝶兰或者文竹，灰白色的布沙发、米黄的窗帘以及晶莹剔透的吊灯，她在多达几十种在我看起来很类似的物品里挑选出了她认为最好的，当然对于色彩的差异，我丝毫没有感觉出来。她安排着她能安排的一切，比如早上穿什么衣服，早餐吃什么，下班回来吃什么，什么时候洗澡，什么时候洗衣服，床单什么时候换洗，等等。只有她做不了的事情才叫到我，例如换饮水机的桶装水，得我来换，其他的时间，我只能像个地主老爷一样躺在沙发上看电视。因为她会嫌弃我诸多不会，例如拖地，会觉得我拖地不干净，拖把已经很污浊了，而我还在地上蹭来蹭去，洗碗的时候，没能把碗上的油渍冲洗干净，晾晒衣服的时候嫌弃我没有把衣服整理平整就挂在了晾杆上。

地主老爷的生活在别人眼里是很惬意的，跷个二郎腿坐着，衣来伸手，饭来张口。其实我是一个固执的人，我一直期待着找到一丁点儿的鸡毛蒜皮的事情跟她吵一下，然后我又能恢复单身，变成一个潇洒的浪子。但是我并没有很好地找到这么一个借口，她表现得很温和，也没有和我吵架的愿望，其实我也被动温和，我不能像琼瑶剧里的男主角一样歇斯底里地抓着她推演着爱情的逻辑，毕竟我成了"地主"，而且当她把女儿塞给我的时候，我也不能把女儿丢在地上，女儿哭闹的时候我还不得不把奶嘴塞到女儿的嘴里，不然吵闹声也会让我不得安宁。很多人都说女儿长得像我，其实我一点都没觉察出来，可能经常照镜子的我始终没有明白自己的容貌特征是什么。当然别人的话我也是姑且听着,如果哪一天真的跟小寒吵得不可开交的时候,我甚至会带着女儿去做亲子鉴定吧,这个年代只能相信科学,经验主义太不靠谱。不过做亲子鉴定这个事情我始终没有去做,可能我已经默认她是我女儿了,而且做亲子鉴定也像闲得无聊。总之前妻是贤惠的,这个我要感谢伟大的传统美德,这应该是传统美德的功劳,女人被教育得相夫教子,持家有道。

我们也曾在周末在开满紫荆花的公园的草坪上玩耍,铺上一个垫子,看着一群孩子追来追去。有时候女儿也会拉着我参与她的游戏,比如扔个皮球之类的,那样的时光不能说极其美好,至少假装是轻松的。阳光是真实的,微风也是真实的,人也是真实的,她有着无法描述的生动感,看着小寒有时我又觉得跟她在一起其实也挺好,虽然她并未在我的灵魂深处,可能我也没在她的灵魂深处吧。但女儿是依赖我们的,丢了我们,她至少会大哭一场,在我去上班的时候,她都会哭泣,我在想,她是多么脆弱,我也无法想象她怎么面对以后风雨飘摇的日子,而我知道,到了那时我是无能为力的。我一直认为,每个小孩子都是独立的个体,都会有自己的生活,别人特别是父母都无法掌握的,他可能如父母期待的那样"好",也有可能是意想不到的那样"坏",不然世上就没有杀人放火、作奸犯科的人了。想到这点我就觉得很悲哀,对,我的女儿、前世情人说不定会成为我不愿意接受的样子,可我能怎么办呢?

我从来没有跟小寒说过未来,她也没问过我。其实承诺和憧憬未来让人挺害怕的,老人迟早会死,自己也迟早会死,孩子也会离去，那么一路的富贵或者成就迟早会变成尘土，也许活着就是最好的未来。

就那么生活了几年，我有时觉得她像是生活在我身边的陌生人，如同幻梦一样的日子，没有增加我对她的熟悉，我觉得她也不曾熟悉过我，有时候在似梦非梦的半夜醒来，我会觉得她不是我妻子，她是一个走错门，偶尔睡在我旁边的女人。天哪，我也不知道我干了什么，这一切竟然都发生了。不过我内心却萌发了一种深切的悲哀，这种悲哀也不知何时侵入我的内心，就在我的梦里，我突然伸手揽住了她，并抱住了她，亲吻她，但是我突然意识到那不是梦，她的确睡在我的旁边，那我是做了潜意识的事情？还是我把她当成了另外的一个人。或许我愧疚了，我残缺了，着力想着弥补自己的愧疚或者残缺，那么我到底是个诚恳的人，还是一个虚伪的人，我究竟是欺骗了她，还是欺骗了自己？

S市的夜间电台总是跟其他电台一样，会用低沉的声音问一句听众：你孤独吗？在这个什么样什么样的夜里……每当我拥着柔软的她，尽力地感受她的温度的时候，我感觉我像是拥抱着孤独。

（十七）

"浪漫的人都喜欢玩火，要不在装修精致的房间或餐厅点个蜡烛，要不在荒郊野外打个火堆。"在一个咖啡厅里，下午两点的阳光正透过窗户照进来，照着我的半个肩膀，对面坐着一个我的旧相识，当她问起有关浪漫的时候，我跟她这样说道。

我是被前公司经理叫回来的，因为我占了他们的公寓，里面还有一些我的杂物，要我回来清理。我接到电话的时候，绩县的雨季已经过去，我带着许文玮或者是许文玮带着我去了趟深溪镇，许文玮开的车，我指的路，车就停在了深溪镇码头边。我们上了一艘游船，同行的还有那个女画师，她说要去看看新安的山水，以便给她的绘画找点灵感，于是就带上了我，当然周六我也是无所事事的，面对两个各有风韵的女子，我正说渐江是个和尚的时候，电话就响起了。一看是前经理的，那烟雾升腾的江面，那翠绿的青山，那深蓝的天顿时失色不少，我知道经理的意思后只能应承尽快回去。挂断电话，我又试图尽一下地主之谊，尽量描绘一下当地的人文典故，但是这个电话突然让我觉得尴尬了起来。我只能解释道："以前的公司叫我回去处理一些事情，风景还得靠自己去意会。"

接下来我就在游船上发了两个小时的呆，风是柔和的，阳光是温柔的，突然也让我想起在 S 市草坪上的那些感触。我向领导请了一天的假，又凑着周六、周日，这才乘坐高铁回了 S 市。到了公寓，我先是扔了一些感觉用不上的东西，将自己还有念想的一些物品也打了包，却不知道往哪里寄，于是又不得不打电话求助许文玮，许文玮答应我的物品可以暂放在"久隐"洗衣房的一角，我这才委托快递，写上了"久隐"的地址。

就在我打算往绩县赶的时候，我又突然想起了一个人，她已经三十多岁了，可是依然未婚，我也不知道我能认识多少人，可能我这辈子能够认识的人也屈指可数吧，特别是女人就更加稀少。

她老是说她穷,可是家里应该有个几千万吧,有两三栋房子可以收租,然后她就说那些钱是她妈留给她弟弟的,她会被赶出门,拿不到钱。对于她的说辞我也是将信将疑,我是在公司认识她的,她曾在销售部做过几年,后来就离职了,在我们研发部和销售部交恶的那段时光里,我唯独对她充满好感,在那段灰色的时光里,她也许就是一片盛开的紫荆花,当然这只是她对于我的一些功用,这种功用放在任何其他人眼里应该是不存在的。我可能就是看上了她的年轻靓丽,她其实并不是一个随和的人,如果硬要说她随和,那就只能是假装随和,搞销售的总是要装装样子,特别是在顾客或者甲方面前,但是她对本公司的同胞们却是冷淡的。在她离开公司后,我们偶尔还有联系,有时候发发信息,聊聊近况。我姑且叫她小柔吧,这个名字也是我随便安上去的,她表面看起来和这个名字很相衬,但是骨子里不是,我怀疑她是否讨厌男人,她却说自己的性取向正常,她又说遇到的人太少,希望遇到一个有钱人养她,但是我觉得她认识的有钱人不会比我少,估计是她看不上,要不就是别人看不上她。她又说她不能跟一个人待很久,久了就会烦,一辈子不能只喜欢一个人。据我的了解,她想世俗一点,却放不下自尊,或许是她阅人太多,见惯套路,反而对男人的手段产生了免疫,找一份傻傻的爱情真不容易,如果自己不傻的话,那就更没有爱情了,也许在她眼里绚烂的烟花不过是污染空气,盛开的玫瑰不过是堆积的肥料,金钱和豪车不过是她的一声叹息。

这次回S市我又特想见到她,于是给她发了信息,当然还是打了悲情牌,说打算离开S市,行李都托运走了,可能以后不再回来了，能否见见。她答应了，就约在了一家咖啡馆。我对咖啡馆充满记忆，初次见到小柔就是在公司下面的咖啡馆，也是见"八戒"的那家咖啡馆，当时她第一天上班，午后就坐在了靠窗的位子上，但是研发部的几个男人都看向了她，并议论她是不是新来的，在哪个部门之类。今天见到小柔正值下午两点，阳光顺着窗户溜进来，爬到了我的手上和杯子上，也爬到了她的肩头，小柔告诉我："觉得没啥意思，浪漫的人都是什么样的，为什么我遇到的都是很直接的？"

在黑暗之中玩火的人应该是懂得浪漫的，对于现代男人的"直接"我还是给出了我的理解："大家都忙吧，岁月不饶人，猜谜很辛苦的，而且你们女人的谜语太难了，等我们猜中了可能已经是十年之后了，那时我们的小孩都打酱油了。"

她嫣然地笑了笑，顺手撩起了那染得金黄的波浪发，她的脸施了粉，她一直说皮肤不好，但是就现在的样子是完全看不出来的，只是脸上涂的一点腮红很突兀。可能我对女人施粉就感觉突兀，毕竟生活又不是演戏，可能我的观念陈旧吧，她们称之为精致，人要活得美美的，当然我并没有否认她们的生活方式，只是我所理解的有所不同吧。

她又说道："我该找个外省人结婚，嫁得远一点。"

我喝了一口瑰夏，轻轻地含着，感受着那短暂的苦涩，说了句："要不嫁给我吧，你看我是外省人，现在也是单身了。"

她又笑了笑，没有一点羞涩："得了吧，大叔。"

她喊出"大叔"的时候，我很想回呛她一句"大婶"，但是想想，还是没有说出口，她喜欢别人称赞她美丽，以及不逝的青春，

179

于是我说道:"大叔也有大叔的好处,既然你看不上我也没办法,我可是喜欢你很多年了,日日想,夜夜想。"当然说这话的时候,我自己都没当真,我也权当是玩笑话。

她说道:"我不会喜欢别人的,我只喜欢我自己。"

我也听出了其中的委婉之意,我并没有全力去争取,可能我并不会为了一个女人去歇斯底里吧,在感情方面我是比较克制的,我又问起了她最近的工作。

她说换了一家差不多的公司,然后又抱怨起来:"工资还不如以前那家,每天做得要死要活的,真的不想干了。"

"不想干"永远是每个职员的共同话题,仿佛每个或辛勤工作或浑水摸鱼的职员都理直气壮地说自己"不想干"。许多人对自己的工作或者身份并不认同,比如路上遇到熟人,被打招呼的时候是带着身份叫的,例如,王工程师,王医师,或者王老师。就像是走在路上,突然从二楼或者三楼探出一个脑袋来对着你喊道:"西门官人,西门官人……"厌弃现在的我,厌弃现在的我的职业,厌弃现在的我的生活。

我说道:"不想干就不干喽,反正饿不死,你都是地主婆了。"

"都说了房子不是我的,我现在都搬出来住了,真想找个人养我算了。"她又回到了那个问题,可能是一直困扰她的问题。

"虎毒不食子,你妈肯定给你准备了一份嫁妆的。再说你都不要我养你,呵呵,是你太挑剔。"我重复着以前说过的话。

她突然停止了这个话题,转而问道:"你这次真的要走了吗?"

我说道:"是啊,东西都打包好了,寄回去,一时半会儿应该不会回来,难说吧,也可能一辈子也不会回来,想想还是挺匆忙的，有的人可能再也见不到了。"

她叹了一口气对我说道："时间太快，人也老得快。"

我突然又想到了那个浪漫的问题："不知道多年以后，万一，我说万一，我们再次遇到，又会怎样？"

她反问了一句："会怎样？"

我又笑了笑："如果那时，我未婚，你未嫁，不知道我们会不会还能坐在一起聊那么几句。"

她也笑了笑："你不是诅咒我吗？老死不相见是最好的。"

我跟她应该没有正经地约会过，但是不知道为何在我的脑子里始终有个记忆，就是她穿着一条白色的长裙站在了一个湖面的桥上。我们有些拘谨地聊着什么，而黄色或红色的金鱼正在水里抢食，但是我们为何到了那里，什么缘由我却记不起来。

我觉得任何浪漫都是装出来的，如果我有一双透视的眼，那么眼前这个美丽的女子不过是一副并腿斜坐的骨架而已，而且当你经历过把两支开塞露塞进别人的肛门时，浪漫就是一个笑话。另外我觉得人类始终是不完美的，需要衣服遮住丑陋，也会排泄污浊。我们看到所有的美好，不过是触碰到了自己的荷尔蒙，蒙蔽心智，不如瞎了双眼，那样才能心明如镜。悲观的想法一占据我的脑子，我就像泄了气的皮球，我又想起了那个浪子的梦想，在浪子的世界里，应该只有酒和悲伤。本想寻找快乐的我，却因为见了小柔更加沮丧，在我离开S市那天居然没下雨，按道理应该下场雨为我饯行，但是老天似乎嫌弃我太卑微。

我不知道什么时候把许文玮当成一个老朋友一样，虽然她一直对我不冷不热的。行李先于我到达绩县，在我到达"久隐"之后，我看见我的行李被放在了大厅里的一个角落，于是我又将行李搬去了她所说的洗衣房，我连拆开的欲望都没有，毕竟拆开了也没地方放。我突然又想起那天游船的经历，感觉余味未尽，问道："上次你说那个美女画家叫什么名字？"

许文玮一脸惊讶地看着我："你不是见过两三次了吗？怎么连名字都不知道？莫不是你真的老年痴呆了？"

我笑了笑，一脸的歉意："我一直都叫她美女画家，就是因为一直没有记住她的名字，又不好意思当面问，所以问问你。"

"她叫胡玉萍，宝玉的玉，浮萍的萍。"

"这个名字怎么跟上次那个来旅游的美女名字很像呢？"我疑惑道。

"那个叫黄玉霞，这个叫胡玉萍，都有一个玉字，不过哪里像啊？是你记性不好吧。"许文玮试图理顺我的思绪。

我笑了笑："怪不得我记不住，胡玉萍，胡玉萍，胡玉萍，黄玉霞，黄玉霞，黄玉霞……我还是觉得挺像的。"可能都期待着女人像块玉一样温润。

胡玉萍那天虽然背了画板去深溪镇，但是并没有打开，她穿着帆布样式的白色汉服，衣服看起来有些褶皱。她一脸的高冷，比许文玮抽烟时还要高冷，河风虽然很大，却并没有把她们两个吹成魔鬼的样子，倒是显得胡玉萍的身形更加消瘦。胡玉萍看那些山和水的眼神似乎也挺冷峻，我不知道她是如何去领略风景的，可能她所想的所思的不过是些或粗或细或直或曲的线条而已。我本想说几个我曾听说过的画家拉近与她之间的距离，显然并没有奏效，没说上几句话，她便不再搭理我，而是独自凝神或发呆。

倒是许文玮点醒了我:"搞艺术的是要沉思的,孤独地沉思。"

因为上面出了新的政策,大家的神经突然又紧张起来,民政局也连夜开了紧急会议,主要是研究如何解读政策,又学习了一些精神,当然还有部署之类的。我作为一个修电脑的临时工自然是没有资格参加这样的会议的,我只能站在会议室的后门,偷偷地朝里瞄着,如果电脑出现问题,好及时上去修理。其间倒是樊阿姨拿着拖把从走廊路过,我看她云淡风轻的样子,于是问道:"看样子又要忙一阵子了,你都没事一样?"

樊阿姨笑了笑:"搞惯了,每年都要忙那么几回,反正都是要加班做资料的,我一个搞卫生的,总不能叫我去写材料吧。"

我由衷地钦佩道:"还是你看得通透,不过看他们开大会开小会的,今晚也不知道几点能下班了。"

"不超过九点。"她笃定地说道。

我笑了笑说道:"你是局长啊?你说不超过九点就不超过九点?"

她装作一脸认真地说道:"我在这里上班这么多年,很少看见超过九点的,除了那年因为洪水来了,通宵达旦在这里守了一夜以外。都是人嘛,不睡觉,明天怎么上班?"

她说的话果真应验了,会议开到八点多就散了,电脑网络方面也没出故障。我顺着幽静的路灯回到了"久隐","久隐"此时并无他人,许文玮一定是回了开发区。

我突然觉得"久隐"也是牢笼,至少现在关着我这个无家可归的人。我洗漱完之后又穿好衣服,拉开了"久隐"的门,朝着那外面亮灯的地方走了过去,从解放街走到斗山街,又从斗山街绕回到解放街。我在想,我是否一直都处于不甘之中,后悔好像在每时每刻都出现,似乎我每做一个决定都影响着我的未来,但是我的未来只有一个时间方向,我只能选择此,却不能去衡量彼,同样的我选择了彼,也会因为没有选择此而遗憾后悔。其实我的生活等于没得选择,只能朝着一个方向走下去。我甚至也想过参与一场战争,改变我的人生轨迹,当然当了炮灰还是当了将军都不重要,重要的是我不想千篇一律地以一种模式活着,另一方面我又痛恨战争,战争让人承受苦难。这些都是遐想,在那人迹稀少的石板路上,我仿佛路过了好几个"久隐",那旧城的幽灵之气似乎包裹着我,那跟随我的是什么呢?是踢踢踏踏的声响。

许文玮突然带给我一个信息,就在我某天下班之后,她跟我说道:"那个美女画家楼下有间房间,因为是老房子,没怎么修缮,房主想出租,比我这里便宜很多,你要不要考虑一下?"

我"哦"了一声,连忙说道:"可以可以,你说的是胡玉萍画室下面?"

"哦?你居然记住她叫什么了,不容易啊。"许文玮紧接着说道:"这个也是她告诉我的,我就来问问你。"

"我去那边可以吗?她会不会嫌弃我?"我半开玩笑似的说了那么一句。

"那房子不是她的,只要你不整天叮叮咚咚地吵着别人应该是没事的。"许文玮答道。

"那我周末去看看。"我应道。

没过两天我就在许文玮的引领下,再次到了那栋老房子,一楼的确有个单间,虽然不是很大,住人却没问题,跟房东说好价格，第二天我就搬了进去。当然还有洗衣房里那些从 S 市搬来的杂物，许文玮为此还帮我借了一个手推的板车，我很生疏地推着一车的行李，从"久隐"的石板路到了这个旧宅，一路上颤颤巍巍出了一身汗，幸亏有许文玮帮我扶着行李，不然肯定会散落一地，为此我还专门请了她一顿晚餐。

这个旧宅没有名字，只挂了一个门牌号，至今我也没有记住那个门牌号。倒是旁边有个院子，虽然是旧宅，但是主人显然认真打理了，墙和瓦破损的地方都及时修缮了，门帘上写着"静庐"两个字，"庐"字写的是繁体字，更显得有些雅致。我还偷偷往里面瞄了几眼，里面院子还用或大或小的花盆种着兰草和梅花，我于是把"静庐"这两个字盗用到了我住的这个宅子上，我提到的"静庐"此处意味着我住的地方。"静庐"的二楼是胡玉萍的，一楼有一个敞开的客厅，全靠一个长方形的天井采光。客厅旁有两个房间，我住在左边，里面只放了一个木制的床架和一张木桌，朝天井外的是一扇旧的雕花木窗，其实门和靠近客厅一面的墙体也是木质的，一楼显得有些昏暗和潮湿，这也是便宜的原因。右边的那个房间门已经坏掉了，可能因为膨胀，已经关不严实，只是用了一根绳子绑着锁扣，靠近地面的地方已经蛀了一大块，一只成年的中华犬应该很容易钻进去，透过门缝，我看见房间里堆着一些木材，也是落满了灰尘。在天井的正下方摆着两盆兰草，不知道是房东摆那里的还是胡玉萍摆那里的。

其实胡玉萍并不住这里，她只是租用二楼做画室，有时在上面画画，有时也会带一两个人来看画和买画。我刚搬进去的时候，还想上楼跟她打招呼，结果锁了门，于是又退了下来，把自己的那些杂物一件一件地从包裹里拆了出来，摆在了房间里。房间里只有从天花板上垂下来的一盏白炽灯，有些昏暗，我又不得不买了一盏台灯放在了木桌上。

我有几张装框的相片，其中一张是一个黑龙江的女子寄给我的，我在路边摊上花了几块钱买了一个好像火烤过的棕色木质的相框装了进去。我已经忘记她叫什么名字了，只是依稀记得有那么一段经历，她应该是我大学"认识"的，这里的认识只是写过信而已，从来没有见过面。当时她已经出来工作，好像是个小学老师，我也忘记了我们是怎么认识的，是因为我在学校的期刊上发过文章？还是我在刚出的网络聊天工具上跟她聊过天？总之我跟她写过很多信，跟一个陌生人写信其实是很奇怪的事情，但在当时却那么自然地发生了，而且总是忍不住要浓情蜜意一番。总觉得越难相见，距离越遥远，越缠绵悱恻，当然这样的缠绵悱恻只是在信里，而在真实的生活里，每个青春的知识少女都能撩动我那惆怅的灵魂。她曾有那么一刻两刻说要来看我，当然当时的我并没有给她承诺，毕竟我还是一个穷酸的学生，自己的生活还得靠父母供给。我跟她是否打过电话，我也记不清了，也许会有那么一两次吧，带着东北口音的女子在电话里絮叨着想念，也许这可能只是我的臆想，总之那段经历有些模糊，我也从未有悔意和遗憾。后来她说要找个人结婚，一个出来工作的年轻女子找个男人结婚是再正常不过的事情，后来我们就断了联络，但是那张照片却留了下来，颇有小城照相馆拍出来的那种艺术照的感觉，我在高中的时候也没少拍过这类的照片。

还有一张是我跟前妻和女儿拍的合照，为数不多的合照，那时女儿才两岁多,还是抱在怀里拍的,照片中的我尽量摆出了温柔慈爱的模样,而小寒却歪着头靠在了我的肩上。别人都会很羡慕地说我们很幸福吧,幸福仿佛是一眼就能看出来的,只要能拍出那么一张团聚的相片,不过在我看来照片不过是瞬间,不能代表很多年的每分每秒。这张照片以前一直是摆在房间的书架上的,并且经常落满了灰,也只有临近过年才会擦那么一次,它在房间里是那么不起眼,比起挂在墙上更大幅的结婚照来说。

我也不知道我跟小寒的感情是如何改变的,可能正如我之前所理解的那样,可能原本我就没有认真投入过,那么就不存在褪色一说。照片之外其实还有其他人,比如老丈人和丈母娘,女儿还小的时候,是丈母娘帮着带的,拍照的时候丈母娘还极力发出怪声音想着逗笑女儿。这张照片还是我偷偷拿出来的,并没有经过前妻的同意,当时在争吵的时候她也不会注意到这些细节吧。但是当时的我脑子却极度清晰,甚至将我接下来要做的事情做了详细的清单,比如:一、整理好自己的衣物;二、拿好我的银行卡、证件和贵重的私人用品;三、拷贝好自己电脑的东西;四、拿一两张相片……那时我已经不再关注这件事情的本质了,残忍的事情既然已经做了出来,就让它继续下去,其实就我当时的判断,那个家离开我也没多大的关系,至少我是这样认为的。

每天早出晚归地去工作,回到家不过是吃个饭、睡个觉,而且就家庭生活而言我参与度并不高,如果借助高科技打印一个长着我的脸的机器人完全可以替代我,而且还不用睡觉,插个电就可以了。家里那些事情小寒和她的母亲商量着就决定了,而且我有什么想法,立马会被否决掉,于是我不过是一个闲人,躺在沙发上的地主，坐在电脑前的游戏爱好者。我的工作也没好到哪里去，我觉得自己每天跟门口那个打卡机一样麻木，只会显示早上到了，晚上走了，没有东西能够刺激我的神经，周而复始地做着几乎是同样的事情。我甚至连公司领导的那些八卦都懒得去听了，更不要说每年年初开会时领导说的那些激励之词，那不过是说给新员工听的。工资多年也未涨过，效益多年也未提升过，画的大饼永远是到不了的明年，即使真的多赚了那么一点，到了我们手上也少得可怜，加上多年的疫情影响，能开下去已经是不错了。于是老板说要共渡难关的时候，我们立马就认识到，这话应该是真的了。好死不如赖活嘛！

　　但我为什么带出那张照片来呢？还把它摆在了"静庐"的那张木桌上？我觉得还是源于我的虚伪，我是不是还要假装一下温情，假装一下对女儿的想念，对过去与前妻的生活的怀念，用那么一张照片假装我还是一个有感情的人，不是禽类或者兽类。但那张照片拍出来的容颜却失真，我不知道这种失真是相片材质的问题还是拍摄技术的问题，总之越看越不像我，也不像她和女儿，甚至有些陌生，那么我为什么还要对着三个陌生的容貌撕心裂肺呢？我一定是虚伪得不可救药了。

（十八）

　　离开"久隐"，我竟然对许文玮有一丝的想念。我把烫好的羊肉夹到了她的碗里，顿时心生一种满足，喂养的满足。在封建社会，女人过度地依附着男人，供养女人是男人责任的体现，能力强的免不了会多养几个。其实就人来说，不光是养女人、养小孩，就是养个小动物也是极具满足感的，比如一头小猪被养成肥猪，过年屠宰的片刻，屠夫或者邻居总会对养殖的人夸赞一番，难得的成就感。即使养的动物不能屠宰变成口中之肉，也是挺有意思的，例如养个鸟会鸣叫，养只猫会撒娇，养条狗会看家护院。我把肉夹给她，只是为了感谢她的帮助，我也不得不拿出了主人的身份来，我作为烫羊肉的"负责人"，她也不会觉得奇怪，她其实并不需要我喂养，只是筷子递出去的刹那，我闪过那么一个念头。

客气的话我还是说了，说完之后免不了加上一两句遗憾之词："我觉得你那里很好，可惜都怪我穷，住不起了，不然我真的赖在那里不走了，估计你也会嫌弃我，不知道以后我还能不能去你那里祭奠一下我失去的一个多月的青春？"

她嗤笑着："真想把你放锅里烫了，你这张老猪皮烫两个小时估计都不会熟，还青春呢！青春这个玩意儿你应该早没了吧。不过不打紧啊，我的店也不会拒绝老年人的，你怕孤苦伶仃的话也可以去我那里喝喝茶。"

"有那么一句话，怎么说来着，'人一走，茶就凉'。不光茶凉，心也凉。"我说道。

"什么心？猪心还是牛心？驴肝肺吧。"她说了一句。

"秋季什么时候来啊？"我无厘头地问了一句。

"秋天的时候来啊。"她答道。

"是立秋算秋天，还是秋分的时候算秋天？"我又问了一句。

"重要吗？你怎么不说中秋的时候算秋天呢？凉了秋天就来

了。"她并不重视我的问题。

"在S市，即使到了冬天，也丝毫没有秋天的感觉，花还开得更加艳丽。S市其实挺漂亮的，绿化，花草，不过就是湿气重，容易得瘙痒。反而我觉得绩县比较好，至少四季是分明的，春天花开，秋季萧瑟，冬天下雪，夏天热得不行。"我说着四季。

她认真地说道："其实我不太喜欢冬天，冷，秋天也不太喜欢，下霜，也冷，还干燥，冷天气我不喜欢。不过下雪不一样，下雪有的玩，而且挺有意思，冷是冷点，不过我能忍受，我最不能忍受的是那种干冷。"

我说道："我还行，不过我冬天很少回这边，小时候经常长冻疮，那耳朵啊，手啊，脚啊，冻伤后也特难受，痒得难受。"

她说了一句："幸好，我不会长冻疮。"

"你知道为什么有春分和秋分，而没有夏分和冬分吗？"我讪笑地问道。

"你说啊。"她应得很干脆。

"因为春分和秋分可以用来分手啊，这是两个时节。春分的时候可以嫌弃对方家里的桃花没有开，秋分的时候可以嫌弃对方家里没有藏够粮食，趁早分开。没有夏分和冬分是因为夏天太热，分手后一走出门，太晒了，算了，家里还有一个风扇；冬天太冷，一走出门，下雪了，衣服没穿够，算了，回去躲被窝里比较好。"我胡诌道。

她笑了笑："古代哪里来的风扇？"

我强辩道："芭蕉扇也可以嘛。"

"铁扇公主？"

我一直以为分开的人并不需要多伤心，有的人就喜欢指着对方骂：他欺骗了我的感情！感情不是一直在自己的身上吗？只要自己还活着，感情就在自己的脑子里和心里，他怎么就带走了？并没有诓走，只是他不愿意和你分享自己的感情而已，所以失恋其实就是两个人的分享结束而已，感情还是自己的。那么损失的是什么，有的人可能接触了身体，有的人损失了些钱财，当然损失生命的交给法律。细算下来，分手并不算什么大事，疫情那么严重，这点问题算得上什么呢？只是人没法理性，总是要鸡毛蒜皮、斤斤计较，选个好的季节结束挺重要的，需要应景的花落或者叶落，那样好像是冥冥注定一样。

……

不务农的人很少能看到秋天的收获，我离开土地很久了，有关秋天的记忆还只是停留在学生时代，金黄的玉米和满地枯黄的栗子叶，干涸的泉水坑，父亲甚至半夜还要起来去水坑里担水，那时我还曾帮着照手电筒；我也曾在午后看着那因为过于温暖而记错了季节的桃树，开起了不会结果的桃花；黄昏时我曾静静地看着小溪旁的雏菊，黄色精致的花瓣，以及花瓣旁边难得一见的翠绿叶子。还有那深重的晨雾，看不见五步以外的人，路旁地里全是番薯的叶子，我就是穿过那晨雾去往深溪镇车站的，如果运气好，还能看见韵。这些只能是记忆，我在S市看到的花似乎太过妖艳了，反而不能沁入我心肺。

请原谅我的朝三暮四，我的感情从来没有高尚过。吃着火锅看着许文玮，我竟然想到了韵，同理，我与小寒婚姻存续期间我竟然梦见小柔，我并不是忠贞不渝的知更鸟，我只是迷失在深重迷雾中的一个俗人。傅立叶曾讨论过不同形式的关系，或许能为我这纷杂的思情做个诡辩，立个危墙，不至于让所有人指着我谩骂，但，即使要谩骂我也只能坦然承受，任何辩白也许是罪上加罪。

或者现在就可以期待立马来一场大雪，冻死我这个负心人好了，正好让许文玮将我滚在雪球里，那么我顿时就觉得清澈了，像家那边流过山坳的清泉那般清澈。

过了没几天我见到了胡玉萍，而且是在晚上。我敲开了她的门，她正坐在二楼往一块画布上涂着颜料，我只是轻轻地笑了笑，搬了一个凳子坐在旁边看着她，她似乎并没有想跟我说话的样子，而是在做她自己的事情。我听到了蟋蟀的叫声，这种安静对我有种压迫感，仿佛一个严肃的老师站在讲台上拿着教鞭一言不发，我就是那个可能犯错的学生。这种寂静能让她专心致志，只见她认真地看着画布，思忖半天，才小心翼翼地用笔尖触碰着画布，一层一层地上色。同样的这种寂静却让我昏昏欲睡，不知道过了三十分钟还是更长时间，她终于停下了笔，站了起来，伸了伸懒腰，问道："你晚上没事做吗？"

我突然觉得有些害羞，低沉地说道："也没什么娱乐，房间里连个收音机都没有。"

"你不会玩手机吗？"她继续问道。

"手机？没 Wi-Fi，流量要花钱的，不过这些都不要紧，反正我是闲着，就上来看你画画，但是没有想到画画原来这么无聊，我都快睡着了。"我还是想抱着诚实的态度，不过也怕她不悦。

"那你也没必要坐这里啊，我又没强迫你。"果真她没给我好脸色，只是在讲这话的时候，她的语调是平和的，里面甚至带着一丝温柔感。

"没有，我搬进来还是想跟你打个招呼，也谢谢你的帮助，前两天就想来的，只是你不在。"

"不打紧。"她说完又坐了下去，盯着她的那幅半成品，二楼除了她的画作就是几个画架、颜料、纸张等等，摆放的并不是很整齐，不过好似留出了一条蛇形的通道。

我细心地扫视着里面的一切，看到一堆废旧的报纸说道："这个废报纸拿来干什么？"

她说道："没什么，就是垫一下，有时候怕弄脏。"

"那你能借一些给我吗？我想拿到房间里去糊一下墙，房间看起来太旧了，糊一糊看起来舒服一点。"我问道。

"随便你，反正我也没什么大用。"她说道。

我从她那里拿了一大叠回了房间，只是苦于没有浆糊，第二天又不得不去商店买了点面粉，加热水调剂一番，又仔细地看了看报纸的内容，那些有杀人放火的、讣告的、死亡以及灾难的新闻的报纸统统丢掉，生怕不小心看到做噩梦，觉得没有问题的报纸才糊在了墙上。其实也没全糊，只糊到离地面一人多高的程度，也就是我伸手能够到的程度，这个工程花费了一整个晚上包括一部分下午的时间，不过完工以后自己审视一番，颇有成就感，感觉冷冰冰的房间有了点暖意。

胡玉萍晚上并不会住这里，而且也不是常常来这边画画，所以这栋旧宅基本上就是我一个人住，闲暇之时我会搬个凳子坐在天井里呆呆地看着那两盆兰草，可惜现在并不是开花的季节。那个凳子也是我最近去一个杂货店买的,同时买来的还有一个小的电饭锅和一个电磁炉以及砧板、菜刀之类的。我是打算自己做做饭,只是做饭这个事情还是几天后才发生的,因为我下了班后就已然没有了兴致,也不打算去菜市场捡那些剩下的菜梗烂叶,另外估计也没肉了,没有肉的晚饭是没有灵魂的,虽然我并不是十分嗜肉,我只是喜欢将肉和蔬菜搭配在一起。直到周末,我才在"静庐"的门口捡了几块砖头,在天井的墙边搭了两个墩子,又架上一块木板作为灶台。我拿出了那个最多只够两人份的电饭锅煮了超市买来的散装米,又在那个砧板上切碎了市场买来的几两肉,搭配一些胡萝卜、辣椒之类的蔬菜,用电磁炉炒了一个菜,这是我回缋县后自己做的第一顿饭,我觉得颇有意义,而且那一个菜足足让我吃了两三餐。

虽然我对那些报纸进行了挑选,但还是抵挡不住梦的侵扰。我不知是否有艺术天分,我在梦里唱着悠扬动听的歌,竟把自己感动得热泪盈眶,刚醒来想记下那首曲子,可惜不懂乐理,那首我脑子作出来的流行曲,却无法在现实中呈现,又给我一阵莫名的遗憾之情。在这空荡的房子里,也许只有不时侵入的梦境能够陪伴着我,在半夜醒来的寂静之刻,我错误地以为时间是短暂停止的。我想到母亲开始守寡的时光,如果我是她,一定希望电视节目永不停歇,我也希望佛祖从画像里跳出来,给我一个真切的指示,让我的悲伤不再无所适从。

我也很久没有去"久瘾"了,感觉找个话题不太容易,另外思前想后反而失去了勇气,不过独身生活也没让我觉得有很大的不适,可能我一直都是我行我素的人,从来不喜欢去牵着别人或者被别人牵着。就在一个早上,阳光顺着二楼的梁子滑行到地上的圆形石墩上的时候,我正在那个墙角边上切着肉,胡玉萍突然闯了进来,她没有径直上楼,而是走到了我的身后,我顿时内心一阵紧促,她问道:"你在做饭啊?"

这种撒尿和泥的过家家似的生活状态让我的耳根红赤,不过还是硬着头皮说道:"自己一个人瞎弄。"

"要不煮我一份。"她直接提出了要求,让我有些不知所措。

"我只炒一个菜,而且不一定好吃,说不定会把你毒死。"我尽量让自己表现得更轻松一点。

"没事,你多煮碗饭就行,你能吃,我也能吃。"她好像吃定我似的,而且这个便宜占得理所当然。

我只能说道:"那我多煮碗饭,不好吃不要怪我,吃死了也不要怪我。"

"没事,我先上楼画画。"她很轻快地跑上了楼。

那个中午,阳光爬上那棵兰草的时候,我去楼上叫她下来一起吃饭,她似乎没有嫌弃我做的唯一的那个菜,但是也没有夸奖我饭做得好,毕竟就一个菜也不好夸奖,她抹了抹嘴,只给了两个字:"还行。"如果是跟外面的快餐比起来,也只能是"还行",还能怎样呢?不是山珍海味,我也不是顶级大厨。她又跑上了楼,继续她的绘画创作。在犯困的中午,我躺在了那个报纸糊的长方体中,又在梦中进入了一个潮湿睁不开眼的房子里……

直到胡玉萍敲响了我的门,我在昏沉中爬了起来,她说道:"带你走走,吹吹风。"

她带着我像带了个佣人一样,我只是帮她背画架和马扎。我们走过河西公园那座桥，来到了河边，河边的青草翠绿，一大一小两头黄牛正在草地里啃食青草。这片绿地应该是市政的人专门打理的，因为青草不像是野生的，包括河边修了一条蜿蜒的石路，石路两边种着一些柳树，柳树垂着枝条，在风中摆荡，有的已经垂到了河里。如果是管理人员看到是否会来驱赶那两头黄牛呢？反正胡玉萍和我是跨跳过那堆在石路中间的牛粪的，那牛粪里还有股臊臭味。在远离牛粪的地方，胡玉萍打开了马扎坐了下来，开始了她的作画阵势，我也打开马扎坐在了她旁边。如果朝着河对面看过去，能看到柳树、河面和一些红色的画舫，还有些白墙青瓦的倒影，确是一幅美图。如果朝那座桥看过去，桥的半圆形在河水的倒映下却也有一番风味，要不就画那两头拉了脸盆那般大坨牛屎的黄牛也是可以的。当然这只是我的浅见，我对胡玉萍到底要画什么根本不感兴趣，我只是想跟她聊几句我所不知道的一些趣事和见闻。

我像个菜市场妇女一样询问着她的一些隐私，比如她是属什么的，什么星座，跟什么星座最相配，然后还问道她是否有男朋友之类的异性朋友，接着又问她在哪里学的画，是否画过裸体，是男性还是女性，稍微有深度一点的问题是问她对于人体美有什么看法。

她不是很热心地回答着我的问题："我们都学过素描的，画人体很正常啊，男的女的都有，有时候找不到人，老师还专门去校外找，花个几百块钱，不过你这样的不合适，因为没有特点，没有线条感，我们画画并不是专门挑那些长得好看的，经常是一些好多皱纹的老人，女的喜欢找胖的。"

当她说出我不适合做她的模特时，我还是有点小失落的，不过我也并不想脱了衣服供她观赏和挑剔。然后她回答了那个关于美的问题："艺术这个东西，每个人的看法都不一样，有人喜欢凡·高，有人喜欢毕加索。"

她的笔在画布上是活泼的，跟她端坐时的静态形成鲜明的对比。那个马扎似乎也无法一直承受我的屁股，我还是站了起来，在那条蜿蜒的石头路上走来走去，并好几次跳过那堆牛粪，这比我一个人傻呆呆地躺在"静庐"好多了。另外临近下午，河面上也是微风习习，那两头牛也时不时哞哞地叫两声，直到看见一个敞开衬衣的中年男子拿着一根细枝将它们赶离了河堤。我远远地看见胡玉萍站了起来，她的确很消瘦，消瘦的感觉像是一根扎在地上的刺，我跑了过去问道："完成了吗？"

她答了一句："没有。"

于是我又说我要去上面的森林公园逛一下，要走的时候给我打个电话。我顺着山路往上走的时候，又看见了汪采白的墓，连忙作揖拜了拜。又往上走，看着松木上那龟裂的树皮，扯了一块下来，用手指将它抠成更细小的块，然后做标记一般丢在地上。我突然想到这边盛产兰草，于是又脱离了主道钻入树丛中，看有没有惊奇的发现。在我开始有美的意识之时，我就钟爱兰草，初中或者高中假日一有闲暇就钻进老家那片原始的竹林里，有时会在阴凉潮湿的竹子或树木根部发现兰草，运气好时能看到长着好几朵花骨朵的，将它小心翼翼地挖起来，带回家种在屋旁，静待花开，那是一件极为愉悦的美事。我深入森林公园的树林里，仔细搜寻着各个角落，可惜今天运气不佳，并没有看到兰草，我对此地不是太熟悉,又怕胡玉萍随时可能要走,便回了大道,又回到了那个河边。我突然发现,她坐那里画画的姿态,其实也是一幅挺好的画。我是不是该折根柳条编个帽子呢?

(十九)

任命还是下来了,结果完全出乎了我们的猜测,农业局调了一个副局长过来,转为正局长。民政局前局长的退休仪式一片祥和,现任局长将老局长的光辉事迹先报告了一番,接下来看到了老局长满含热泪发表了临别感言,然后又冒出了一个部门新来的女同事也表达了一番,例如向领导学习什么样的精神,接下来大家就没那么严肃了,各自端起了盘子,吃上了自助餐。让我讶异的是胡科长突然走到了我旁边,笑着跟我拉起了家常:"最近工作怎样?生活上有没有困难啊?像你这样的高级人才应该早点通过途径引进来,真是委屈你了。"

对于这样突然的关心我竟不知所措,也不知道他葫芦里到底卖的什么药,只是说道:"谢谢领导关心,生活过得挺好的,我也是临时找份饭吃,没那个水平。"

其实对我这种极度边缘的人物,他们应该是看不到才对,毕竟他们那些带什么长的人都围着老局长在那里欢声笑语呢,我既不是正式工,也不是积极分子,只可能是圈外之圈,应该比冥王星还要远吧。在老局长离开之后,他们又有了新的议题,就是新局长的三把火怎么烧,这还真的跟我有点关系,因为我毕竟是里面最不稳定的,也是最容易被当鸡杀给猴看的。离职不离职倒无所谓,其实我早就做好了离开的打算,我只是想知道,吴元的面子到底有多大。但是过了将近半个月,愣是没什么反应,倒是胡科长看起来更像局长一点,开会啊,决策啊,少不了胡科长的意见,而且胡科长最近也总是满面春光的样子。私底下有人传新来的局长曾跟胡科长有一次单独的详谈,说是要重用胡科长,当然这样的信息也可能是某个人杜撰瞎传,不过传得却像确有其事。

事情还是出现了变故,也是从传言开始的,说局长和胡科长因为某件事情吵了一架,突然闹翻了。樊阿姨在茶水间将这个事情告诉我的时候,我表示了极大的怀疑:"怎么可能,他们都是有头有脸的人,怎么会当面吵架呢?他们讲话都是一套一套的,明面上不会这样吧。"

樊阿姨笃信道:"怎么不可能,兔子急了还咬人呢,听说他们当着很多人的面拍了桌子,还互相骂了人,这样的事情也是少见,当时应该有很多人在场吧。"

我回到了网络维修室又将这个事情告诉了电工,电工倒是很淡定:"他们这些事情少参与,我也听说了,具体的也不想去打听。"

接下来就传言胡科长申请调走,也没过几个月,胡科长真的调走了。只是让我奇怪的是之前传播那些信息的人又替胡科长开始惋惜起来,说他工作还是踏实的,对同事也算可以,比起某某来要好很多,于是关于某某的消息又成了传播的主流。所以打听、传播八卦是不是也是人的本性,又或是猴子的本性,就像猴群里看见穿了衣服的猴子,总是会好奇,忍不住跑去扒了猴子的衣服一样,只有每只猴子都一样赤裸的时候,生活才能平静。

让我惊奇的是发生的所有事情,跟我竟然没有丝毫的纠葛,也没有影响到我。之后有一次新局长遇到我,笑嘻嘻地对我说了一句:"小王吧,可是工程师啊,让你做这个事情真是太委屈了,要不要打算考一考啊?我们系统今年可以拟个岗位出来。"他笑的时候说的话我完全不敢相信,我也不敢去较真,万一去较真,结果是句说笑的话,那我岂不是自讨没趣?我只是说道:"局长说笑了,我都老了,记性不好,考不上的。"

对我画饼的可不是他一个,包括调走的胡科长,还有遇到的带点官衔的似乎都跟我讲过类似的话,这跟我以前公司那些高层并无二致。年轻的时候充满了希望,被这样的言语激励着未尝不是一件好事,但是被欺骗多了,慢慢就知道很少人会对别人认真,只有自己对自己认真,这也是吃亏后的一种记性吧。其实并不是越老记性越差,母亲会记得父亲过世的日子,会想着去烧点纸,而且关于村里生产队发生的那些事情仿佛历历在目,生动地一遍又一遍再诉说起来,那应该过去几十年了吧,所以老了记忆并不是变差了。反而是正处于中年的我记忆比较差,比如买来的一个小物件在需要用时会忘记到底放哪里了,承诺某天去看朋友的,结果到了那天却在家看着电视,后来突然想起这个事情,发现朋友也忘记了,于是尴尬地互相道了歉,又不得不找个完满的借口——最近比较忙。

忙?真不知道怎么定义这个字,每天准时上班、准时下班能不能算作忙呢?有班上是不是都可以算作忙?还是要加班才能算忙呢?一个人的时间最终变成商品卖给了别人,卖给公司,卖给家庭，卖给公众，卖给娱乐，卖给规则，还剩下点什么呢？朋友或许并不重要，不然怎么会忘记约会呢？工作或许也不重要，不然怎么那么无趣呢？家庭生活可能也不重要吧，不然为何那么烦琐呢？一个人的脑子里能装下什么呢？装下的估计都是自己不喜欢的东西，怪不得总是会选择性遗忘，可能我一直在怪罪着一些东西，怪罪着一成不变，怪罪它们侵蚀了我的本性，竟然让我的孤独无法躲藏。有时候真希望自己得了失忆症或认知障碍，把穿着西装打高尔夫的人看成豺狼，把高楼下的立柱看成大象，把海边的起重机看成长颈鹿，把路边的歌手当成云雀，把格子间里的同事当成猴子，把送快递的小哥看成蚂蚁，把模特当成锦鸡，把地铁看成蚯蚓，把汽车当成甲壳虫，把飞机当成蜻蜓，把楼房想成积木，把女人当猫，把男人当狗，把自己当成石头……对，石头，那个自己最讨厌变成的样子……

"你不要动。"胡玉萍命令道。

"像个石头一样不要动？"我问道。

"对。"她说想给我画张像，这还是我第一次被人画像，就在"静庐"二楼的画室。

我向她质疑道："我听说被人画像的话，会被勾走一部分魂魄。"

"看你也是一个知识分子，没想到这么迷信，不要动啊，那也不要照相了，照几个相整个魂都被勾没了。"她拿着铅笔不停地在画纸上挥着。

"我也不是迷信，我只是听别人这样说过。"我停顿了片刻，又说道："我觉得有可能的，特别是被美女画家画的时候。"

"别贫嘴，等一下嘴巴歪了就不好看了。"

"你有没有遇到过画那种裸体男人，那男的突然有反应了，那怎么办？"我继续问道。

她倒是无所谓："我从来没有遇到过，我们是专业的，不会像你这样想这些龌龊的事情。"

"看来你们画画的跟得道成仙也差不离了。"我叹道。

我的肖像画的确是完成了，嘴还真的有点歪，不过是卡通版的，只是有那么点神似而已，我将画贴在了房间书桌前的墙上。我对女人很热情，热情得像春天的花一样，但是我不知道这种热情是不是本能，但我对她们并没有唯利是图，非要得到什么，我不知道为什么对她们有好感，甚至在她们用难听的话数落我的时候，我报以极大的宽容。在我离异的那两年，我以为公司的女职员会对我表现出兴趣，毕竟我成了"钻石王老五"，只是没想到她们看到我像看到乞丐一样，仿佛我总是伸手向她们讨要同情一样，躲得远远的。无法躲的时候，她们又展开了一阵群嘲："哎呀，昨天又去哪个夜店鬼混了？""是不是身体已经被掏空了？""我看不光身体被掏空，口袋也被掏空了吧。""像他这样的猥琐男人怎么会约到妹子呢？""你们可别被他可怜兮兮的样子给欺骗了。"我傻傻地笑了笑："你们说的都对。"罪恶的我只能宽容世界，我对许文玮是这样，我对胡玉萍也是，我对黄玉霞也是这样，包括我对前妻也是这般，只是我与前妻经历的更多。我跟小寒打破了那种互相看不到丑态的局限，我始终认为没有一个人是完美的，真的去了解一个人时，最终能看到他的丑态。有的丑态会让人难以忍受，例如突然发现对方有狐臭，或者光鲜亮丽的背后居然是邋遢的生活起居,又或者对方态度恶劣、行事乖张,或者有浪荡的私生活,完全不是热恋期或者亲密期遮掩得那般美好,于是不得不考验人的忍受力和对生活的理解力,能够经受得住考验的人就继续下去,不能经受住考验的就分道扬镳。我并没有完全腻烦小寒,我甚至觉得她比起遇到的其他女子更有可取之处,如果放在外人看来,我们应该是幸福的,我也从来对她没有敌意,自始至终都没有。我跟她的婚姻结束的原因可能跟她的品行无关,她只是这个事情的参与者,甚至是受害者,我觉得她是享受那段我像个正常人生活的时光,工作稳定,每天准时上下班,也会处理一些家里的事务,极少有争吵或者不同的意见,甚至不抽烟、不喝酒。或许这些就是她的追求吧,然后脑子里再想点怎么多赚钱,这样想法的人满大街都是,甘愿过着普通的日子,可能都没错,知足常乐就可以了,柴米油盐就行了,生活不就如此平凡和普通吗?

但那老去和逝去的又是什么呢?我也会老眼昏花,遭人嫌弃,我留下了什么,我留下一个孤独的基因,我的女儿注定也会孤独地活着,当然也会伴随着那些虚假的欢乐生存或死亡,如果真正看明白那些欢乐就会觉得欢乐其实毫无生趣,例如多赚点钱可能兴奋好几天,但是几天过后那些钱不过是银行卡里稍微改变的数字而已,而且最终会被自己或者相关的人吃掉用掉,即使买了件精致的工艺品摆在家里看着,估计没几天也就看厌烦了吧,那最终不是我生命的价值。再比如我获得一个奖杯,明年也许有人会获得同样的奖杯,我的名字甚至还没被人记起,就已经被人忘记。同样的我的女儿,我其实根本不知道她在想什么,她完全独立于我，她最终会沿着她的时间走去，跟我的生和死其实并无多大瓜葛，加上我可怜的枕边人，面对那寂静的深夜时，她是否了解到她的人生多么单调，但是又忙得不可开交，如同我的生活、事业和灵魂。

于是我厌倦这生活，厌倦这要靠假装出来的幸福，厌倦克制，厌倦成熟，厌倦这冰冷的时间机器一点点消耗我短暂的生命；我厌倦工作，厌倦在一堆不了解的人里惺惺作态，厌倦那不断增加的条文和制度，厌倦精细，厌倦在人前装出来的优越感。我贪恋那野外生长的一朵野花胜过我的生活，我贪恋那偶尔飞过的麻雀胜过我赚的金钱，我贪恋那早晨橙黄色的霞，我贪恋那傍晚依依落下的夕阳，我贪恋自己独自坐在长椅上的可悲，我贪恋那深冬刺入骨髓的冷……我贪恋的似乎是我得不到的一切，当然我并没有去考量那些东西的价值，可以标价的东西恰恰是最不值得追求的。

或者爱无所爱，恨无所恨。爱来爱去不过是爱了自己的满足，恨来恨去不过是恨自己得不到满足，人始终是渺小的，如蝼蚁一般，却想拥有宇宙，宇宙却从未正视过这渺小的人，最终会被冰冷和热浪碾过，剩下一些毫无生机的尘埃或颗粒，那丢失的魂魄也无处可去。我以为开着车到了"家"就是终点，这次我突然想开得远一点，其实公路一直延伸到了很远。那个傍晚我没有停下，我沿着公路一直开，一直开，一直开到了云南，路上加了很多次油，我关了手机，我只是想走得远远的，当然起初我并不知道到了云南，只是在停下的刹那看到了云南的路牌。那绚烂的星空之下是我平庸的生活，那车是负担，包是负担，这张平庸的脸也是负担,做个无脸男去旅行应该没有负担。很多时候行车是在夜里,根本看不到旁边有什么,车灯照着的也是前面那方寸间的景致,而且转眼即逝,那仿佛是超光速穿越了星际,当然依然有飞蛾冲上来撞在了我的挡风玻璃上,那飞蛾也许是爱我的某个冤孽。我从我的既定轨道消失了,云南并不是我的终点,我也不知道终点是哪里,其实走到云南还有路,我甚至还想到了那个留在大理的朋友,但是我明白那些路是我走不完的,我只是不想在狭小的一段路上不停地绕圈。后来我回了S市,提出了与小寒离婚,在她搞不清楚状况之下,在她还在为我突然的消失而惊恐失措的情况下。那辆车也陪我回来了,而且带着满车的风尘,它见证我的单调,见证我在车里骂出来的脏话,见证我的大喊大叫,它不会出卖我,除了它没有油以外。

我虽然对生活悲观,可是也没有悲观到要结束自己的生命,还是苟且地活着。胡玉萍勾勒的画像,我虽然明白地知道那不是我,却怎么有我的神韵呢?难道捕捉到了我的灵魂?或者那歪曲的嘴正是她对我戏谑的态度。

在"静庐"的日子,我觉得自己像个老人。我应该买一个鸟笼,笼子里装只云雀来刺激每况愈下的耳朵,要不摆张麻将桌,约上三五好友打个麻将来预防老年痴呆,可惜我在绩县没有几个认识的人,如果约吴元打麻将,那也只有我输的份,实在不行只能去街上四角牌楼那里的广场上找几个老太婆跳跳舞,但是我也不擅长跳舞,怕踩了老太婆的脚,赔不起。那"静庐"的靠阴的墙角爬着青苔,这栋房子不知道有一百年了,还是有两百年了,更多的时候我只能与它对话,我有时候透过四方的天井看着上面蓝蓝的天空，有时候看着窗扇上破损的雕花，不知道是哪个小孩磕破的，又或是那个怪异的时代不得不把它铲掉的。当然我更多凝望的是那两盆兰草，搬个凳子我能足足看两个小时，我甚至看到了几只蚂蚁是如何从水沟里爬到花盆，又从花盆爬到尖尖的叶片上，又爬回石缝里的。除了一种情况，那就是胡玉萍来了，她像给我的渐冻生命注入血液一样，虽然我觉得她的性格比我还静态，那个圆润的屁股粘在马扎上能够三个小时不动。但她并不常来，她不过是吹过的一阵风，或者飘过的一片云。我有点想念许文玮了，想念小寒，想念小柔，用我那卑微的心，我明知道她们不属于我，我也不属于她们，我的念想只能交给残酷的岁月，让岁月去抹平，去封冻。我也曾向胡玉萍借了一支毛笔，在废旧的报纸上写字，胡玉萍指着那个孤单的"孤"字说道："这个字写得还可以。"

我笑了笑说道："怎样？是不是有十年的沉香？"

（二十）

她们其实都会逃开吧，她们不太愿意让你走进她们的私密空间，即使平常能跟你开各种玩笑，当你提出一点进一步的要求的时候，她们会瞪着大眼睛警惕地看着你说道："你想干吗？"

这时你就明白了，她们之前都不是认真的，现在是认真的，认真地拒绝了你。她们有时只是想听听你的故事而已，故事讲完了，她们就会把椅子挪开，去找另外一个人，除非你的故事很精彩，而且没日没夜地讲不完。谁有那么多故事呢？于是你不得不去寻找，又或者胡编乱造一番，如果吹牛有罪的话，男人都该判死刑吧，你说你只够无期徒刑，那是你谦虚了。

我跟他说，即使你去了哪里都是这样，躲在洱海是不是觉得离天堂近一些呢？也会面对一些肉欲，有陌生的美女来住你的店，你是不是开心一点呢？肯定会有的，你会约她去二楼看你的露天电影，挺好的体验。另外你不过是想赚点钱，当然你说得好听一点就是情怀，想找个落脚的地方。你怎么没落在故乡呢，你会说故乡不是旅游景区，故乡就该被你遗弃。你可以喝喝咖啡，泡泡茶，下午在阳光下读读书，的确是向往的生活，但是这样的生活要是我来过，我也许会美个半个月，半个月之后呢？我也许会腻烦，我会觉得生活枯燥了，食物也单一，腊排骨也不能天天吃，那几个带着窗户的房间我都住遍了，还有那窗外金黄的稻田，的确是很美，我可以整整看一个下午、两个下午、三个下午，但是之后呢？之后我还是会内心空洞。你说你不会这样，你想的完全跟我不一样，正常吧，不然留下来的怎么是你，而不是我呢？因为我很早以前就立志做个浪子，可惜做得不好，还结了婚，又离了婚。

他还是端起了酒杯，要跟我喝一个，只见他晒得黝黑。他又说道："我不会跟客人讲故事，都是她们主动问我的，有时候我跟她们说说，有时候也懒得理睬。"

我又装作无所谓的样子："我也是随口一说，我也不会管你的事情，我只是过来住几天就走，我只是很钦佩你做事的能力，一点点地真的做出来了，要是我肯定只会纸上谈兵，当然你也花了很多钱,跟赌博是一样的。"

他在这方面倒是得意:"我当初卖了在 S 市的房子的时候,我就打算离开 S 市了,恰巧我们又来了这里,你不是急着回去吗?那时我正好闲着,在这里住了一个月,看到这里的院子挺不错,于是狠心租了一个旧的来改造,我可是整整花了一年多的时间来做房子,真的自己亲手搬砖,当时我跟一个农民工完全没两样,加上紫外线强,像非洲来的一样,当然钱也花得差不多了。人总是要做点什么,可能这二十年我只能留在这里了。"

"有一年我曾跟一个女人说道,如果 S 市突然下雪了,那我就不顾一切地娶你,当时我已经结婚了,我是开玩笑似的说了那么一句话。结果前些年的冬天气温真的降得很厉害,当时我真的怕了,万一真的下雪了,我是不是要去兑现那个玩笑似的诺言,幸好,虚惊一场。"我喝了一口啤酒说道。

"所以玩笑话不能随便说,万一那个女的找上门了,那你该怎么办?"他举了举杯。

"如果在当时,我还真的不知道怎么办,当时我还没有离婚,我感觉自己还有点人模人样,不过现在想起来,又觉得没什么,活在世上总是要遇到一些风风雨雨的。可能我有点喜欢她吧,不然我也不会说那些。那你这边应该过得很丰富吧,不缺女人吧?"我试图打听他的隐私。

"就那样吧,不过我遇到的那些人倒是挺有趣的,手艺人做的东西挺好卖的,挺能赚钱。"他似乎不愿意说起那些事情,转移了话题。

我也不便追问,跟他谈太多情感问题似乎也不太妥当,我继而说道:"好看是挺好看,不过我不会买。"

"你不买有人买啊,有钱人喜欢买那些东西。"他说道。

"我觉得你家的狗,就是小黑,好像有点认识我了,刚来的时候还追着我叫,我说你一个开店的,狗应该不会叫才对。"我看着大门口前那只半大的小黑狗说道。

他笑笑,须臾间也朝门口看了过去:"它对别人都不叫的,可能你身上有邪气,呵呵。"

"东邪还是西邪?"这是我第二次来洱海,相隔第一次有三年多,等他修好了房子我才来玩了这么几天。一个八百平方米的院子,他在原来的基础上又修建了一栋小楼和木屋,院子中间弄了一个书吧和卖手工品的地方,院子里种了些花木,大门顶上是一棵粗壮的三角梅,沿着围墙和房顶长了一大片,这也是这个院子名称的来源。院子主要提供住宿和卖一些工艺品,当然还有书吧和咖啡厅,院子各角落散落着一些沙发,他又把原来的围墙挖出了很多观景的小窗,坐在沙发上透过小窗看过去是成片的稻田,当然还有远处的苍山。这里是离洱海不远的一个古镇,这几年他已经混得很熟了,傍晚常带着他的小黑狗沿着小镇绕一圈,跟谁都好像能打上招呼,这条黑狗是街上一个卖毛线的女人送给他养的。当然他在这边的情史我并没有打听出来,其实我也并不想知道。他喜欢老物件,就在那院子里七零八落地摆着,都是他在附近淘回来的,还有些旧书,他还说喜欢看旧电影,或许就是情怀吧,一个充满阳光的八十年代的情怀。

这里的确离天很近,湛蓝又广阔,我躺在二楼阳台的椅子上呼吸到的空气不会有那种 S 市深重的压力,阳光很好,但是他总是提醒我戴帽子，这几天的确是晒黑了，不过我不在意。

在一个陌生的地方其实住一晚就熟了，当睡眠将身体放下时，灵魂一定是逃逸出去了，它能自由地闲逛，当然这种闲逛可能不会存在记忆，但是一定记取了当地的气温、风况、气味甚至还有历史，第二天醒来时，原来这里会有初见的相识。我不觉得我是来这里看风景的，山海再多变化，也不会有出乎意料的不同，在我眼里任何的不同都是常态。当然我也不认为飞翔在天空中的隼一定尊贵无比，淡定自若，它未必在巡视大地，它未必穿过风和山；同样爬上围墙的野猫也未必是闲庭信步的智者，在它对着树上的鸟窝虎视眈眈的时候，它也未必是谨慎小心的；同理那飞荡在天空的七彩云朵，未必是天上仙女的嫁衣，它看起来轻薄如纱，停泊在湖心，却久不愿离去；那偶尔蠕动的稻田里面必定是逃窜的爱情，不然怎会一浪压过一浪……这一切仿佛都打了光，更加鲜艳，但都不能入我的法眼，我只是躺在咖啡里游泳，喝醉一般，连那几本旧书也懒得看，成了我躺在那里的枕头。

偶尔有游客提着行李箱从院子里的水池旁走过，男的好像都有一副俊俏的脸庞，女的似乎都有一头乌黑的秀发，还有水池边那棵腊梅树已经开满了花。它们不属于我，这里所有的一切都不属于我，甚至我的所见所闻都不属于我，高铁不曾带我来，风也不曾带我走，我没在这里写下一句话，但我相信，那所有存在的一切还将存在，但是跟我无关那般的存在。

我来这里只是见一见二十多年的一个朋友，一个朋友二十多年还能联系本身就很难得，但是我发现我来这里跟他并不能聊得深刻，我不能为他排忧，他也不能为我解惑，我只是觉得要千里迢迢走一趟，然后又识趣地夹着尾巴离开。

你这两年赚到钱了吗？你觉得值得吗？这里环境是挺不错的，但是我觉得太安静了，人们那么早就睡了，也没有一个夜店。你开这个店说得不好听一点，就是一个笼子，准确无误地把你困在这里了，哪里也去不了。

他回道："我一直不喜欢S市，夜店也不是没去过，也不能常常去，哪里不是笼子呢？如果我真的想走，就把店门一关，照样可以走，我的坟并没有修在这里，而是在老家的山上。这里也不只有腊排骨，还有烤鱼啊，要不晚上带你去吃烤鱼？那家的生意挺火的，还要排队呢，口味跟别的地方不一样。另外这里经常有人来拍戏，我有时就跑去看他们拍戏，挺有意思，不知道你的运气好不好，如果这些天有的话，就带你去看。我还跟你说过，我认识一个'小演员'，她拍了很多戏，童星出道，我还和她一起吃过饭，这个院子她也来住过，不过不知道这段时间她还在不在这里。"

"我对拍戏不感兴趣，也不追星。跟你不一样，你喜欢玩摄影，还能搭点边。我就不喜欢凑那个热闹。"我试图摆明我不同的观点。

可能总是要经历那么一场雨吧。那苍山总是云山雾罩，在喧闹的海边我却被孤零零地丢在了一栋楼的楼顶，不知为何声音被屏蔽了，刚下过雨的周遭难以让人安坐，摆在天台的沙发被雨水淋湿了半边，我就在这个楼顶闲游，仰望着那十九峰，那夜是凉飕飕的。我总觉得我脚下的一群人都在尽情地欢愉，但是他们的欢愉让我无法理解，也无法参与，歌虽然动听，他们也依然青春，但终不是我的世界。我被他们无情地抛弃在这个楼顶,他们估计不会喜欢这个雨后的屋顶吧,不喜欢屋顶的彩灯、屋顶的吊兰和玫瑰,不喜欢屋顶的巨大的桶形热水器和晾晒的被单枕套,不喜欢屋顶的凉意,不喜欢与屋顶上我这个不擅言语之人做邻居。我终究是一个丢失灵魂的人,在喧闹里孤寂,在静谧里也是孤寂,我躺在他的院子里的时候也并未好转,这一路的风花雪月并不能带给我什么,我也未曾在这路上让人记住。

那场雨挺大,我还在街上走动的时候就迫不及待地掩盖了我,我的棕色皮鞋也被打湿,我寻了一处老院子泡了一壶咖啡,坐在了屋檐下。说实在的,真的有点冷。在我发呆之际,雨似乎也没停歇,我不太喜欢这种潮湿的感觉。我想到了一个问题,我来这里的意义又是什么,我想抛弃那些周而复始,结果跑这里将自己所有的一切都抛弃了,自己变得毫无价值。那么他一心一意到这里修造这院子又有什么意义呢?他之前所说,这辈子似乎就想做成这件事情,于此终老的意思。我觉得这不过是当时他的一时意乱情迷,总觉得有白云,有苍山,有一个很大的湖,生活就美好了,我觉得这只是一种假象,他并不因为有了个院子而改变游客的身份,我觉得他跟我一样,热情会被耗尽,就在那三五天里。当然,他有了更多一层的意思,他想重新开始,忘记那个烦躁的过往。其实我也一样,不光是过往,还有现在和将来。

咖啡的意义是什么,并不能取悦我,并不能改变我的迷惑,就在那么一场大雨里,一个不存在灵魂的我与苦涩的咖啡相伴。在他们还宿醉于昨日的鸡尾酒的时候,我已经醒了,在苍山的那些天,我始终没有酣畅地入睡过,就像那始终没有勇气喝下的苦

212

酒或甜酒,因此也无法麻痹我。我知道他们还被滞留在昨天,滞留在昨天的甘味里,可能昨夜火塘边的呕吐物还没来得及清理。提前来到今天的我形单影只,我小心谨慎,不敢破坏这死寂的晨曦,虽然他们昨夜吵翻了我的睡眠。

他们都互相亲切地打着招呼,像是很早就相识的老朋友,好像心无芥蒂,彼此欣赏。又好像每个人都是带着故事来的,在那蓝天白云之下,每个人似乎都充满活力,生活丰富而精彩。有的人在这个老城讲话都夹带着几句外文,仿佛他们都走在世界的最高端,而且他们都很忙碌,都毫不吝啬地说着自己的去处。尽管经济不景气,但是他们似乎都毫不在意,仍有信心。

我的朋友在这里似乎失去了自己的一些内敛,好像进入了另外一个角色,那些人评说的他我似乎有些不认识了,我不知道以前的他有过多的伪装还是现在的他有过多的伪装。他只是告诉我,他喜欢待在这里,兴许是他感到他换了一个人生了,一个没有人知道过去,并备受鼓舞的人生。

也许是我的心态阴暗,对于他们之间的这种轻松、亲切、互相欣赏我始终充满狐疑和惴惴不安,总觉得他们太客气,太亲和,太温暖了。似乎这背后总是藏着一个阴谋,而且是我无法想明白的阴谋,我担心我的朋友根本没有看清这个世界的本质,以及他们遁入这个世界的原因。我怀疑一切,不相信一切。但是他体会到了乐趣,他体会到了如梦如幻,叫醒别人的美梦也是挺罪恶的。

他其实可能有觉醒的,比如他告诉我有个能说会道的小年轻说认识某某高端人物,曾去过什么地方,接着向我朋友借了五百块钱,朋友一直问我那个小年轻是不是骗子,会不会还钱之类。

他是怀疑的，但他仍然愿意用五百块钱去试探小年轻的可能，结果是小年轻走了，没跟这里的人打招呼就走了，当然那钱也没有还，朋友终于醒悟了：他混不下去了，不可信。

　　我朋友也曾说过，有一堆失落的人流落到这里来逃避世俗。我觉得这是他真心的觉醒，这其中也包括他吧！他们形态各异，却彼此视为有趣的灵魂。我也曾见到一个用刺来包装自己的年轻女子，与人难相处，却处处显露出她能做好任何事情，不容许别人质疑。她租住在一个几平方米的旧楼，却喝着自称为"特别"的咖啡，然后时不时提及的都是她国外的经历，然后每次介绍都是先说外国籍的男朋友，似乎她所表达的任何内容都是有品位的、高端的。但我觉得充溢的自信恰恰是内心的不自信，给自己装上壳、带上刺，保护的恰恰是最脆弱的内心，也许那祥和后面也是充满不安的。

　　这是一个将夜晚交给自然的地方，天黑不过片刻，人们便藏好了自己，世界顿时安静了。也许是我无法了解他们，了解他们似乎要先进行一个仪式，比如打坐、辟谷或净身之类，我这种不纯粹的人是没资格去了解他们的，我只代表 low、浅薄和无知。于是在他们正襟危坐的时候，我全然没有反驳的勇气，我只能依附他们，崇拜他们，赞赏他们。然后也许他们会告诉我：你已经找到了自我，你已经得到了提升。那么那个庸俗的自我去哪里了？他们会告诉我，你已经脱胎换骨，你不需要以前那个你了。我害怕了，虽然我并不十分欣赏庸俗的我，但是我并不想丢失自己，在这个一切看起来很美好的地方，我有些害怕，我宁可做个木头人也不要迎合这一切。

我看到那片稻田，看着他们长在骨子里的信仰和强大的涤净方式，我明白了人为何要陷入一个"痴"字。其实我跟他们一样，通过否定他们来长出身上的刺，从而保护自己那脆弱的小人之心。

朋友喜欢这儿，这种喜欢我无法了解，因为我并没有处于他的位置。我喜欢这儿，仅仅是喜欢它的气候宜人，但我的灵魂并没有停留在这里，我没有留下故事，甚至一点痕迹也没有，在他们的眼里，我完全可以算没来过，我也觉得自己没来过，流水不居，如风无影。

"灵魂是怎么动的？扭动还是抽动？我觉得在舞池里就是扭动，在濒临死亡的时候就是抽动，也可能是震动中的扭动，比如在舞池里听到音乐扭动起来的灵魂。但是我觉得濒死的抽动很像蚱蜢脱壳时用力地蹬踏那没用的外衣，也许死亡是一种升华。"我胡乱地说道。

他冷静地说道："你说的是玄学？"

呵呵……

他曾想在院子里做个风车，结果考虑到安全因素放弃了这个念头，当时我因为风车不自然地想到了堂吉诃德。我觉得人的思想充满了罪恶，看到风姿绰约的女子总是想着占为己有，看到银行的金钱总希望银行属于自己，看到平淡乏味的高楼总想来一场惊世骇俗的地震，看到面目丑陋的他们总希望灭霸打个响指，或许不要灭霸也可以，自己打个响指。但是又心想风姿绰约的女子可能并不能心甘情愿地被你占有，银行里的金钱由辛苦的劳作者所存入，高楼倒下后又不知失去多少可怜的灵魂，那面目丑陋的他们可能正是你的父辈。那么又觉得思想的罪恶需要被修正，又祈祷女人们快乐、充满笑意，银行能发福利给普通人，大家安康，高楼稳固，老一辈受到很好的照顾。幸亏人不是梵天，如果是梵天，都不知道一天到晚要折腾多少次。这一秒希望他是死的，下一秒可能就希望他活了，这一分钟希望他是男人，下一分钟又可能是女人，或者是条狗，是棵树，是棵草。我曾觉得自己在深溪镇的山梁上做棵树挺好，当然不要被人砍伐，更不要被雷劈，那就矮一点，山楂树。

"我希望能在你的心里种棵树，闲着无聊你就能像只猴子一样在上面荡来荡去。你的所有不开心都将变成吸收的养分，你所有的开心将开成你喜欢的花朵，你玩累了可以靠在树干上，躺在树杈上。当然我也怕这棵树长得太好，撑破了你的心，我也担心你会嫌弃，将它连根拔除，但是我仍希望它能根深蒂固，紧紧地抓住你的心，能让你坚强地撑过这个悲伤的人世。今天是植树节，你祝我植树节快乐，到了清明节，你也可以祝我清明节快乐，我也会努力从地下爬出来陪你跳跳舞，虽然我不擅长跳舞，当然那时你也未必还活着，也许你变成了蝴蝶，在我坟头跳段舞也可以。"我对着插满管子的小柔发信息说道。

"我这次割了胆，下次不知道割什么，我不能像其他人那样随便吃些东西，我觉得我的人生完了。"她有些担忧。

"没胆的人还是可以活着的，也不用想那么多，小手术而已。万一你真的不行了，我可以为你写篇文章，纪念一下你。当然，那么多错过的节日，比如劳动节、儿童节、国庆节、中秋节，还有各种能烧纸的日子我都会给你烧点纸，不能烧纸的我给你点根香烟，虽然我不抽烟，不过我可以专门为你去买一包。"我尽量表现得轻松。

但是她担心的却是因为插尿管而失去贞操。那是在什么时候？多少年前的多少年前。她始终不是猴子，后来的她依旧美丽，只不过肚子上多了一道我从来未曾看见过的疤。

我只跟许文玮说过喜欢那种漂亮的民宿，主要是舒适，让人产生想多住两天的欲望，并没有说洱海旁我朋友的民宿是怎样的，可能一句两句根本说不清楚，就像我认识他二十多年其实也未必真正了解他。但我总觉得他离开S市可能跟他的女友意外身亡有关，为什么说意外身亡呢？因为他从来没有告诉过我他的女友是怎么死的，是自杀还是真的意外。我之前还见过他的女友，在某次饭局上，他们相谈甚欢。后来突然有一天他告诉我她死了，摔下了楼，当时我并没有安慰他，因为警察先找了他问了几句，不过也没什么后续消息，另外我也不知道如何安慰，有时候陪他吃吃饭，看他喝喝酒。他是挺消沉的，不过他还是活着，当时我甚至一度认为他自杀殉情也是完全有可能的，不过我并不知道他们到底发生了什么，每个人都有秘密吧。

有时候我觉得我的朋友和许文玮是很类似的人，但是却找不到一些共同点，我曾问过许文玮："你们开客栈的人是不是永远在等着下一个客人？"

许文玮怔了一会儿说道："你这话不对，不光是开客栈的，任何一个做生意的人都在等待下一个客人吧，杀鸡的等下一只鸡，医生等下一个病人，我觉得你话里有话，你是不是想说我在等着下一个男人？"

我傻笑一声："可能是这样吧，期待下一个人才有活着的动力。"但是以前的事情也无法一笔勾销吧，总会背负着越来越重的债。

"我并不期待男人，我自己过得挺好的，干吗自己非要找那个麻烦东西来给自己不愉快呢？"许文玮所表现出来的态度比她吐出来的烟更加云淡风轻。

有时候怕跟胡玉萍打得太火热，然后胡玉萍将我的信息传达给许文玮，那么在许文玮眼里我单身孤男的形象是否会受到影响呢？当然我跟胡玉萍并没有多火热，见面较少，甚至不太敢讲暧昧的话，我也不知道为何在她面前如此拘谨，仿佛讲一句就会拉远我和她的距离。另外我又期待胡玉萍能从许文玮那里带来一些信息，但是胡玉萍除了画画，并不喜欢说些八卦，真是苦闷。

（二十一）

一天我接到了叔叔的电话，说是博突然回来了，而且感觉有事的样子，说话总是支支吾吾的，又问我是否还在绩县，如果还在的话，可以去他家玩，顺便问问博的事情。我对博的突然回家并不感兴趣，当然我也期待博能够早日回来，然后痛改前非，变得更加有出息。对于叔叔的邀请我还是没有拒绝，选了一个假日，又坐3路车去了七贤村。这次胡博并没有在村口等着我，我径直往村里走，手上还是提着一瓶超市买来的白酒，我走进叔叔家二层的时候，叔叔正抱着胡乐文，我喊了一句："叔！"

他平静地回了句："你来了。"

"博呢？"

他将头撇向了右边房间说道："在房间里，跟阿芬正在拌嘴。"

我只能将酒放下，找了一个凳子坐下，问道："博有说去哪里吗？"

叔叔回答道："S市。"

"啊？"我忍不住惊讶起来，接着又说道："那我们去找了几天都没找到。"我这话更像自言自语。

反倒是叔叔圆场道："S市那么大，也没办法。"

我接着问道："那他去S市干什么了？"

叔叔说道："我也不知道，他不肯说，一会儿说去找事做，一会儿说去教堂，一会儿说有个朋友叫他去的，他在S市哪里有朋友？感觉没有一句真话。"

正在此时博从房间里钻了出来，紧跟出来的还有阿芬，博看起来比之前瘦了不少，肤色依然黝黑，阿芬继续用我听不懂的话说着博，博一脸的不耐烦，但是见到我之后，脸上立马堆起了笑容说道："哥，你怎么来了？"这个表情，跟我上次来他家几乎是一模一样的。

我说道："我买了瓶酒，带来给叔叔喝。这几个月你去哪里了？连个电话都没有。"

博说道："我去S市啦，S市还挺大的，挺热闹的。"

我追问道："去干吗了？"

博说道："找事做啊，先在一个快餐店做了一段时间，后来没事做，就回来了。"

叔叔插话道："别信他的，他能正经找事做？家里的活都不想

219

干，还想在外面找事做？"

博此刻倒是突然理直气壮起来："本来就是去找事情做嘛，爱信不信。"

叔叔此时放下了胡乐文，对着胡乐文说道："去找你姐姐玩。"

胡乐文跑出了门，叔叔突然开始训斥起博来："你看看你，你识事吗？你识事吗？你都多大的人了，还像个小鬼一样，你的小鬼都七八岁了，你有负责任吗？想乱跑就乱跑，连个电话都不接。你哥也在这里，你看看你哥什么样子，读书年年考第一，又是工程师，又有好工作，你是读书不行，做农也不行，还不识事……"

在叔拿我做标榜的时候，我只觉得内心一阵羞愧，我并不如他所说的那么好，但是这种境况下，我只能保持沉默。博好像并没有被这样的训斥所触动，嘴里嘟囔着几乎跟刚才阿芬说博一样的话，我始终听不清，但是就那副表情，我知道肯定表示对叔叔的抗议。可能叔叔的口才有限，类似的话讲了三四遍，博倒是不耐烦了，说要去喂猪，走出了门。叔叔气不打一处来："看看那样子，看看那样子，还不让说。"

叔叔又拉着我开始数落起博来，各种琐碎的事情，比如肩不能扛，地不能扫，挖个地都挖得坑坑洼洼之类的，但是这些事情跟我讲好像一点用都没有。在叔叔说得差不多的时候，我也找了个借口站了起来，说要到后面去看看，于是出了门口，往曾住过的那个车库走去，发现胡乐文和胡乐欣都在车库的地上玩耍，陪着他们的还有婶婶。我远远地看见我挂在墙上的镜子还在，我并没有走进去，而是朝着那片稻田深深地吸了一口气，稻田里已经没有了稻子，只剩下秸秆。只是不知什么时候，博突然走到了我身边,笑着对我说:"你怎么不回 S 市呢?我也好去投靠你啊,这几个月可苦了我,吃吃不饱,睡睡不好。"

我回了一句:"你有给我打电话吗?我们打你电话从来就没有接通过,怎么能这样呢?"

博说道:"我不是怕我爸不让我去吗,管着我,烦我嘛。"

我有些生气:"你干吗还回来,你还有脸回来?有本事不回来啊!我跟你爸还专门去 S 市找你,你到底躲哪里去了?"

突然博放低了声音说道:"我也就待在一个叫墟镇的地方,身上没带什么钱,很快就用完了,一个好心的米粉店老板收留了我,我在他那里洗碗,睡在米粉店楼梯下面。我觉得洗碗也累,我的腰都直不起来,后来实在过不下去,又换了个地方……"

"就你这个样子还能打工?不饿死就不错了。"我说道。

"我也在街上混了一段时间,捡别人吃剩的东西来吃……"他继续诉苦道。

我对他的诉苦无动于衷,而是问道:"你这段时间有没有在外面干过坏事?"刚问完这句,我用警觉的眼神盯着他,心想也许是他做了什么坏事才跑回来的,他的神色有些慌张,于是我追问道:"你说说看,你是不是做了什么坏事?"

他突然把声音压得更低了:"有一天晚上跟着一帮人去玩的时候,结果打起来了,我好像拿铁棍打了一个人的头,那个人头上立马冒出了血,一屁股坐在地上。"

"你打伤了人?后来怎么样?"我问道。

"人那么多,又乱,我就跑了,向别人借了点钱就回来了。"他说这个的时候并没有太多的惧怕,好像只是做了件隐秘的事情而已。

我听到这些觉得事情超出了想象。

于是我说道:"你不怕把人打死吗?打死了人,你以为跑回来有用吗?警察肯定能抓到你的。"

他急忙说道:"当时很乱啊,我也不知道怎么回事,就是那帮人喊啊,说那个人来找茬儿,我们干他,谁知道怎么回事,一堆人都冲上去了。"

"那帮人是什么人?"我问道。

"我也不知道,没饭吃的时候路上遇到的,给我一碗饭吃叫我走,我看有饭吃就跟着一起去了。"

我觉得事情有点严重,于是又把博拉回到了叔叔面前,我们三个又走进了房间,小声地说了起来,叔叔眼睛都要瞪出来了,拳头攥得紧紧的。

不过他还是问出了那句话:"怎么办?"

我凭借自己的经验分析道:"按道理,S市遍地都是摄像头,只要在公共场合,肯定是拍得到的,关键是那个人有没有死,如果没死还好一点,那边有没有报警和立案,如果立案了,十有八九跑不了,现在做什么都实名制,他们知道你去了哪里,如果去自首可能会争取到减刑;但是这个事情也不清楚是怎样,万一那边因为夜太黑,没看清,又或者当时太混乱了,没有警察介入,那么这个事情也可能不了了之,如果去自首的话,不是……"

我觉得我讲的话有些分裂了,一方面不愿意让博去承受牢狱之灾,那对叔叔家将是一个巨大的打击,另一方面却对博的这种行为感到不齿,他理应受到惩罚。但是我说了那么多好像有道理的话，对叔叔来说可能等于根本没说。我觉得来叔叔家显得有些多余，我并不能切实解决他家的问题，叔叔说，要考虑考虑，另一方面要博和我对这个事情三缄其口。后来他们的决定是什么我并不知道，因为我离开叔叔家的时候并没有答案，可能是选择侥幸逃过此劫吧。于此我突然想起了我在 S 市还有一辆许久未开的汽车，上次搬家的时候把那辆车忘在了地库，当时满脑子的女人，就忘记了车。

当天我跟叔叔又对博"审讯"一番，并没有得到更多的信息，我又依着叔叔的意思对博进行了一番恐吓教育，博向来崇拜我，可能我从小读书就好，另外是去了大城市，博似乎对我的话并没有表现出强烈的反对，甚至还表示愿意听从的意思，当然我并不能确认他是否真心。天色已晚，叔叔打算留我住上一晚，又把那个车库收拾出来。吃晚饭的时候，我感觉突然又回到当初来绩县时的情景。叔叔突然对着正吃饭的胡乐文和胡乐欣说道："要像你伯伯一样，认真读书，将来才能有见识，才能找个好工作，赚大钱。"

我想到近况，内心又是一阵害臊。接着叔叔却一本正经地对我说："王寨，你最近是不是没事做，没什么事做多来叔叔这里玩，顺便趁着假期辅导辅导你的侄子侄女，都好久没上学了，小孩子不学点知识不行。"

我支支吾吾地回答道："我在民政局有份事情做，也不能常常来。"

叔又转向博说道："你看你哥，走哪里都有人抢着要。"

被人夸耀也是一种痛苦。我又住进了那个车库，一种熟悉的感觉，只是里面的气味有了些改变，不再是单纯的水泥味，空气

223

里似乎夹杂着一些汗味，可能是叔叔给我的被褥上的，也可能是他们在此多有逗留玩耍留下的，还有一股烧焦的味道，可能是不远的稻田烧了秸秆，飘进来的。我还是拉开了那个卷闸门，站在稻田边，看着看似空荡的旷野，又看着远处马路边的路灯。以前被我赶出门的"悟空"呢？它是否还在这片田地里，那片浅浅的夜里又有多少的生灵在游荡。

第二天一早我便离开了七贤村，回了县城的"静庐"。

后来博还是进了派出所，不过不是因为这件事，而是因为跟邻居闹矛盾，好像是因为土地问题。土地上的作物长过了界，一家就损坏了另一家过界的作物，然后就起了争执，结果邻居拿石头砸了叔叔房上的瓦，因为叔叔是入赘的关系，加上博的羸弱，少不了受到同村不友善村民的排挤和挖苦。这次博倒是像个男人，跑去人家家里砸了别人的电视，不过也互相动了手，然后双方被抓进了派出所。叔叔为了此事还打电话给我，因为我曾告诉他我有个同学在县里做干部，叔叔想让我帮忙捞一下人，我借口说该让博吸取教训，并没有答应叔叔。另外我也不想用这种事情去麻烦吴元，况且未必能奏效。

（二十二）

"静庐"不方便的地方是上厕所得去不远的公厕，那个公厕还是新修的，好像是专门为游客修的，但是来上厕所的游客并不多，附近的景点只有某个名人的旧宅。洗澡只能烧点热水在房间里抹抹身子，如果是夏天，四下无人我还可以在天井下面冲个凉，但是到了冬天就不行。我在附近闲逛的时候发现了一家小小的浴室，当前的物价是五块钱洗一次，倒也便宜，这个浴室常有人光顾，离这个浴室不远有一家青旅，估计那边来这里洗澡的挺多。在第一场秋雨落下来之后，我打算光顾这里，我一手拿着脸盆、毛巾和洗浴用品，另一只手拿着一只装着换洗衣服的塑料袋，递给了浴室门口一个收钱的大爷五块钱。我刚钻进那个塑料门帘眼镜就模糊了，不得不摘下眼镜，只看见里面有几个小的单间，并没有池子，我也不管那么多，脱光衣服站在其中的一个花洒下面冲洗起来。好久没有这么畅快过了，我甚至想"鬼哭狼嚎"一番，这样的事情只是高中跟室友在冬天冲冷水澡的时候做过，以后有热水的时光，我变得克制而沉闷。这里的热水比想象的要热一点，能够涤净我藏污纳垢的隐晦之处，仿佛脱了皮、换了新生，而身边赤裸的男子却比我豪放好多，时而沉闷时而响亮地吼着，我觉得肯定不是因为水太烫或者太冷，而是他是一只回归本性的大猩猩。

　　博的回归让我想到我的那辆车，我觉得还是可以变卖一下的，我在网上发了一个转卖的信息，没两天就收到了一个中介给我打来的电话，说可以帮我处理，他的报价几乎是我心里预期的一半。我不耐烦地说道："当年买车，我的车牌都花了几万，我的车也没出过什么事故和大修，接受不了，我还不如自己留着。"

　　然后他开始用他的三寸不烂之舌给我洗脑，说是这种车型已经过时，而且使用年限也太长，即使看起来比较新也卖不了好价钱，另外现在也不限牌，电动车牌已经很多了，就当前这个行情，这个牌子的车估计都很难转手……

我听着这些说道:"价钱太低了,得涨涨,没得涨的话,我留着自己用。"说着挂了电话。过了两天他又给我打电话,他稍微提高了一点价钱,然后说这车放哪里都不能报更高的价了,不信的话可以去其他二手车市场问问。我还是挂断了他的电话,只留下了一句再考虑考虑的话给他。我以为他会放弃,但明显低估了他做生意的决心,他又一次打电话给我,问我考虑得怎样,还说可以适当地送份礼品给我,而且用了极其亲昵的口吻直呼我为"王哥""王老板"之类的,于是我接受了他的报价,他提议我去S市签了这份合同办理移交手续。

我发现生活就是不停地被打脸,我以为不会再回S市,这次居然又回来了。在我补交完停车费后,那个电话中的"他"现场验了车。他一身西装,头发整齐,应该打了发胶,看起来比我要年轻,他原本是想让我自己把车开到他们店里,但是我担心这辆车如他所说开到半路就要报废,要他上门服务,他有些嫌弃地看了看车,我不知道那种嫌弃的表情是不是装出来的,他说道:"这车上的灰尘都有一厘米厚了,看起来比照片上的旧很多。"他应该是想说他吃了很大的亏,但是没有明说,我也不言语,他还是愿意继续进行这笔交易,我签了合同,又将车的钥匙和一些材料给了他,他开走了那辆陪伴我差不多十年的车。然后呢?然后我突然又有了上次离开S市的那种情绪了,我是否还要叫小柔出来陪我喝一杯,然后倾诉衷肠?她一定会觉得我是个神经病吧。不过我还是得到一些钱财,我想到了我的"前世情人",于是在高铁站旁边的一个商店买了一个半米高的毛绒玩具,小孩子应该会喜欢毛绒玩具吧,我坐上了去潮汕的列车。

依然没有雨水为我饯行，在那飞驰的高铁里，我望向了海边，那里有成片的渔排，还有被海水拍打的小山岩礁。我怀疑"汕"是一只动物，而且一定是有头有尾的动物，不然怎么会有汕头和汕尾呢？小寒家并不住在海边，而是在河边的一片稻田里。在又经历了汽车和摩托车的颠簸之后我站在了小寒家的门口，我很担心小舅子提着菜刀在那里等我，我怕我跑不过他的人字拖。不过首先看到我的是老丈人，他比起初见时头发又白了很多，我对眼前这个老人甚至充满了怜悯。他的脸上还是一种不适的表情，但是这种不适跟之前不一样，现在的表情里面夹杂着厌弃，他甚至不想多看我一眼，转头对着里面坐在椅子上的小寒喊了一句："你的那个来了。"小舅子不在里面，幸好！前丈人把这种尴尬的境遇转嫁给了他的女儿，我在火车上想到了各种见面的可能，甚至原本还想轻轻地喊他一声"爸"，但是显然这话也没必要了。小寒还是有些惊讶，她站了起来，走到我面前，她甚至没有把我引进家门的打算，而是往门口走去，站在了我身后，转身冷冰冰地对我说道："你来干什么？"

这跟我预想的也不一样，我预想的是我千里迢迢来看她，她可能会给我一个浅浅的礼貌性的微笑，像好久不见的一个老朋友，但是目前的情形也正常吧，她很难把伤痛弥合得让人看不出来，还要若无其事地优雅起来。小寒穿着粉色花布睡衣，脚上是双红色拖鞋，双手插在口袋里，头发还是她习惯性的披肩发。我极尽温柔地说道："我是想来看看女儿。"

"有什么好看的，你什么时候走，我这里不好住人。"小寒说道，我更觉得她想拿刀子扎我，其实如果她真的拿把刀扎我的话，我此时也不会躲吧。

我还是低声下气地说道:"我看看女儿就走了,我在老家找了份事情,不能请很多天的假,也不能待很久,要回去上班。"

我甚至还拿出了那个毛绒玩具晃了晃,前妻瞄了一眼说道:"她去邻居家玩了,你走远一点,去田边水渠那里等着,别站在我家门口丢人现眼,我去把她叫过来,你看一眼就走。"

我只能退到离她家大概五十米外的水渠旁,旁边有一片竹林,挡住了一半的视野,小寒进到了邻居家,半天也没见出来。这个村落并不大,甚至比七贤村还要小,而且互相住得也比较远,可能因为各自的田地不太相邻,所以每次来这里并不会引起其他村民的围观。与小寒结婚后也曾来这里拜访过她的七大姑八大姨,不过我一个都没记住,我倒是记住了离她家一公里外的那条河,还有她家后面的两棵香蕉树和一棵枣树。那条河并不是很清澈,而且修了高高的堤坝,不能像练江河一样可以近距离接触,缺少一种亲近感。每次来,老丈人总是要把香蕉和枣装在一个麻袋里让我扛回 S 市,只是我并不想扛,觉得那些东西不值几个钱,在 S 市随便买,而且扛起来很吃力,像个巨大的累赘,可是小寒却不这样认为,她觉得自家种的无污染,纯天然。

我又呆呆看着那片竹林,有呜咽的声音,可能是风吹过,由于竹子长得太密,一些竹子已经折断,有的已经死亡并干黄,但并没有人来修剪这些断掉的或死掉的竹子,这些死掉的竹子和树枝对他们应该没有用,他们都烧上了天然气。风吹过来,一定是吹到了那裂开的竹筒,然后发出了呜咽的声音。

我突然听到了前妻的声音,她正跟着门里的某个邻居说笑,她的手臂下站着的正是我的女儿，邻居没有走出门，我并没有看见。小寒转身拉着女儿朝我走来，又是出乎我的意料，我以为女儿会朝着我飞奔过来，显然没有，女儿更像是被硬拉着过来的。

从那双眼里我看到了疑惑和抗拒，以前那种亲密的感觉完全不见了，甚至有点陌生，她可能已经明白了成年人的那些纠纷。我拿出了那个毛绒玩具柔声柔气地说道："小惠（女儿的小名），看爸爸给你带什么了？"

女儿并没有展现出兴奋，而是望向了小寒，试图从小寒那里寻找答案，小寒摆出的是一副冷漠的表情。

我再次说道："小惠赶快拿着，你不觉得这只小狗很可爱吗？"

女儿再次将脸转向了小寒，小寒此时不耐烦地说了句："想要就拿着，不想要就说不要。"

我将毛绒玩具递到女儿手里，女儿却对着我说了一句："妈妈说，爸爸是坏爸爸，坏爸爸的东西我不要。"

我有些生气，转而对着小寒说道："你怎么能跟孩子说这些呢？"

小寒不以为然地说道："我有说错吗？我说的都是事实，你都不要她了，还有必要在这里装模作样吗？"

我力争道："小孩子能知道什么？你怎么能给她灌输这样的仇视思想，你不怕害了她吗？"

"是你先害了她，我怎么教育孩子关你什么事，既然她不想要，你现在拿着东西马上滚，不要再来骚扰我们！"前妻决绝地说道。

只是那刻，我突然又心软了："你能不能把以前的事情放下，就算都是我的不对,我们都应该好好对女儿,本来我也给你买了东西,我也希望你能收下,我也希望你能好好的。"

"黄鼠狼给鸡拜年吧,你走远一点我们就能过得好一点,我们在这里过得很好。"小寒说道。

"对,我们过得好,你走远一点。"此时我突然听到女儿在帮腔,那眼里还带着敌意,那个原本天真无知的人儿怎么能说出这样的话呢?我内心一阵翻涌,还得咬咬牙说道:"爸爸还是爱你的。"

"我不要坏爸爸……"

我怔在了那里,小寒拉着小惠说道:"走,我们回去。"

我原本以为我会得到一个热情的拥抱,甚至小惠能够兴奋地亲在我的脸上,显然事实并不像我幻想的……

我看着穿着红衣服蹦蹦跳跳的小惠朝老丈人家跑去,那头上的两个马尾甩来甩去,如精灵一般离我而去,可能今世的"王惠兰"连姓都改了吧。我并没有马上离开,而是偷偷地走到了那紧闭的门前,只听见老丈人还在那里议论着我:"他怎么来了?他想干吗?不会是想把小孩要回去吧,可要小心一点。"

我只听到前妻说道:"他说来看孩子,谁知道要干什么。"

前妻以前也在 S 市有工作,看着她现在的样子估计也是赋闲在家,不过也没有那般面黄肌瘦,可能没有多少额外的收入吧。

我悄悄地把东西放在了门口,又悄悄地离开了这里。跟以前一样,我不喜欢再背着那么多的东西跑来跑去,管她们要不要,反正我就放在那里了,就算她们丢进垃圾桶也无所谓,因为我可能早就被她们丢进了垃圾桶。

我在靠近河边的马路上拦了一辆摩托车到了镇上,又在镇上坐了巴士去了市里,在市里上了一辆高铁,先是去了厦门北,然后转车回了绩县。我想到了那片稻田,小惠可能有一天会赤着脚卷起裤管,站在淤泥里抓泥鳅吧,也许她外公也会带着她在田里挖花生,也许她也会将秧苗抛在水里,也许她也会欢声笑语,而我不能站在围埫上观看。也许她可能会有个后爸,带着她们住进了围屋,每年春节烟花也会在门前腾空而起。

(二十三)

母亲突然给我来了电话,她先抱怨了我的薄情寡义,长久未曾给她打过电话,把她这个妈忘得一干二净了。然后说起了她在杭州的一些生活细节,例如跟几个小区的大妈聊了几个有趣的故事,然后又说前段时间下雨天不能出去走,在家很是无聊,家里没有电视真的不行,然后又告诉我她的孙子讲话如何有趣好听,常拉着她叫她奶奶,还要她拿手机给他爸爸打电话之类,然后问起了我的近况,我只是说还好,并不敢告知我已经回绩县几个月了。她又问起我身体状况,我又回答还好,然后她又问我小孩怎么样,我还是回答还好,我所能表达给她的并不多,我也从未告知我已经离异几年的事情。毕竟我回老家的次数少得可怜,加上母亲去了杭州跟随我兄长生活以后,我更少回绩县,后来老家的房子在一场大雨后意外倒塌,母亲也曾伤心欲绝地跑回了家,想抢救几样东西,不过也没救下几件东西,也就是随身的那几件念想而已。"还好"也许是最恰当的回复,我总不能说我过得很好,这样的炫耀反而让生活普通的人心生嫉妒，更不能说自己活得糟糕，这样会让关心的人心存忧虑，更难处理的是他们会追根究底，让你一遍又一遍往伤口上撒盐。这个电话更多的是母亲在倾诉，我只是听着然后回答她几个问题，就聊天的能力我是十分钦佩女人的，小寒和她母亲视频聊天能聊两个小时，能有多少重要的事情呢？后来我稍微听了一下才知道完全是尬聊。先是聊了最近几天吃了什么，具体到菜是哪里买的，是便宜了还是贵了，然后今天发生的每一件小事，包括小孩讲的某句话，然后就展开了联想，联想到各自认识的人都发生了什么事情，也不管对方是否认识，是否能参与进来，例如欠钱不还、辞退工作、婆媳矛盾，等等，真的没话可说的时候两个人就对着手机干看着，发会儿呆，突然想到什么又爆出一句话来。作为旁观者我不能体会其中的快乐，我觉得真的很无趣。我妈虽然也有聊天的优秀基因，奈何我却缺乏这个能力，电话讲不到两分钟，我就已经无话可说了。

兄长住的是廉租房，只有两个房间，母亲只能和侄子睡在其中一个房间的上下铺，父亲过世那年我还未在S市立足，加上S市距离遥远，母亲只能投靠了兄长。当然任何一个家庭都逃不过矛盾，作为一个一直待在农村没有见过世面的老年妇女，生活观念与城市人差别很大。母亲也曾打电话向我倾诉，但是我不是法官，不能判出对错，我也不是当事人，也不能改变事实，我只能告诉母亲：算了，少管些事情，自己吃得饱、睡得好就行了。其实我理解她现在的境况，用她自己的话说就是"不服"，这里的"不服"应该指的是"不舒服"，父亲走的那年她看着老宅对我说过："少一个人总是不服的。"曾经在家还能说上话的女主人，一下子却变成了配角和边缘人，需要围着别人转，的确是"不服"的。另外她可能也在向老天控诉吧，一下子带走她的生活支撑，那能怎样呢？比起悲惨来，只会有更加悲惨的人，天灾人祸的事情总是会有人处于某种哀伤之中。我们都会从以自我为中心，觉得自己很重要，到渐渐发现自我失去价值，琐事无意义，然后衰老之后又对世界开始迷恋，怕被抛弃。

"杭州那个地方挺有意思，我去过很多次。在西湖边上我还骑过自行车，那时还能骑自行车，后来就不行了。还有那个吴山广场我也去过，去看过那条仿古街，不过丝绸我没有买，不知道是真的假的，而且我又不是女的，穿不了旗袍。其实我很多次去那边并不是游玩，有时候是为了探亲，比如见一见我哥，有时候完全是路过，那时从绩县到S市还没有高铁，需要转车，我于是常去杭州转车，冬天去过，夏天去过，春天去过，秋天也去过。"我对许文玮这样说过，当时我还住在"久隐"。

"我去那里已经不是为了看风景了，我不知道喜欢还是不喜欢那里，总是觉得很熟悉，当然我这样说你肯定会驳斥我，西湖还不美吗？你肯定是因为美才喜欢，其实我真正在西湖边慢悠悠地看风景的时间并不多，更多的只是在路上，另外我在杭州没有一次是吃得心满意足的，可能不太合我胃口吧，也许是我太拘谨，毕竟很多时候我并不是一个人。春天花开的时候，也就是油菜花开的时候，挺好的，不过当时我也回了绩县。空气很新鲜，哪里都新鲜吧。夏天跟很多地方一样炎热，当然西湖边上还是有风的。倒是秋天和冬天让人难忘，我在西湖边上看到有些树叶子掉得光光的，真的很萧瑟。还有一次刚下火车就看见漫天的飞雪，那时我身上才穿了一条裤子和一件单衣，那种难忘可能是由于寒冷，也可能是因为我家里发生了一些事情。你知道吗？西湖边上有很多很老很高的树，可能有二三十米吧，下面很阴凉，那些树估计上百年了。另外我觉得杭州的姑娘也特别好，但是奇怪的是我没有认识一个杭州的姑娘，我的脑子里一个杭州姑娘的名字都没有，但是我总觉得好。我记得有一次冬天在武林门坐公交车的时候，就看见一个皮肤雪白的姑娘拉着扶手，穿的也是雪白毛茸茸的衣服，可能是那种白色的羊毛衫，不能说她如何美若天仙吧，那种感觉很好。还有一年夏天在虎跑路，我刚吃完饭，就看见一个年轻女生睡在了马路中间，可能喝醉了，身边几个人去拉她，她都不肯走，幸亏是在山上的一条小路，那可能是个游客，住在上面的民宿吧。哦，说到民宿，那里我也住过，挺好的，只是夏天下雨的时候有些闷热，蚊子也多。有一天我就听到一个事情，不知道为什么就有个男客人找到前台问一台电视机要多少钱，住个店还问电视机？后来他一说才知道，原来是跟他同行的有个女的把电视机给砸了，砸的还不只是电视机，说要赔钱，当然我也不知道是不是睡在路上那女的，要发多大的脾气才会砸掉电视机呢？而且是别人的电视机。反正有时我觉得你们女的也挺厉害的，有时候义无反顾或歇斯底里的时候，或者发起酒疯的时候，谁也拦不住。我记得有个日本作家就毫无羞耻地写了一本关于女人这方面的书，可能是因为他做过医生，也许他对生活看得很明白，他透彻分析了女人为什么会那样。一个女人为什么能够歇斯底里呢？因为什么呢？我觉得可能是因为爱情。你的店里有没有客人喝醉了砸了你的东西呢？"

"没有,我从来没有遇到过。爱情?爱情是个什么东西?爱情是你骗我,我骗你。"许文玮回答道:"那你喝醉会不会撒酒疯?"

"我弱,不会喝酒,喝醉了顶多吐一下,然后呼呼大睡,所以你千万别劝我酒,我只能拿这个杯子跟你意思意思。"我说道。

"那你还真没意思。"她嘲讽了我一句,然后很干脆地喝了那杯啤酒。桌面上摆着的是她买回来的烧烤,在"久隐"的楼顶,她邀我吃烧烤畅谈人生。

看来我又在喝酒方面输给了她:"爱情不能说你骗我,我骗你,因为他不可能是全能的,能满足你千奇百怪的各种想象对不对,他不是百科全书,人总会对一种单调腻烦的,你对他这样,他对你也这样。当然我认同爱情不值钱,爱情不过是热血沸腾的一段时间,可最终你还是会对那段时光念念不忘,就好像记起自己砸过一台电视机一样。"

"我觉得就是骗人,就是因为我太相信别人,所以才会感觉受到伤害,总有人不能好好地履行承诺,不能履行承诺就是骗人。"她依然很坚持。

"你觉得骗人可能是因为你曾经相信过他吧,你相信他,结果就相信了他的全部,他讲的全部,但是我听社会学家研究人一天到晚说的有大半都是废话或者是假话,所以你相信的有大部分都是假话,因为假话会被戳穿,然后你觉得被伤害了。我觉得恋爱中的人似乎太盲目了,为什么会相信那么多假话呢?虽然对象可能不是坏人,但是他也可能讲了很多假话啊,为什么要全部相信呢?"我试图摆明我的观点。

"那你有本事,你有本事能够明确告诉我哪句是真,哪句是假吗？你叫我相信哪句？"她问道。

我笑了笑，又想了想才说："不切实际的应该就是假的，可以实现的应该就是真的，比如摘星星、摘月亮的应该就是假的，说明天给你买个礼物，比如项链应该就可能是真的。"

她嗤笑一声又说道："那他说爱我一辈子你信不信？他说下个月去旅游你信不信？他说他会认真对我，你信不信？"

我又想了半晌，酒精似乎断了我的回路，不过我还是勉强说道："这个要看具体情形，难说，可能真，可能假。"

"你看就是嘛，男人的话连男人都分不清真假，何况我们女人呢？所以有些傻女人才会心甘情愿被欺骗。"

"不行，这上面风还挺大，我喝酒最怕风吹，一吹头就晕了，干完这杯我得回房间了。"我打了退堂鼓。

她似乎也没留我的意思，夹在手里的那根烟似乎快烧到了她的手指了："也差不多，你不行的话就早点回去吧。"

其实我也想过去杭州投奔兄长，毕竟长住在旅馆也不是长久之计，我在"久隐"想过这个问题，在"静庐"也想过这个问题，但是兄长的房子实在容不下我，另外我过去肯定会给他增添极大的麻烦，而且他们还以为我在 S 市过得好好的呢，贸然前往只会让我颜面扫地。

（二十四）

对于失败的人，任何公开的露面都是一次严峻的考验。在长假来临的时候，气氛好像突然有了好转，大家都忙着庆祝起来，包括我所在的民政局都在研究庆祝方案，好像要给全县的贫困户发一些现金补助，为此还邀请了县里一些大的企业家和商人开了次座谈会，其实目的就是一个：要他们慷慨解囊。不过由于当地企业效益不是很好，身着西装的有头有脸的人物面露难色，不过也不是颗粒无收，只是比往年少了很多。另外民政局一楼的大厅里也特意摆上了鲜花，还贴上了标语。

不过与我相关的却是我的同学群，说是要聚会，毕业多少周年之类，说实在的，这样的同学会每次都让人心生向往，可我却一次也没有参加过。一方面怕被母校拉着要赞助，另一方面又怕被同学问起近况，在他们闲聊得热火朝天的时候，我一直保持沉默。主要组织者是原来的班长，当时就是班上的学霸，后来去了某个名牌大学读书，一直读到博士，又在国外游学一段时间，后来回了国，在高校任了教授，这样的经历无论拿到哪里都会让人羡慕不已，而且按照老话来讲就是光宗耀祖。另外一个组织者当然就是吴元了，他既在本地，又官居要职，做什么事情也都方便，而且事半功倍。本来我想假装不知道，可是就在吴元讨论的时候点了人头，就把我给点了出来。没办法，我只能跟着他去筹划这个事情，比如联系学校，筹备资金，定制横幅，定制纪念品，购买水果，筹划同学会环节以及活动游戏，等等。因此我也终于突破了母校门卫大爷的防守，大摇大摆地走了进了学校，一来二去，他甚至还笑脸相迎地主动同我打招呼，不过估计他也不知道我几个月前曾来过这里还被拒之门外吧。

同学群里响应的人很多，可是到了那天来了的人却只有三分之一，剩下的三分之一在网上表达了惋惜，又说自己忙，赶不上趟之类，另外的三分之一就沉默了。然后我就在高中的教室里坐在了好像是自己坐过的位置上（那些桌子其实都是新的），看着来了的二十多个人，包括老师和同学。当时年轻帅气的语文老师头发已经全白了，只是那张脸还是熟悉的，虽然有了老人斑。以前苗条的长发女化学老师现在已经发了福，长发已经变成了短发，不过头发还是黑的。至于那些同学，天啊，除了我最近见过的，其他的我竟然一个都不认识。比如原来瘦猴一般的一个同学变成了圆脸双下巴还有一个圆圆的大肚子，跟我所记忆的高中的他完全不一样。还有一个矮小的戴眼镜的同学，现在突然长高了很多，逆袭了其他同学，而且秃了顶，我怀疑是他在大学二次发育了，关键是他手上还不停地盘着核桃，不过秃顶的男人也不止他一个。相比起来，韵的变化还算小的，不过今天的她似乎比我更加沉默，她只是坐在边上痴痴地笑着，好像认真地听着别人的故事。正是因为这种陌生，免不了轮流站起来自我介绍。

"我是吴元，我人大毕业以后在隔壁县做过几年，现在在县房管局……"

"我是刘植，博士毕业后去纽约待了几年，现在在广东××大学当教授……"

"我是胡强，温州××家具公司老板……"

……

这真是要命的事情，有的是官员，有的是教授，有的是工程师，有的是老板，有的是外科医生，有的去伊拉克挖石油，而我是干什么的？我不过是个修电脑的！我突然明白为什么有那么多人没来参加同学会了,不过我还是硬着头皮站了起来说道:"我是王蹇,曾在S市做网络工程师,现在暂时回绩县住一段时间……"

韵站了起来:"安大毕业后来绩县,在县进出口公司上班。"此时我向韵投出了一个同病相怜的目光,不过她可能也没领会到。

隐藏自己的好办法就是不停地去夸耀别人,比如面对胡强,就说他的老板气质,不同凡响;面对刘植就说他学术精英,高端人才;面对玩核桃的,就说他家里有矿,古董不是普通人玩得起的……

他们倒是很大方,侃侃而谈。有的说自己研发的一项新的电脑显示技术已经获得了专利,而且已经量产,这项技术在世界上还处于领先地位;有的又说发了多少篇SCI论文,某某同学在生物工程方面跟某个实验室的教授联合署名发表了新的成果;还有那个盘核桃的说,核桃只是他的兴趣爱好,转而他又说起了游离脂肪酸。说这个的时候,我将目光投向了化学老师,我又转过头来笑着问他:"看来你化学学得好。那我天天抱着一个木凳子摸来摸去,会不会那个凳子也会成为价值不菲的古董?"

他告诉我,理论上是可以的,老物件包浆是这个道理,不过更来得快的方式就是我成了名人,那么我用的东西在我作古之后即使没有包浆,也会价值不菲。

畅谈一番后,最终还是换了地方,到了酒店上了酒桌,不过还是有几个提前开溜的,包括韵,推说家里有事。到了吃饭的时候只剩下了十多个人,在那些看起来不知道是熟悉还是陌生的同学面前,逃不了被灌酒,即使我拿出了喝酒过敏的理由,还是被人劝酒:"啤酒不是酒,就是饮料。"不知道什么时候桌上有了主次，话题其实一直是围绕着那几个人展开的。那我呢？既不能对他们点头哈腰，也不能主动与他们推杯换盏，只是拘谨地吃吃菜，擦擦因为燥热流下来的汗。

我也不知道吐了几回，每次跑到厕所的时候我都想起了韵，如果当时就在那一瞬间跟她一样逃出去那多好啊，真是熬人！我们也曾激情四射地围在一起唱起了老歌，也曾在白色 T 恤上写下名字，也曾将手搭在那不太熟悉的人的肩上，但那真的是我真情流露时的记忆吗？

为什么我不会发酒疯呢？为什么我躺在"静庐"里脑子却思维清晰呢？我不过是参加了一个成功人士的宴会而已，他们互相发着名片，又拓展了合作的资源，他们关爱了"贫困"，又享受了各界的认可。其实他们是安了好心，并没有撕裂失败者面具，他们只是畅谈了友情，怀念了过去，他们还向母校捐赠了物品。只是我将"我"无处安放，我没能消失在早该消失的地方。

其实在教室里语文老师含泪讲话时，我是跑了出去的，我真受不了这种场面，一个男人抹眼泪也是丢颜面的事情，所以我眼不见心不烦。不过我怀疑我到了语文老师这个年龄是不是会更加感性呢？如果真是这样，那我可怜那时的我。就在门外，我看见了正在粗壮圆柏下打电话的韵，等到她放下手机的时候我走了过去，笑着说道："看来我今天不该来，他们混得那么好，我来丢尽了脸。"

她也笑了笑："你也不错啊，工程师，我才不该来，不过我一个女的，也无所谓，我是来见同学的，但是回来的女同学没几个。"

"我那个工程师是自己封的,就是一个修电脑的,吹牛而已。"我继续调侃道:"里面就是一堆油腻的臭男人,呵呵,秃顶的也不少。"

"你还好啊。"

"不行了,已经有白发了。"

"不细看,看不出来。"

"你在校园里逛过没有?要不带你去逛一下?"我向她提议道。

"好,走走。"她欣然同意。

我领着她向后面的问政山走去,走到了明伦堂前,说道:"你看,这个'明'字,一个目一个月,还是这样,这可是独一无二的,错得独一无二。女生宿舍你去过没有?听说后来重建了,估计不是以前那个味道了。"

"我一来就去了班上,这后面还没来得及看呢。你们男生宿舍你去了?"她问道。

"我去了,还是原来的地方,不过以前我们宿舍旁边养猪的地方拆掉了,宿舍也重新建了。里面没进去,锁着门。"高中三年我可是闻了两年的猪臊味,第三年的时候因为晚上高三的与高二的起了群体冲突要打架,学校才把我们两个年级的男生给拆开了,把我们高三的弄到了学校印刷厂里的一栋宿舍楼里去了。

我突然想到一个事情,连忙问道:"你记不记得,高中的时候我去过你们女生宿舍检查卫生?"

"啊?"她惊讶地看着我:"没有吧,有这个事情吗?那时你能去女生宿舍吗?"

我笑了笑说道:"我也记得没有,但是那些男同学非说我去过。"

我们相隔半米,我能闻到她身上有股沐浴露的香味,当然她露出的手臂已经不再嫩白如脆藕。我们一路走到了紫阳书院的石楼前,这座石楼比起府衙前那个四角牌楼小很多,不过也是纯青石做的,可能古人都喜欢隽永吧,如果不用锤子刻意破坏,可以保存千年吧。我停下了脚步说道:"这里穿出去就离开学校了,上面是问政山,有很大一片竹林,听说里面的竹笋以前是贡品呢。"

她浅浅地笑了笑:"知道,以前我们常跑到上面去玩,还有人拿着书到上面去早读的,我还是去女生宿舍看一看。"

"你们是上去沾染仙气吧。"

"不对,是皇家的贵气。"

我想的是衣袂飘飘,她想的是金碧辉煌。

我又随着她左转去了女生宿舍,我只是远远地看着,并没有去"检查卫生"的冲动,另外也锁了门,可能假期,学生都回家了。她又走到我身边,问了我一句:"县中高三现在还正常补课吗?"

"我怎么知道,你不是应该更清楚吗?"我反问了一句。

她又突然笑了笑:"我们那时好像暑假半个月都在这里,说好听一点叫作什么提升班,不过县中是重点学校,更看重学生成绩,如果我儿子考不上,就送这里来复读。"

"我也不清楚现在他们怎么搞的,高考好像也改了几次,反正我现在最怕读书了,经历过那段时期,有时偶尔做梦还梦见自己在考试,而且不会做,真是很焦虑。"我笑着说道。

正在我们往回走的路上却看到胡强迎面走了过来,远远地冲我们说道:"哇,被我抓到了吧,你们偷偷约会,我要去报告老师。"

我大声地回应了一句:"你去啊,我把你高中时候约会那个初中女生的事情也告诉老师,看老师批评谁。"可惜当年并不能这般厚颜无耻、镇定自若,而身边这个中年妇女也不再是憧憬的碧玉年华。

他突然笑着放低了姿态:"别这样,我们一起逛一下。"说着走过来把手径直搭在了我的肩上,虽然我对这种亲昵还有些不适应,但是觉得老同学又无可厚非。

我们又绕去了实验室,我顺便又调侃了胡强作为成功人士不能开溜旷课,他却说当年学习不好,没脸见老师。这个成功人士负担了这次活动的大部分经费,在酒桌上他在一堆人轮番的"围攻"下愣是没有喝醉,不由让我钦佩不已。

酒的确是不能喝。曾有很多人告诉我,酒量是可以练出来的,我的酒量并没有练出来,而且酒后的头疼和四肢胀痛也不会带给我所谓的那种飘飘然的畅快感。躺着难受,坐着难受,我又试图往自己的嘴里灌了很多的白水,寄希望通过排泄来消除酒精对我的影响。我突然又明白这种聚会为什么十年一次了,而且没啥成就的就没必要去参加,更不要说我这种与同学存在上下级关系的人。

有段时间我曾试图用米酒来培养我的酒量,例如桂花酿、女儿红、青梅酒、桃花酿等等,米酒的度数低,刚入口时有种爽口的甜味,但是喝得深入了,就觉得耳朵听不到别人说话了,嘴巴以上部分像注了铅。我喝米酒的另外一个逻辑是想记住走过的城市，每个城市似乎都有些值得让人记住的地方，为了加深印象就得去那里喝一点酒，听一首歌。我不能喝浓烈的，所以只能迁就于米酒，也许这些米酒只是名字好听，可能里面并没有桂花、青梅、桃花之类，而且我笃定的是女儿红里面肯定是没有女儿的。也许只是勾兑的酒精和糖水而已，谁知道呢。不过我觉得喜欢一个地方，比喜欢一个姑娘容易多了，地方可以无条件地接纳你，姑娘却让你百折千回、未必可得。那个地方有凤凰木，那个地方有成片的沙滩，那个地方有海风，那个地方有七彩的房子，还有香甜的芒果，那个地方还有一席的陌生。我很想找个年轻的姑娘来讲一讲故事，她却要我讲白雪公主的故事，她睡得很早，不到十点就睡了，兴许是她白天走得太多，走得太累，她看到了太多陌生的东西，她大概还不知道这个地方叫什么名字，她只知道要坐很久的高铁，还要坐公交，还要坐一坐轮船。她只喜欢她的芒果，她只喜欢粉红的棉花糖，她只喜欢那冒烟的冰淇淋，我只告诉她那个字念"cuò"，不是对错的错，是厝。

  我就趴在了那个四楼的窗台上，那个窗台能看见路上走不完的人，那个窗台能看到对面楼上的红色招牌，那个窗台能闻到海鲜烤焦的孜然香，那个窗台还能听到吉他声。他们都看不见我，我却能看见他们，我很想听听他们的故事，他们的故事不仅仅是白雪公主，我希望他们能讲下里巴人，下里巴人的故事才觉得真实。只是那里的故事太多，通宵达旦好像都没讲完，是谁把叹气留在了夜里，如涨潮一般淹没了厝，神女娘娘都挡不住。在太阳出来之前，我在那个窗台看见远处露出岩石的山，还有山上的一座寺庙。凤凰木下有诗,没睡醒的她却不懂;飞过的鹭也有诗,她会背一两首。我想念一个城,如同想念一个她,但是那个城里没有她,她还在为打针而哭泣的年纪,她不懂佛台惹尘埃。

酒不适合我,自始至终我都这样认为,如果哪天我作古了,不要把酒洒在地上。我觉得酒吧老板应该不喜欢我这样的人,点一扎啤酒能从晚上八点坐到凌晨两点,除了星期一以外(那天酒吧休息)。他每天都看见我,但是我并没有和他成为朋友,甚至话也没说上一句,跟我说上话的是他招来的服务员,问我要什么,我就告诉她要一扎啤酒,因为除了一扎啤酒以外没有更低的选择了。我心安理得地喝着那扎啤酒,看着五六个乐队表演完,可最终那扎啤酒还没喝完。直到老板站上了台,拿着麦克风说道:"今晚的表演到此为止,我们明晚再见,晚安!"有时候老板也会站上去唱首歌,嗓音很沧桑,唱得比我好,因此我认识他是老板,他也发了福,还留着两寸长的胡子。

在我第三天走进他的酒吧时,我发现他们有点认识我了,因为我去得比较早,那天我有些不自在,点了一扎啤酒,又增加了一碟花生米,在之后的几天我又尝试了牙签牛肉或鱿鱼圈,同样是一扎啤酒。其实我不是非要来这里,我可以再去那个天桥下面住一晚,但是又觉得天桥下不够黑暗,还是有路人会看见,可能会被人侧目,可能偶尔路过的警察会将我抓住,然后把我带回那个刚刚逃离的"家"。于是我选择了这个酒吧,将手机关机,然后坐在黑暗的桌子前。虽然服务员在桌子中间点了一盏蜡灯,那盏蜡灯的光线极弱,即使我一把鼻涕一把泪也没有人会看见,当然我并没有情绪激动,不然我也不会一直坐在那里六个小时,甚至厕所都不用上。我喜欢那种黑漆漆的状态，看不到自己的状态，而且可以用震耳欲聋的音乐掩盖我。有的人歌唱得挺好，哀伤的民谣和激烈的摇滚我都喜欢，甚至他们爆出的粗口也挺有意思，还有人点歌，不过我从来没有点过，我只是沉默地坐那里喝酒。经过了一个星期后，我发现周末人比较多，我只能换到吧台。调酒师还在我面前玩火，以显示其高超的技艺，然后众人很给力地欢呼，我也是其中之一，虽然我对这蓝色火焰并不喜欢，也不讨厌，但是我随了大众，我怕被人看出我的孤独。浪漫的人都喜欢玩火，女人应该喜欢看这个。

同时我也发现了一个问题，他们一直在唱重复的歌，《阴天》《解脱》《有多少爱可以重来》《梦醒时分》《夜夜夜夜》……另外我的耳朵听到他们说排练一首歌很难，需要长时间。有些乐手唱完还在吧台与老板谈笑几句，然后赶往下一场，最后一场的那些人跟我一起走出电梯，然后我们同时被抛弃到了S市的大街上。让我惊奇的是没有一个人来搭讪过我，虽然我在那里待了将近两个星期，可能我长得不帅，也体现不出有钱。每天老板都说着那句话："今晚的表演到此为止，我们明晚再见，晚安！"我觉得他说这个话应该是把我除外的。

我回到小旅馆，直到凌晨三点钟才敢打开手机，里面有小寒打来的很多未接来电，还有短信，有哀求，有哭诉，有责骂，有文字的，有语音的。两个星期后我再也没去过那个酒吧，因为歌我听腻了。

之后我又去了一家咖啡屋，它开在一个叫幸福里小区的楼下，我只是习惯点杯咖啡呆坐那里，去了两个星期还是遇到了一个热情的客人，他对着老板聊起了经济，他用眼光将我扫进他的演讲圈，如果我不仔细地听可能对不起我们这个三角位置的稳定性。他说经济向好，他客户的订单做不完，又说有些小作坊很悲惨，有个朋友那边的某条街关了很多门店，我试探地问了一句："那你刚刚不是说经济向好吗？"他捋捋故意蓄起来的胡子说道："有实力的做不完，没实力的被淘汰。"然后又说船运费用暴涨，有时候运输的费用远远超过产品的本身，利润下降。我只是放低姿态地说道："这个我不清楚。"当然关于房地产的软着陆还是硬着陆，他说得头头是道，然后总结道："我是幸福里的首席经济学家，有什么问题可以问我，我叫皮特张。"

那我是什么？我是 cheap 王。

（二十五）

虽然我的手机里有几百首歌，但是放出来的时候耳朵感觉像是起了茧，在"静庐"我还没有想到好的消磨时间的方法。欢快的节日去得也快，早起的时候竟也能感到凉飕飕的，在楼宇之间不太能感觉到秋天的到来，我为此还专门去了趟森林公园，果然落了很多叶，即使是常绿的灌木也变成了墨绿色，那里面还有松鼠窸窸窣窣采集坚果的声音。

在我累积了几天的污垢之后，我去了那家浴室。遇到几个刚下工地的工人，头盔还放在外间，里面每个小隔间都满了，黝黑壮硕的身体，时不时互相说着黄色笑话，我只好退了出来，等他们其中某个人洗完。他们好像很享受这次淋浴，说的事情也多，除了说女人外又说了什么时候拿工钱之类，然后好像是其中有个年轻一点的人居然还唱起了歌，那歌果然不是我的歌单里面的，我的歌单里大部分都是比较忧愁的情爱歌曲，他唱的节奏性很强，在 KTV 里唱应该挺不错。他们讲话的声音很大，仿佛生怕几里地外的人听不见似的，在这个小小的浴室里来回轰鸣。我很耐心地等到一个人走了出来，我才走了进去，然后扒光了衣服冲洗着自己，我发现今天的水特别烫，只是花了钱硬着头皮也要洗完，出门的时候对着那个大爷问了一句："今天的水怎么那么烫？杀猪一样的。"

他回我道："天气冷了，调热一点，刚才那些人还嫌水太冷呢！"

我也没多追问，说了一个"哦"字便回了"静庐"。只是刚走进去就听到了银铃般的笑声，一定是胡玉萍在上面，但是好像不是一个人的样子，我走进了自己的房间，只听见那笑声变了样，有种浪荡的意味。"静庐"的隔音太差了，一栋旧宅，楼层间只是木板而已，我隐约听到胡玉萍说："别闹，有人看见。"

一个沉闷的男声回应道："你不是说这里没人吗？"

"楼下住着一个人。"胡玉萍的声音。

"不是不在吗？"男人说道。

"你不怕被人听见吗？"胡玉萍问道。

"管那么多……"更加低沉的一个声音。

我内心紧促着，静默在那里。虽然我口口声声对胡玉萍没有幻想，但是坚守诚实的鬼怪会割掉我的鼻子，幻想破灭一定是极度心酸的,我甚至可以在那几十秒里对着上帝伸出来的摄像头表演伤心欲绝的中年大叔的表情。但是就在那几十秒心酸之后,我突然又开始嘲笑自己了,其实我原本对胡玉萍根本没有那种情爱之意,不然的话,我离她这么近,就该跟她套套近乎,送送花,说上几句暧昧的话,如果可以的话,请她吃个浪漫的晚餐之类,然后牵牵手,抱一抱,做点羞耻的事情。实际上我一点行动的欲望都没有,因为相比起来我跟许文玮更聊得来一点,我跟许文玮做这些事情似乎更恰当,当然可能实际上许文玮也并不一定会如我所愿。话又说回来,我对许文玮都没有用心过,更何况胡玉萍呢?同样的,小寒可能比胡玉萍更加适合我,我却放弃了她,我是逃出来的,一定不会再跑进去,即使我跟胡玉萍发生了什么,那激情之后呢?还不是要去领个证,然后继续坐第二任期的牢狱。所以想到这些我就坦然了,我甚至想着突然跑上去敲她的门,看她狼狈穿衣的样子,搞搞恶作剧可能是我现在最需要的事情,也是浪子最应该玩的事情,不过我还是尊重了她,保持一种静默,让她觉得我还没有回"静庐"。

他们似乎趋于平静,又在轻声地聊着一些事情,我并未听清,年纪大了,听力果然不行,也可能是那段时间在酒吧待太久,耳朵被震坏了。

突然有了木门开启的声音,就在那一刹那,我做了个决定,出门看看。我也推开了房门,朝着那个楼梯望去,一个男人已经走到了楼梯的中间,胡玉萍还在楼梯的顶部,正反身带门。只是那一瞬间尴尬了,我们三个人顿时静置在那里,可能静置有三秒钟,胡玉萍的脸却泛起了红晕。

就在那短短的三秒钟我有想让时间逆转的冲动,我对突然走出门这件事后悔不已,原本我是假装偶遇他们,然后假装不知情地跟他们打个招呼,羞涩一番胡玉萍,仅此而已。但是万万没想到,我居然认识那个男的,他居然是吴元。

他也看见了我,看见我像个蝼蚁一样居住在这个旧楼,甚至是危房里,我的落魄被他尽收眼底;而我也看见了他,看见他一本正经的另外一面,而且我敢肯定的是胡玉萍应该不是他老婆,不然这么常与胡玉萍见面不可能不知道,虽然我并没见过吴元的老婆,他的内心也应是极度尴尬吧,这么隐秘的事情居然就被我给撞上了,那他是不是该提拔我做个副局长之类的呢?那么定在那里的胡玉萍现在应该与我之前预计的心情是一样的,极度害臊。只是吴元不愧是久经考验的,他主动打破了这种僵局,以一种跟平时一样的平静口吻对我说道:"你住这儿啊?"

看来他先将了我的军,我只能报以一种谦卑的姿态轻声地说了句:"暂时住这里。"我心里其实还想说的是:"好巧啊,你怎么来这里了,你认识胡玉萍?刚才你们在干什么呢?"但是显然我只能在自己的肚子里撒着气。

"哦,那我先走了。"吴元只字未提刚才跟胡玉萍所发生的事情,轻松地就带了过去,仿佛我压根没听到什么一样。

但是我还是留意到了胡玉萍,胡玉萍的脸涨红得更加厉害,眼睛里全是惊讶,只是她并没有说出这种惊讶。随着吴元脚步稳健地离开,她也快步地跑下了楼,那声音仿佛要踩断了木板,她应该是飞出去的,她可能觉得这个楼要塌了。

我又想咒骂这个世界了,但是这个世界如此美好,除了人类。我搬进"静庐"这段时间一度认为我几乎成了这栋房子的主人，胡玉萍只是偶尔飞进窗户的蝴蝶而已，显然我的判断有些失误，我才是那只暂住的虫蚁。我钻回了那个房间，对着墙上的报纸想着此事的来龙去脉，却始终没有头绪，我甚至想撕毁那些报纸，包括她给我画的那张肖像画。但是转念一想，她自始至终都不曾亏欠过我，她从未属于我，我也从未属于她，我于是又开始反省自己怎么会有吃醋发脾气的想法，自己真的无比可笑。

因为此事，胡玉萍再也没有邀我出去陪她写生之类，也没有再邀请我去她的二楼，我跟她的距离再次如同路人，不过偶尔遇到还会客气地打个招呼，不过每次打招呼都是极度谨慎的，似乎多说一句话都会显得尴尬。

于是闲暇时间我不得不去"久隐"，对着许文玮一顿唉声叹气，然后又旁敲侧击地打听起胡玉萍来："你那个闺蜜，胡玉萍结婚没有？"

"没有，你问这个干什么？"许文玮回答道。

"我觉得搞艺术的人都很神秘，总有些精彩的故事之类，你知道不知道？"我继续试探道。

"我哪里知道？你打听这些事情干什么？如果喜欢人家，直接去追求她，你住那里不是很方便吗？"许文玮显得有些不耐烦。

"哪里有喜欢，只是对搞艺术的充满了好奇，你们不是闺蜜吗？闺蜜之间不是分享秘密的吗？"我怀疑许文玮故意对我有所隐瞒。

"闺蜜也不是什么事情都知道啊。"她说道。

我突然笑了笑，转而问道："今天客人多不多？"

许文玮依靠在柜台上，漫不经心地说道："来了两个人吧，都住在二楼，现在生意难做。"

"要不请你吃饭？"我问道。

"没兴趣。"

"那我走了。"我只能败兴而归。

在后续的几天里，我又假装路过了"久隐"，她有时心情会好一点，会跟我多说几句，当然我再也不提胡玉萍，即使我知道点什么也无法坦诚地告诉她。

我曾问过许文玮："你是一个高尚的人吗？"

她有所警惕，认真地思考一会才说道："不是。"

我笑了笑，轻松地说道："巧了，我也不是。"

"你是想给我下个什么套吗？"她疑惑地问我。

"没有，我就怕你太高尚，做什么事情，说什么话都要高尚，那么我可能就不配和你说话。当然，我并不是说不高尚就是坏人，不高尚的人也可能做些高尚的事情，我只是担心你什么事情、什么话都要拿出一个高的标准来要求身边的人，那样的话，我就无地自容了。"我试图解释我的想法。

"这个你放心，即使你讲的全是屁话，我也不会在意的。"她说道。

我笑了笑："我可是一天到晚都在讲屁话，讲废话，要不就是讲谎话，唉，说句实话太难。"

"有什么难的？有谁要杀你吗？"她问道。

"没有。"我搪塞道。

接着我又继续说道："我们是不是有时被迫进入某种角色，这样扮演会引起自己的不适，为了消除这种不适，我们会不自觉地美化这种行为，并内化成自己的选择，我们也为自己的委曲求全而道德败坏。比如为了生活不得不对工作中违心的事情睁一只眼闭一只眼，即使那些东西违反了自己的本心，心里厌恶它，可还要硬着头皮去做，一方面觉得自己恶心，但是又为自己的恶心辩护，比如说，'这都是为了生活''大家都是这样''罪魁祸首不是我''我无愧于职业操守'等等。到了最后竟然会为了那份不喜欢的工作而沾沾自喜：'工资高，待遇好，一般人做不了……'又比如在婚姻里出轨，又会为自己辩护：'我是为了爱情''爱情无罪''成功了就是美谈'等等。所以我觉得既然不能按照高尚的标准要求自己，也就不能按照高尚的标准去要求别人。"

"听你这么一说，你好像是道德败坏。"她笑了笑，话锋一转又说道："哪里有那么多道德败坏，高尚的人总是少数嘛，大部分是普通人，普通人就有私心。不过我倒是觉得你有些精神分裂，好多人想的跟做的都有些矛盾，精神分裂也正常。"

她的解释我觉得挺合我的心意，她突然又有所悟地看着我："你最近怎么老过来，是不是有什么事情？你是不是被什么人伤害了？"

"没有，我是有点想念你了，所以过来看看你。"我半开玩笑地说道。

"我信你个鬼！"她说了一句，可能她觉得拿束鲜艳的花或者拿个金银或者钻石饰品才值得相信吧。

我又是笑了笑，随口回了一句："你爱信不信。"

要忘记一个人似乎需要找到另外一个人，这种方法对我很奏效。我变得不愿意去"静庐",接连好些天也没做过饭,只是在外面的面馆或者快餐店吃点,到了睡觉的时候才走进那个有点黑乎乎的房子,不过也可能是我多虑了,胡玉萍其实很少在那里出现。

……

有时候我身处一堆圆石之中,在渔梁坝下的河滩里,它们被磨圆,然后被河水带到这里,带到了我的脚下,虽然它们都接近了圆形,但还是各有差异。只穿着短裤的大爷蹚过河水,站在河中的礁石上,甩开钓竿等候着鱼上钩。

在潮水的轰鸣里,一堆人站在堤坝的高处不肯离去,那下坠的急流引来一大群燕子在上面飞舞,两三个半老徐娘脱了鞋坐在水坝的高阶处,将脚伸到了那急流里,不肯拿回来,都说女人是水做的,那么此刻她们真的与水融为一体了,我甚至担心她们不小心被水冲走。在那潮鸣里,听到的是阵阵颤抖的孤寂,带不走又留不下的惆怅。在夕阳里,我沿着河边一直走着,路过白云禅院,它的门却上了锁,当然犹如我说,那河岸却也长远,那河岸上的老人应该不够数吧,那我只能带着我的苍老在此踱步。

也许神秘之境总是要不停地去膜拜,就像梦中之境在现实中总是要去寻找和证实。也许小城的时光挺好,一天又一天不知不觉就老了,无所事事也许是生活的最大乐趣,那么那个半老徐娘的许文玮或者是另外一种乐趣。

有时候吃完饭,在河边走个十分钟能看见日落,河两岸的灯也陆续亮起,如果去得早的话,正好微风习习,虽有凉意,却也惬意。

河边水汽充沛,在那些草地里和石缝间常有不知名的野花盛开，让我惊奇的是我竟然看见了红珠凤蝶。在绩县红珠凤蝶比起那种白蝴蝶和黄蝴蝶要大很多，却也稀有一些，翅膀大部分是深黑色，少量的红色和白色斑点，显得更为艳丽，飞在空中时，一张一翕，不紧不慢，颇有动感。小时候常以抓到红珠凤蝶为荣，红珠凤蝶夏季居多，秋季实在少见。可能因为它的体型比一般的蝴蝶都大，我一直错误地认为它们都是公的，代表着雄性和力量，它跟其他的蝴蝶一样，喜欢在花丛里飞舞。

因为它我想到了老家宅基地里的南瓜藤，南瓜花开的时候，除了吸引蜜蜂以外，红珠凤蝶也常常来光顾，那就是我们抓红珠凤蝶的最好时机，徒手抓住的机会不大，除非它停在花蕊上，再加上它有点痴呆。更多的是用带着很多枝节的竹枝，快速地扫过去，打中它，它便难以飞翔，落在地上，但是也可能让它身首两处，命丧于此。最为人道的方法是做个网袋兜住它，既不伤它性命又能保证它的完整。现在想起，既不是"儿童急走追黄蝶"，也不是"东家蝴蝶西家飞"，而是那句"银烛秋光冷画屏，轻罗小扇扑流萤"，当然这里是红珠凤蝶，并不是流萤。在河边能够看见那古老的城墙，红珠凤蝶在余晖扫过城墙之前已经飞过了河面，消失在对面的那片森林中，只留给我一个翩翩起舞的思绪，仿佛也带走了我神秘的幻想。我一直不知道它是什么虫子变的，总觉得它充满神秘感，炎热来临时它就来了，从来不曾停歇，然后随着花的开败，它又不知道消失在哪里了，不像那种黄蝴蝶，我可以看完它的整个蜕变过程，我甚至讨厌黄蝴蝶还是毛毛虫时的样子，爬满了路边的野草，然后把叶子吃得干干净净，蛹也是挂在了某片叶子的背面。或许红珠凤蝶本身有种高傲的本质，同时那黑色的基调又让人有些生畏,梁山伯、祝英台化蝶之后变成的应该就是红珠凤蝶,红珠凤蝶似乎是从坟墓里爬出来的,但是红珠凤蝶是否如故事那般忠贞不贰又是另说。当然我一度认为胡玉萍可能是飞入老宅的红珠凤蝶,显然是我想多了,我以为男人和女人应该是不同的物种,女人都会如蝴蝶一样生动,总是喜欢与花为伴,难以捉摸,要不采用暴力,要不就是网兜,但始终是种残害,她们只把美好留给时节,并不青睐顽童。我觉得自己可以学一下老庄,在梦里变成一只蝴蝶,有没有变成蝴蝶不敢肯定,但是我敢肯定的是,我在梦里的确是漂浮过,有时就悬停在马头墙的上空,哀伤地看着地上的幽静,我不知道当时是否扇动了翅膀。

(二十六)

博进派出所的事情叔叔还是给我打了电话,他还不只给我打了电话,他给所认识的那些亲戚都打了电话,电话的另外一层意思就是去他家帮他撑一下场面。当天去的还有我的几个堂兄弟和表兄弟,在绩县有点势力的一个表兄还叫了他的几个哥们,一大堆男人站在叔叔家的门口,叔叔果然趾高气扬,那个发生纠纷的隔壁邻居吓得关了门,又打了电话报了警,警察赶到时看了我们一眼只是正告道:"不许闹事,不能打架。"然后又折返了回去,那时我们正搭着梯子帮叔叔家盖瓦片,其实这是靠着那栋"新房"旁的一间小的旧屋,里面只是堆了一些杂物而已。叔叔那天又喝了酒，脸上抑制不住地开心。热闹归热闹，事情还是得去解决，叔叔怕拿不定主意，于是邀我和其中一个表哥去了派出所，对方也参与调解，当然也没再提出过分的要求，只是要求赔偿电视的钱，我们这边又说电视已经折旧了，而且叔叔家屋顶也受损了，双方也没怎么讨价还价，在民警的调解下这件事情也顺利解决。不过据后来叔叔自己讲，那天他在他们村的确是威风了一下，以后应该没人再敢随便惹他。

干粗活不是我的强项，他们在翻瓦片的时候，我正坐在胡乐文面前，胡乐文拿着蜡笔正在一张白纸上涂鸦，我问道："你在画什么呀？"

"我在画S市。"胡乐文头也没抬地回答道。

"S市你去过吗？没去过你怎么知道什么样子的，不知道什么样子的你怎么画？"我问道。

"我爸爸去过，他说那边可好玩了，很大，很多灯，楼也很高，很多好玩的东西，长大了我就要去S市，我要去大城市。"他带着稚气讲完了这些。

"大城市有什么好的，又没你认识的人，你的爸爸妈妈都在七贤，最疼你的爷爷奶奶也在七贤。"我试图给他增加一些选择困难。

"在七贤没出息，爷爷说的。我要去大城市，去S市，然后带着爷爷奶奶和爸爸妈妈一起去……"他似乎很坚定。

"可是去S市要花很多很多的钱，你有钱吗？"我又给他出了难题。

"我爷爷有钱，爷爷会给我钱。"他说道。

"你爷爷的钱不够啊,加上你爸爸的钱,所有的钱都不够,如果够的话,你爸爸和你爷爷早去 S 市了,你说你怎么办?"我静待他的反应。

"我就,我就,我就……"他已经到达了极限。

此时胡乐欣过来帮忙了:"没钱就赚钱啊,赚很多很多的钱。不过我不喜欢去 S 市,我要去 B 市。"

我对着他们笑了笑说道:"其实我觉得在七贤挺好的,干吗非要去大城市。"

不过我刚说完这话又觉得后悔,他们还未看过世界,我却要告诉他们外面的世界不好,外面世界到底如何,也许对他们来说是精彩万分、流连忘返呢?于是又补了一句:"去大城市看看也挺好,不过你们要努力读书。"这话才像正常人说的话。

胡乐欣又跑到里屋拿了一本皱巴巴的作业本出来,说是要问我题目,没想到她是这么实诚的一个人,上次叔叔只是那么一说,而且我并未答应,不过我闲着也是无聊,顺手又跟她讲了那个题目,一个相遇问题,两个人相向行走,多少时间能相遇。我很想告诉她,有的人可能走一辈子也不会相遇,因为不想相遇。

在我离开叔叔家时,我一度将手搭在了博的肩上,想说要他好好照顾叔叔之类的话,但是始终没有说出口,心里又觉得也许博活得比我开心许多,他其实并不是一无是处。

在那个咖啡馆我曾跟小柔说过:"现在的我真一无是处,没房,没存款,只剩下一辆不敢开出去的破车,然后还要被你嫌弃。"

小柔说道:"我哪里嫌弃你,我是嫌弃我自己,我都不知道自己要干什么,自己到底要什么。"

我笑着说道:"我有一点搞不明白,你为什么会跟一个和我名字一模一样的人谈恋爱?难道你以前暗恋我吗?还是怎么的?"

小柔笑着说道:"网恋好不好,他跟你不一样,只是名字一模一样,他是 B 市的,玩得可多了,经历很多事情,他离过一次婚,很会聊天,不过他说要来找我的时候,我就尿了。"

"那万一你们成了,我叫王骞,他也叫王骞,哪天路上遇到,你叫你老公,是不是等于占了便宜,两个'老公'回头来应你。"我问道。

"不可能,都黄掉了,没这个事情了。"她很笃定。

我还是没有得到那个答案,也许她这辈子都不可能跟我坦诚相见吧,即使跟我说了实话,我也未必能相信,就像我不相信蝴蝶会在梦中跟我说话,我即使可以通过仪器透视她的骨头,也不能透视她难以捉摸的灵魂。

那么不相遇是最好的,相遇总会带来烦恼。只是一些萦绕的旧梦会重现,可能并不是同一回事,却是同一种情绪。

她端着杯子,把阳光和咖啡都喝到了嘴里:"我只是想自由自在地谈个恋爱而已,根本没想那么多,我也不要求一定要结婚,其实我也挺怕结婚的,不结婚也可以,小孩要不要也无所谓。"

我只是应道:"你选择什么都正常吧,每个人都不会一样。不过我觉得任何的自由恋爱其实都在攀附权贵,特别是这个等级社会,你在选择的时候已经划分了等级,那么财富和权力也是遵循等级分配的。你可以反驳我,说,我跟他在一起根本没有考虑他有没有钱,我觉得这话是假的,你只是想证明你的爱情高贵、纯洁之类的,其实你看见他的时候就给他打了一个财富和地位的分数,穿着不错,干净的,有学识的就意味着有较好的财富和地位,不是吗?当时你还并不爱他,但是你已经选择了这个前提。所以最好的恋爱是网恋,而且恋爱过程中不许提物质、家庭、父母、工作之类,也不许视频,不然看到的就是外貌。那么风花雪月之后再见面,你看到了实际生活中的他可能会极度失望,你爱的灵魂在现实世界可能是一个糟糕的相貌丑陋的底层人,然后就摆摆手,说我们不合适,其实你的骨子里就是攀附权贵。那么有些男人一开始就告诉你,他是否有房子、有车子和收入的情况,其实是最为你打算的做法,只是你觉得这样好像很世俗,不喜欢,觉得个个都想要买个女人生孩子似的。"

"你觉得爱情不高尚也不纯洁吗?"小柔问道。

"不知道,我希望它是美好的,但是往往不是。它自私、功利,又带给人痛苦。"我喝着那股果香的苦味。

最近我常在凌晨两点钟醒来,还是会有暗暗的光线通过楼板缝射进来,其实我已经几个月没喝咖啡了,但是在这个秋冬季节我还是失眠了。躺在那里,我看着天花板,想着胡玉萍画的那些画,里面是否有魔鬼或是精灵趁着别人不注意偷跑出来狂欢呢?

靠左睡,靠右睡,仰头睡,只觉得床上的用品并不能让我的身体很惬意地进入睡眠,不过有时需要强烈的意志让自己保持不动,连个手指都不动,眼睛闭上不再睁开,那么睡眠可能会再次找上我,仿佛能进入一种混沌的状态,但是这种混沌并不能让我感到愉悦,甚至醒来后会觉得更加昏沉。

连续好几天都这样,直到有一天,我看见门外的光线比之前更加透亮，我按开了手机：两点二十分。我不想再闭上眼睛了，我考虑了一个问题：如果我就此起来，跑到外面去，应该没有人会看见，会拦住我，这个小城这么晚应该是没有夜游的人，那么我就有可能是这个小城这个时间的主人了。想到这些内心不免有些窃喜，我摸摸索索地穿好了衣服，轻轻地推开了自己的房门，那照进来的是月光，我通过天井抬头一看，今天接近满月，世界静得出奇。

我走出了"静庐"，果然人们遗忘了这个世界，他们估计去了"远方"。那是一个温柔的灰白世界，墙的影子分好了光亮和灰暗，既没有风来，也不见时光流逝，那是一个静态的空间，我仿佛是唯一的活物，我轻巧地踩着那青石板上的错落的光影，像踩在了云端。可能是旅游城市，院子里很少有养狗的，我的走动并没有触发这样的"机关"，路边的小店也关了，只剩下相隔很远的路灯，也无法照尽黑暗，不过路灯的光也抵挡不住月光的蔓溢。但是我还是感到了些许凉意，不得不双手抱着胸前，同时又加快了脚步，走得像个赶路的人，我也生怕突然路上遇到一个夜行的人，尽量让自己表现得正常，虽然我并不是在赶路，而是出来撒野。我走着走着，突然担心警察拿着手电筒照过来，把我逮个正着，那我该如何解释呢？总不能说自己出来买烟抽吧，还是说出来打个酱油呢？如果我实话告诉他们我是失眠出来闲逛，他们会相信吗？应该不信吧，可能会把我当个小偷给抓了，或者是个可疑人员，要不就是不安定的因素，我也可能会在派出所过夜了，到时估计都找不到人来保我出去……

当然我想的这些有些多余，我并没有遇到警察，我走到了四角牌楼，又沿着解放街走到斗山街，都没有遇到一个人，不过当我望向那些黑暗处，还是有种惧怕，惧怕突然跑出一只老鼠或者是野猫来吓我一跳。后来我又折返回了"静庐"，悄悄地进了房间，又躲回了自己的被窝。

  过了两天我又失眠了，这次我又如法炮制，大摇大摆地走出了"静庐"，依旧沿着那时而挺直、时而曲折的青石板路往前走着，但是心里像被打了兴奋剂一般，恨不得奔跑起来。不单单是窃喜，只是觉得自己走出的一步步都有人跟随一样，那脑后想象的黑暗，追着我的影子，在我疾驰的一瞬间我甚至突然回头看看，身后其实并没有人，我突然想到那句话："月亮走，我也走。"也许是头顶那洁白的月亮一直专心致志地照着我而已，我又抬起了头，对着月亮内心里笑了笑，当然不知道月亮是否能看见，它跟小时候见到的好像一模一样，并未改变容颜。

  我并没有每个晚上都出来，只是在我实在无睡意的情况下才出来，出来的次数多了，我对黑夜的恐惧也消失了，我甚至不用踩着光线才能走路，有时候还故意走在了阴影里。其实在阴影里也是有轻微的光线的，如果地上有水还能看见反光，只要大步跨过去就可以，有研究说宇宙里充满了暗物质，那么在光线到达不了的地方是不是也充满了暗物质，暗物质是不是毫无间隙地包裹着人呢？那么人活着或者作古其实都有它渗透着，渗透在灵魂到达的每个地方，也许人的灵魂在黑暗里才能快速自由无拘束地穿梭，才能穿透一切形和色，那将是一种通透，没有惧怕和得失的通透，如同梦里，并不需要眼睛却可以看见一切。

  当然半夜或凌晨的出行并不是每次都很宁静，有时候偶尔会惊起一两声遥相呼应的狗叫,毕竟我自己都能听见自己的脚步声、呼吸声,甚至心脏怦怦的跳动声,我也不知道我出来干什么,我把我的这种状态称作偷情。因为是在无人知道的情况下,而且心率加快、亢奋,而且是主动为之,只是偷情的对象是这夜色,我也不贪恋夜色,因为它不属于我,而我附属于它,我只是真的睡不着。有一次我还专门去了渔梁坝,路上还惊醒了两三只狗,当然狗也没有追出来,只是像传染病一样,你叫我叫大家叫了几句,仿佛在说:"我家附近有人!"

"我也听到了。"

"你也没睡啊?"

"呵呵,我也没睡。"

"别吵,一点意思没有。"

"好像就只有你们听到一样!"

……

我站在了渔梁坝边,看着那略亏的玄兔,又看了看洒在河里的粼粼银光,河水依然哗哗作响,心里突然一悸,生怕河里伸出一只手来,于是离河水远了些,坐在了亭子里。可惜没有看见流萤!如果是老家肯定会有,在那倒掉的房子旁,有条小溪,有翠竹,有梧桐树,流萤便从小溪边飞入竹林,又从竹林飞到老房子的门口。

有时候又不免怀疑自己,怀疑自己是否有病,要不是身体出了问题,要不是精神出了问题。在失眠的晚上有时候出去逛一两个小时,到了第二天的白天往往就萎靡不振,有时就趴在维修室的办公桌上打盹,但是我这个闲职并不需要很多的精力,也不需要做一大堆看起来严谨其实相当无用的表格和资料，另外领导也不会突击我这个闲杂人等，有什么事情一个电话打来我过去处理一下就可以。其实是根本没有人在意我会怎样吧，我虽然生活在绩县，但是活得却像一个隐形的人，即使我突然消失了也不会掀起任何的波澜吧，而我在S市何尝不是如此，偶尔小惠会提起爸爸去哪儿了，但是这种挂念一两年不见也会完全遗忘吧。偏偏是我的记性太好，总是短暂地遇到一个人，然后要花漫长的时间去想念。

在太原郡的一个茶叶铺里，我遇到了徽州来的一个旧相识，他曾是我地主岳丈的一个伙计，在我去杭州跑商那几年见过他几次。他看到我很惊讶，半晌才说了那么句话："你不是已经死了吗？伙计回来说你被洪水给冲走了。"

我羞愧地低下头，低沉地说道："我说了谎，我说了谎。"

"那你干吗跑这里来，为什么不回去？"他质疑道。

我沉默没有应答，双手揣进袖子里，踱着脚。

他突然叹了口气："可苦了小姐王惠兰了，你消失那年，她还绣了五双鞋，烧在了河边的樟树下。"

我愧疚地说道："我不是人，我不是人。"

他瞄了瞄我，叹了一口气，转身便想离开，我突然一把拉住了他："求你一件事，求你一件事。你在太原见到我这件事情不要跟老家的人说，就当没见过我。"说着我从口袋里掏出几个铜板硬塞到他手里。他掂了掂，又看看我，突然又把铜板塞回给我："你还是自己买点吃的吧。"那时应该已经霜冻，我的破棉裤和单衣已经无法驱走严寒。

云游那几年我遇到一个行僧，行僧曾告诉我：拼命想走出世俗反而容易走进迷雾，执着也许只是业障。

（二十七）

吴元组了一个局，邀我去吃饭，我只能像没事一样去参加这样的聚会。冯霆讲起了他老丈人前段时间过世的事情，说是不知道为什么，天气一冷就脑溢血过去了，弄得大家都措手不及。

"老人家是个老古板吧，生前老是说要土葬，不要把他烧成灰，他怕烫，我说死了还知道烫吗？老丈人反驳我，你没死过，你怎么知道不会烫呢？他还说，他老家有块地，他找人看过，那地方风水很好，他死后就把他拉到那里去葬了。结果真的过去了，我们就为难了，怎么偷偷摸摸地搞到农村去，人还在太平间躺着。丈母娘伤心啊，说你们不孝，这点事情都做不了，然后我老婆就知道在那里哭，话也说不上，真是愁死。"冯霆现在说起来的时候还是满脸愁云。

"那后来怎样呢？"我问道。

"能怎样？现在不给土葬，都得火化，况且我还是医生，除非我不想干了，另外老丈人还是放在了公墓，清明什么的还能去看一看，你要是放在那个农村，多不方便。到现在丈母娘还在怨恨我，逮住机会就说，我都烦死了，但是有什么办法呢？这个事情不是我能做主的。我也希望老丈人在下面莫怪，不要来找我，我也是没办法的事情。"冯霆叹了一口气，不过丝毫不影响他大口吃肉。

"还是那些古人的墓能够保留下来,像那个城西的森林公园,我看见就有几个古人的墓碑。"我说道。

"那几个好像是名人吧,不一样的,普通人的只能在公墓,特别是平原地区,那占耕地啊,肯定不能搞个水泥块、石头之类的,不然怎么种庄稼。"冯霆说道。

"山上的也好一点,种不了东西,不过许多也没人打理,山都荒了,扫墓就更难了,随便烧点什么,还怕把山给烧了。"我想到了父亲的墓正好是在山上,坟头对着是一个元宝形状的山头,父亲曾觉得那个地方风水好,我也不知道什么是风水,按照现代理论是磁场好吗?南北朝向顺应磁场?候鸟随着磁场飞越千里倒是真的,灵魂也要顺着磁场畅快溜冰吗?

吴元说道:"这个政策肯定是要保护耕地的,不然吃什么。移风易俗嘛,不然社会怎么进步。当然那些荒山上的就交给自然去风化了。"

冯霆说道:"还是人多!"

酒过三巡,吴元说道:"最近县里人事调整也挺多的,有些岗位任届到期,有些又到了考核期,最近还是挺忙的。"

冯霆问道:"那你是不是有望提升?"

吴元脸上仍是那副淡定的表情:"这个也是上面组织部的事情,我只能做好自己的事情,不要出什么乱子就已经很不错了。"

冯霆却说道:"老同学别谦虚了,县里就你算是年轻有为的了,论学历,你的学历应该是最耀眼的吧,还有你也磨砺了这么多年了,应该要往上走了。"

吴元露出一个难得的笑容说了句:"这也不是你说了算的,看组织的安排,不过看情况调整的机会还是比较大的,只是不知道往上调,还是往下掉。"

我在旁边面对这个问题并没有搭腔,吴元突然对着我说道:"你们民政局的不早就先动了吗?王蹇应该知道。"

我连忙应道:"是,是,几个月前就换了一个局长,后来科长也调整了,正常吧,不过我都不管这些事情,也轮不到我来管,我一个平头百姓是不是。"

"那你在那边待得还好吗?"吴元问道。

对于这样突如其来的问候,我却不知道如何回答,只是敷衍道:"还行,还行。"我不能说自己很闲,不然等于说自己没做好工作,也不能说自己很忙,等于说吴元介绍的工作让我很劳心劳力,所以只能说还行。

吴元又说道:"其实这段时间就怕别人乱说话,随便给你传个什么谣言之类的,或者投个匿名信之类的,说个闲话之类的,那就很麻烦了,考核组正在收集资料的时候,管你有没有这回事,先调查,只是这一调查也就不知道要多久了,一个月两个月的,那任命和调动的事情不可能等你调查清楚,肯定是要先搁置的。"

冯霆说道:"那这个人际关系很重要,关键时候如果有人背后给你来这么一出,那就麻烦了。我们医院考核的时候也是争得很厉害,表面笑嘻嘻的,背地里不知道做了多少小动作呢,知人知面不知心。"

"冬天真的适合吃火锅,随便烫烫就能放嘴里,这些天还真有些冷了。"我看着眼前的铜火锅以及旁边摆满的羊肉、牛肉、蔬菜说道。这是万年桥旁边的一家火锅店,看装修至少也开了好几年了,桌椅都是实木的,被漆成了黑红色,以八仙桌为主,一共两层。我们坐在了二楼的包间,撑开一扇支摘窗,能看见外面河边的马路,马路上车辆并不多,其中不多的车辆里以三轮车居多。

我又转头问冯霆:"最近我老是失眠,有没有好的调理方法,有什么药可以吃吃?"

冯霆笑了笑说道:"安眠药啊,不过我不建议吃药,药总是有副作用的,破坏中枢神经,也容易头晕。你是虚吗?阴虚还是阳虚?如果是虚的话,需要补补,还要加强锻炼,提高抵抗力才是最重要的。"

"哦,我也不知道什么虚,估计是肾虚。"我自嘲着,接着说道:"有什么食补的方法?"

"吃鞭啊,牛鞭、羊鞭、甲鱼、等等,你应该懂的。"冯霆笑了笑:"你在这边还有女人?没有女人哪来的虚?六味地黄丸不能停,要想养好身体,节欲很重要,固精养身。"

"孤家寡人,哪来的女人,还要我节欲?"我叹气道。

冯霆笑了笑,擦了擦满额头的油汗……

我选择走回"静庐",在走到了四角牌楼的时候收到了一条短信,是吴元发过来的:"最近审查比较严,我也怕落人口实,看能不能帮老同学一个忙,暂时离开那个岗位,让人才公司换一个人来,过了这段时期再换回来?"

我只是暗自笑了笑,立马回了一条:"理解,感谢你的关照,我马上与人才公司那边说一下。"

他再次发了条信息表示感谢,其实说到底我这段时间还真是受到了他的照顾，至少有份事情做，能拿份工钱，所以我离开这个岗位的时候也丝毫没有犹豫，毕竟当初留在绩县也只是一个选择而已，大不了我开始做下一个选项。因为年关，加上岗位的确是稀有，劳务公司并没有再派遣我去做另外一份工，这立马又让我闲了下来，绩县的巷巷落落也差不多被我逛完了，又觉得自己陷入一种无聊的退休的状态中。

就在周二的上午，我刚从床上懒洋洋地爬起来，就看见胡玉萍走了进来，她看到我的时候脸上还是有种尴尬，并夹杂着讶异，问了一句："今天没上班？"

"最近辞了工作，在'家'休整。"我回了句。

"哦。"她头也不回地钻进了二楼，我估计她以前来这里，可能都选择我上班时间吧，当然这次我并没有走上去，而是看了看天井，太阳似乎爬到了半空了，我走出了"静庐"。

今天我想再去看看我的老宅，我又坐车去了深溪镇，走了十里的山路，当再次坐在老宅"门口"的石头上时，南瓜藤已经枯黄，惊奇的是南瓜却被人摘走了。我又走进"家里"，搬起了一根烂木头，那应该是朝东的窗户门，虽然烂得不成样，但是上面还依稀看得见用墨汁写的"友"字，因为那个字是我写的，是我在七八岁刚会写字的时候拿家里的毛笔写的，除了窗户，门上也写了，毫无笔锋，当然是在父母不在家时写的，当天晚上我还挨了一顿揍，但是那几个字却再也没擦掉过。

我又用脚踢了踢滚圆的木料，可能是屋顶的梁，不过踩两脚也就烂了。我想到那个来此开荒的王氏兄弟，我是否也能模仿古人，在此立个茅草屋呢？但在四周找到那么多茅草似乎有些困难，倒是可以花点钱，买点别人不用的木料搭个棚子，只是在这个时代，搭个棚子然后住在这里需要多大的勇气，那不知道又有多少村民在身后指指点点。如果我再多点钱，修个别墅又不一样，那又是另外一番风评，可惜这个考虑过千万次的事情最终是被否决的，我是否真的到了需要在这搭个木棚暂住的地步呢？显然我自认为没有。

不过我还是拔掉了那干枯的南瓜藤，徒手在宅基地中间清理出了一点点的空地，摆个石头坐在了中间，感觉真的回"家"了，只是不能遮风挡雨。我又去了那条小溪、那片竹林，又顺着村里的弯弯道道走了一圈，倒掉的并不只有我一家的房子，到处能看到残垣断壁，被掀掉屋顶的房子，一眼能看到以前主人的秘密，哪里是灶台，哪里是床，哪里是柜子，甚至里面还有些旧衣服，以及那被炊烟熏黑的墙。我突然又回到了那个问题，万一哪一天村里的人都走光了，那么我就可以自由自在地来此搭个茅草屋了。

说起风光，县城的风光比老宅要好很多，老宅除了石头砌的塝比较多，并无其他。县城有条河，这段时间我在河边溜达的时间最为长久，有时候在河边看到钓鱼的人也能跟他们聊上两句，然后待上半个小时或一个小时，看他们是否真能钓上大鱼。然后我发现一个问题，其实河里的鱼并不多，而且也不大，花了半天甚至整天为了那几条不够几口的鱼实在不抵，所以他们来此钓鱼只是为了消磨时间，也许跟我看他们钓鱼是一个道理。

当然我并不只是留意到钓鱼的问题，航行在河边上的船也很少，我怀疑那个徽商在渔梁坝坐船去杭州的传闻也是有出入的，要不的确是有船，不过当时可能只是小只的乌篷船或渔船，还有可能大部分人是坐马车或者是走山路，从昱岭关过境，那么就有可能遭遇野兽或者土匪袭击。当然我并不在意昱岭关发生过几次大战，也不了解山越人如何修建工事，只觉得古人生活的确是艰难，那么王惠兰老死在绩县某个村落比起颠沛流离来其实也算是幸事，不幸的只是遇人不淑。如果王惠兰当时嫁给了当地的一名木匠或者杀猪匠，可能也不会遭遇那痛苦的余生，那么那千雕万凿出来的青石牌坊也将不复存在。

其实人如流水，稳固地待在一个地方经历千年而不流动，那只可能是死人。那一刻的温柔便是一刻温柔，那一时的残暴便是一时的残暴，那抓不住的流转便是流逝的偶遇，那或冷或热或升腾或降落便是人生的境态。直到有一天，我在河边遇见了胡玉萍，她穿着白色长裙，戴着遮阳的草帽，天气虽然有些寒意，但是她好像仍抛不下寻求美态的意志。如果我不知道她的一些事情，我甚至可以抱着轻松的心态走过去跟她聊几句，那么我也会心情愉悦的。

我还是走过去了，另外我觉得我跟她的遇见肯定是避不了的，因为我一直在闲逛，总有一天会遇到。我还是谨慎地跟她打了个招呼："嗨，你好啊？"

她转向我，脸上却流露出了忧郁，轻声地回了句："你也在这？"

我假意笑了笑："我天天在外面逛，特别是河边经常来。"

"哦。"她又轻声地应了一个字。

我又问道："你是出来写生吗？"

"没有。"她说道，仍然侧身对着我，只是看着河里或许是河的对岸。

我又半开玩笑地说道:"不会是来跳河的吧?"

"有可能,谁知道呢。"她似乎牵强地笑了笑,我看见她嘴角轻微的抽动。

"那我救不了你,我不会水。"我继续说道,转而又顺着她的视线看向河里或者对岸。

停顿了半晌,我还是鼓起勇气说出了那个问题:"你跟我是不是都认识那么一个人,他是我同学,我觉得还是挺尴尬的,不过这种事情我也管不着,我也不会在意,说出来也许就没事了,最近听说他要提干了。"

"是吗?不过他现在跟我没关系了。"她冷冷地说。

"你们出现问题了?"我好奇地问道。

"我们一直都是问题,不然你也不会尴尬吧,可能我影响到他了,他很精明,该什么时候做什么事就做什么事。"她说道。

接着又是一阵沉默,她突然又转向我说道:"你是不是觉得我很贱?不过我不是你想象的那样,我并不贪图他什么,不图他的钱还是权之类的,只是我恰巧认识了他而已,不过已经过去了,现在也没什么。"

她试图对我解释着什么,当然我对她的解释和理由根本不感兴趣,因为事情毕竟已经存在了,我只是又笑了笑:"你不会是真的要跳河吧?"

"难说。"她回答道。

"那我是不是该走远一点,免得你真的死了,警察来找我。不过我相信你也不是这样的人,不就是发生了一件情事嘛,谈个恋爱失个恋很正常。"我又试图去安慰她。当然我并不关心她到底是受用还是不受用，也不关心她接下来到底要做什么，总觉得认识一个人总是要鼓励一下。

"放心，我只是心情不好，出来散心，我不会蠢到那个地步。"她说道。

我又说了几句闲话，便找了个借口走开了，后来我在河边闲逛的时候再也没有看见过她，不过她来"静庐"作画时我还见过几次。

几天的闲暇时间治好了我的失眠，我变得更加嗜睡，早上起得晚，中午又要睡午觉，晚上也很少出门闲逛了。不考虑金钱以及对社会的贡献，像个废人一样活着其实也挺好，只是这样的日子并不能长久下去，钱始终是要用完的，像许文玮这样的富婆并不愿意接纳我，虽然我常常去那里看看。

（二十八）

"女人不一定全都能持家，败家娘们也很多，电影、电视里面演的也很多。当然物化女人这种情况还是很多，互相交换利益好像也理所当然一样，我这里不说价值观的问题，只是这种现象是存在的，比如嫁个女儿要多少万的彩礼之类，再比如有些年轻女子喜欢开豪车的有钱人等，理由也很理所当然，'我就这么几年的青春，干吗非要跟着你这个穷小子呢？我找个条件好的有什么错呢？'有的女人谈朋友可是都会有个前提条件，比如有份正当的职业或者稳定的收入之类的，这其实也是一种物化。有的人说爱情是盲目的，是纯洁的，很多人所谓的爱情在产生之前就已经定好物化或者金钱规则，一个白领很少会找个工地上的临时工谈恋爱吧，当然我也不排除有极个别的特例，特例是有的，但是少而已。大部分人在选择的时候其实已经物化了，就是那个所谓的门当户对，门当户对很重要吧，然后扯得高深一点就是价值观和生活方式问题，其实说到底还不是物质吗？生活是物质，享受不一样的物质就意味着不一样的认知阶层。人从猿人进化的过程是不是慢慢摸索出了这些经验，但存在着一个问题，就是经验越多，人的创造能力是不是越会被框住呢？那么爱情和婚姻可能就是被框住的一种形态。可能有部分人应该不是忠贞的吧，但是现实的制度却约束着人性，极力地通过法律或者道德手段推崇忠贞，当然忠贞也有它的好处，比如维持了社会的稳定，让男女关系在既定轨道上运行，但是跟感情这种形而上的本质比起来，的确是有相违背的地方。"我向许文玮说道，在场的还有她的另外一个女性朋友，当然不是胡玉萍，那个女性朋友身上的香水味格外好闻，是种淡淡的清香，但是我却说不上来什么味，我哪里懂香水呢？另外，她似乎也不显老，身上散发着成熟女人的气息。她们在"久隐"的一楼喝茶，我走了进去，坐在了其中的一个木凳上，另外一个藤椅上放着一个精致的手提包，应该就是这个女性朋友的，许文玮向我介绍了她。

我先客套地跟她们聊了聊天气，然后称赞了一番许文玮的好客和品位，接着说起了看到的那个包，我问那个女性朋友那个包是不是很名贵，她说是高仿的。然后我称赞了一句她有品位的眼光，她说女人都喜欢败家，我却说能持家的大部分是女的，男的持家很难。接着又说道，败家的娘们也不少。

女性朋友笑了笑问道："你们男性选择女朋友是不是也要看物质基础呢？"

我说道："这个恰巧相反，男性只喜欢年轻漂亮的女人，根本不考虑物质基础。"

许文玮说道："女人也喜欢帅哥啊。"

我说道："帅哥太少吧，穷帅哥更少，即使有个穷帅哥，那你们还不是得考虑他能不能养活你吗？不过许老板除外，许老板是养别人。"

女性朋友说道："我就是找个有钱人来败家的，当然我也不全靠老公，我也有份工作，只是钱没那么多，偶尔买贵一点我觉得也正常。"

"社会还是分化了吧，不同阶层的生活模式也会有差异。我记得我老家深溪镇有这么一个传说，有个村子靠男人外出经商发达了，村里有很多有钱人，古董啊，名画啊，很多。可是男人们外出经商一走就很多年，三年五年的，那女人就很寂寞啊，想念啊，那时又很讲贞洁，不像现在容易发生点什么婚外情之类的，而且那时不允许，要被浸猪笼的。那女的就找了个算命的算了一卦，说有什么办法让男人早点回来，算命的算来算去说，门前那条河，河水到了这里打了个转儿，因为刚好有个石头挡着嘛，所以一时半会男人回不来，如果想让男人早点回来就把那个石头给凿了。结果女人就请来石匠，拼命地凿啊凿，可是就是凿不动，这时女人心急啊，又去找算命的，算命的告诉她，先要祭拜一下，然后用黑狗血淋在石头上，石头就能凿动了。结果女人真的杀了一条黑狗，把血浇在石头上，结果石匠一下子就把石头给凿破了，河水到此再也不打转转了。她们男人没过多久也回来了，不过个个生意都失败，是要饭回来的。后来人们都认为是女人破坏了村里的风水，导致了男人的失败，再后来那个村也败了，现在只剩下一些坟地。"我想起了老人跟我讲的这个故事，又将它讲给了她们听，好像狗血总是能破坏神力一样，不过自古将失败归罪于女人这样的事情也常有。

许文玮根本没有质疑，而是说道："风水这个事情好像是挺重要的，我这个民宿装修的时候还真的请了风水师来看过，风水不好的话，做什么事情都不会顺的。"

当然我还听过跟奇门遁甲有关的故事：有个人会奇门遁甲，只要做了法术，他箱子里的飞刀就会飞出箱子救他性命，但是他的婆娘经常发现箱子有异动，以为里面有宝贝，怕飞走。于是在一次男人遇到土匪，正在做法时，女人一屁股坐在了箱子盖上，结果飞刀没有飞出去，男人惨死异乡。像这样的故事说明了什么呢？无非就是说无知的人会害死人，而且很有可能伤害的是至亲之人，其实跟是不是女人也没多大的关系。封建社会女人总是被标榜为无知无德之类，不过当代依旧有讨伐女性的，不过讨伐男性的也挺多，毕竟提倡男女平等，我似乎也是可以被讨伐的对象。

不光深溪镇有这样的传说，许文玮给我们讲了一个年轻女子坐公交的故事。说一天夜里一个女子正在一个站台等公交，远远地看见公交来了，此时却听到站台不远处有恐怖的呻吟声，女的走过去一看，原来站台后面地上躺着一个老人，老人一直喊着

"帮帮忙，帮帮忙。"可是眼看公交车就要走了，正在犹豫的时候，老人一把拉住了年轻女子的脚，年轻女子没办法，只能先把老人扶了起来，可是最后一辆公交已经走了。老人说自己家离这里也就两站地，于是好心的女子就背着老人往老人家走，可是越走感觉背上越重，送到家后，是荒郊野岭。女人正害怕的时候刚好有一辆出租车路过，女人就上了出租车，第二天年轻女子无意间得到消息，说那辆公交车上的人全都死了。女性朋友听得津津有味，这场喝茶闲聊的下午会让我深感遗憾的是我又忘了那个女性朋友叫什么名字了，并且没有留下联系的方式，当然留下联系方式我也不能怎样，毕竟她是有老公的人，可能在听到她说起她老公的时候，我就已经开始忘记了。

在那个朋友离开之后我问了许文玮一个问题："你是否能够接受高仿的物品？高仿其实不就是假的吗？"

许文玮回答道："如果是包包之类，我不喜欢高仿的。"

我说道："这个你跟我认识的一个人很像。"我说的是小柔，因为她只买正品，高仿在她眼里就意味着廉价，摆不上台面。

许文玮接着说道："但是有些东西正品买不起啊，比如那些名贵的油画，正品都在博物馆里，如果买的话，一开价就得几亿、几十亿，那喜欢的话是不是得买高仿的？高仿也不能单纯地说就是假的，比如包，它还是个包，只是不是那个名牌。"她这样一说我又想起了胡玉萍，又觉得她说得很有道理，我们在可以承受的范围内可能去买正品，但是买不起正品的时候也需要高仿的来充数。

"那么人呢？人你接受不接受高仿？找一个人来代替另外一个

人？"我不依不饶地问道。

她鄙夷地对着我笑了笑:"幼稚,人哪里有一样的人,有的人宁缺毋滥,有的人随遇而安。"

我辩驳道:"人可能不一样啊,但是那种感觉呢?比如跟这个人在一起,与跟之前那个人在一起有种类似的感觉,这个应该有的吧?"

她突然神情有那么一瞬恍惚,转而认真地说道:"可能有吧。人总会错误地以为,其实我觉得差异大过雷同。"

"我也不知道为什么,总觉得以前有些宏图大略,有些想法,恨不得凭借自己的力量改变世界之类的,然后被万人敬仰。在我毕业刚工作那段时期,我一直都有自己创业的想法,当然这样创业的想法比起小孩时的想法小了很多,实际很多。总觉得自己努力一把,成为一个优秀的企业家也好,有钱人也好,但是偏偏错过了机会,也许根本就没有机会,如果有机会的话,当时就做了。但是我总觉得那时的我还是很有冲劲的,想的也很多。感情方面嘛更加辽阔,这里的辽阔指的是没那么在意,总觉得漂亮优秀的女人多得是,所以不会痴迷于情情爱爱的。但是随着年纪大了,比如现在,我却不在意自己是否成功了,比如有了好的事业,或者赚了很多钱之类的,偏偏眼里只看重'你我',这里的'你我'指的并不就是你和我,当然你这样认为也可以。首先看不到'我',但是希望能看到'你',看到'你'了才能发现'我'。'你我'之间不知道是什么,当然可以是一段爱情、亲情、友情,或者只是认识,一段相遇而已,'你'的存在不过是证明'我'来的痕迹,或者是'我'的存在。不知道你是否明白,我这里说的

'你'是泛指，这里的'你'可能就是你，或者是别人，一个女人、一个男人、一间房子、一条路、一棵树之类的。我觉得我的视野变了，变得狭窄，因为只能看到'你我'，是不是我已经步入中老年的原因？还是我的确因为失败或者失落而这样。"我这样的询问不知道她是否能听懂，也许她会理解成我对她的表白。

"我觉得你不是中老年，而是耄耋之年。这样的想法说得好听一点就是成熟，从少年时的幼稚，到老年的悟透，说得不好听一点，就是熟透，快腐烂了或者已经腐烂了，爆胎的轮子会被人丢在路边，老爷车也该报废了。"她喝了口茶，继续说道："我的青春也要散场了，大家都一样。"

"不，我觉得你风韵犹存，风华绝代，风华正茂，风风火火。"我笑着说道。

"那你就是疯疯癫癫喽。"许文玮呛了一句。

我想起了在 S 市看到的紫荆花，也许紫荆花在树上时不是最好的，落在地上才是最完满的使命，它给地上铺了红毯，又滋润了根本。

多日去往"久隐"，我觉得差不多也要被"雌化"，她们聊的八卦我也跟着插一句两句，互相吹捧最近的所得我也渐渐学会，可能有些熟络了，讲起话来禁忌也就少了，插科打诨也能坦然接受。

"其实你有个房子挺好的，至少继承了点东西，当然这房子可能跟你的祖辈没什么关系，至少还是栋老房子。像我这种就不行，什么都没有，除了一具不太有用的身体，刻一个石头碑可能对一个人来说真的很重要。其实深溪镇是有些大户人家的，老人走后总有人能找出一两件古物来，可以当作传家继承的宝贝，铜钱、银元都算普通的。我家就没有，父亲曾在河滩捡了一块碎玉就当作传家宝，可是那块东西谁都看不上，不值钱，还一直锁在柜子里，房子倒后估计被母亲给拿走了。说到继承，其实我太爷爷那辈下来一直都有教书的，我爷爷辈是我的叔公，我父亲辈是我的大伯。他们都想让我们这些后辈继承一下，做个老师什么的，偏偏是我们人最多的这辈断了，要不读书不行，要不就是学了其他东西。当然我觉得继承一个行业没有继承一栋房子那么实在，另外我觉得教书比不了木匠、砖瓦匠之类，他们的确能做出东西，教书能教出什么，而且知识日新月异，很难继承出什么。正直？清高？迂腐？还是小气？可老人都说这个行业安稳，我也不知道是否真的安稳。可能是我有偏见，反正我当时就没选这个。"我叹着气，望着那半旧半新的"久隐"跟许文玮说道。

"继承？有什么好继承的，又不是真的富豪，家大业大的需要继承家业，大部分人只想到活在这一世吧，或者只够活半世，想着存点什么，留点什么的真的很难，其实人死后应该没多久就会被人忘记吧，坟头长草都没人拔，想那么多干什么。"她捻着她的圆融杯，又继续说道："生个孩子延续后代倒是重要的事情。"

"生孩子？生孩子？我倒觉得生孩子其实还是一种性需求的延伸，人活在这个世上应该不是为了这个才来的吧？难道只是为了一点点的性需求吗？有没有一种东西可以超越性别，或者是人的本性的那么一种终极的追求，至少让我们懂得是来干什么的。"

"那你告诉我啊，你说终极的追求是什么。"她理直气壮地反问我。

"不知道嘛,所以问,闲聊嘛,况且如果我真的知道答案了,你们是不是都该提着几只鸡、买个猪头来拜我了,我是你们的先知、人类的导师了。"我讪笑地说了几句。

一天,就在我调侃许文玮的旅店游客稀少,估计会破产倒闭的时候,"久隐"的门口站了一个人,他背着双肩包,头戴鸭舌帽,手提拉杆箱,一看就是游客的模样。我正对门口,正好先行发现,笑着说道:"看来我又说错话了,你看又有客人来住店了,我干脆在你这里打杂好了,做个门童帮人搬搬行李。"说着假装要起身。

许文玮背对着门口,转过去看了一眼,突然"啊!"的一声叫了起来,又立马转了过来,像没看到一样。

我以为她真的没看到,起了身,准备迎过去,许文玮却吼了起来:"王蹇,你干吗!"

我一惊,才发现她的脸极度地阴沉,不过她也立马站了起来,走到那个柜台前,对着那个男子说道:"你来干吗?"

听她的口气,他们应该认识,只是"你来干吗"那四个字却说得充满敌意。

我打量了一下鸭舌帽下那个男人的脸,轮廓分明,虽然有岁月的痕迹,却依然坚毅俊俏,而且估摸着他的个子也比我高。他也看了看我,虽有些疑惑,却只是对着许文玮说道:"你还好吗?"

许文玮给了他一个轻蔑的眼色,并侧过了身,没有回答那个问题。就这个架势,我也大致猜出个一二,他们应该有很深的渊源,而我站在旁边却极度尴尬起来,只好对着许文玮说道:"我还有事,我先走了。"我只想赶快逃离这个地方,毕竟我不是关联方。

许文玮却喊道:"你不要走啊,等一下我们一起吃饭啊!"

这时那个男人又将目光投向我,诧异地看着我,我像是被火烤一样,尴尬地笑了笑:"你们不是还有事情吗?我还是先回去的好。"

许文玮对我说道:"没事,有什么事。"

那男人却对着许文玮说道:"我已经放弃那边的工作了,我也听说你还是一个人,所以我回来了,我们可以谈谈。"

许文玮以快速的强硬的语气回道:"有什么好谈,谁说我一个人,我男人一大堆,又不缺你一个,你哪里来回哪里去。"

但是没想到看起来坚毅的男人却像一个犯错的小孩一样,站在门口一动不动,就那么静静地站了将近五分钟,而我呢,也只好靠着旁边的墙壁,假装拿出手机来玩,虽然我有些尴尬,但是我心里已经立马将自己择出来了,我更愿意继续看着他们怎么继续下去。不过现在他们更像是两具僵硬的石膏像,杵在那里。

"以前都是我的错,至少我们可以谈谈。"那个男人先开了口,不过总觉得男人认错都是一个模子。

许文玮没有回应,男人继续说道:"我知道错了,再给我一次机会吧。"

许文玮说道:"你不要站在门口,你走开一点。"

男人说道:"那我住店好了,给我开个房间。"

许文玮回答道:"没房,住满了。"

我趁着他们不注意偷偷地从旁边溜走了,逃出那种窘境的确让我轻松了那么几分钟,但是想到许文玮以前的男人回来了又涌起了一阵阵的心酸，转而代之的是思考那个男人来之前是不是也想着许文玮见到他之后会热泪盈眶地给他一个大大的拥抱呢？人天生乐观，总是觉得好事都会让自己遇上吧，一个美女看了你一眼就觉得这个女人非你不嫁，其实那个女子近视或者根本没有看到你。不过他们是旧爱，旧情复燃的机会还是挺大的，浪子回头金不换嘛。我并没有回"静庐"，而是直接去了渔梁坝，我觉得流水的声音特别悦耳，百听不厌，我将手伸进了河里，温热的河水包裹着我的手，流经我的手，像触到了女人柔软的酥胸。

可能我注定是要做坏人了。许文玮打电话给我，抱怨道，说好的晚上一起吃饭的，怎么就溜了，要我马上出现在她的面前。我只能赔笑着说刚才有点事，并说马上就到。我回到"久隐"的时候那个男人已经不在了，我还仔细地东瞄瞄、西看看，生怕那人就躲在附近，随时跑出来将我毒打一顿。我警惕地问了一句："刚才那个人呢？"

许文玮没好气地说了句："走了吧，谁知道呢。"

说着一手挎着包，另一只手却挽住了我的胳膊，她这样突然来的热情让我本能地躲了一下，她却说道："你不是早想这样了吗？怎么害怕啊？"

我笑了笑："没有，只是太突然了。"看来我是要假装一下了，也许我不过是一个挡箭牌而已，直到他射穿她的怨恨，那我将会被丢弃在污水横流的弹坑里，一定是的，男人和女人的战争总是需要炮灰的。

"吃火锅好不好？"她问道。

"好，随便你。"我应道。

等到她的脸已经开始泛红,我问了她那个问题:"那个人是你的前夫?"

她已经喝了几瓶啤酒,脸上并没有显出不悦,但是那股冷淡的气息比起外面夜风还有凉意,她说道:"你看不出来吗?"

"我看出来了,只是想确认一下。他跟你说了什么?"我端着那个酒杯说道,这是我的第二杯啤酒,还是被她强行给倒上的。

"说什么,就那套喽,想复合,后悔啊,想我之类。说什么狗屁想我的话,这么多年干吗去了,骗骗鬼去吧。"她声讨着。

"然后呢?"我继续问道。

"然后我就把他赶走了。"她回答道。

"他应该还会回来吧,也许他就住在附近,还会来找你。你拉我出来是想让我做你的挡箭牌?"我直接说出了我的思虑。

"这样想也可以,要不你做我男朋友也可以。"她说道。

"我好像听你说你男人一大堆,这是气话还是真的?"我内心并没有多少喜悦,而是直截了当地问了她。

"怎么?你还不乐意?我也不是吃斋念佛的,一个单身女人有个男人不正常吗?"她满不在乎地说道。

"没有,我哪能有什么不乐意的,正常,你做什么都是你的事情,正常得不得了。上次去你家,看到那么干净,不像是有男人的样子。"我说道。

"因为他们走后我都收拾得很干净啊,连根男人的头发我都不想让它留在我的家里。"她好像是在说气话。

"那我掉了几根头发在你家里?"我笑了笑。

"我连你穿过的拖鞋都扔了。"她回了句。

我哈哈大笑起来："不是吧，这么决绝？你是嫌弃男人脏吗？"

"不，我是嫌弃男人恶心。"她应道。

其实她的脸很生动，白里透红，虽然她的话里带着刺，但是我好像对此已经完全免疫了，当然我明显感觉到她内心里的焦躁，当然靠酒是不能淹死烦恼的。

我认真地对她说道："其实事情总是要解决的，全靠撒气估计也解决不了问题，这么多年了，他能回来估计也是经过了深思熟虑的，不会这么轻易就走的，其实我觉得如果可以，你还是跟他心平气和地谈一谈，当然你自己得想好答案，无非就是在一起，重新开始，要不就是果断地拒绝。其实老情人复合的可能性还是挺大的，但也有那种固执的人，好马不吃回头草。反正你自己看着办喽，当然如果你需要我的话，我也尽量帮你，不过打架可能不太行，动刀动枪的不会。"

"不聊他不行吗？说点别的。"她不耐烦地说道。

我只是笑了笑问道："你背的这个包是正版的还是高仿的？"

她瞪着眼："我会用假货吗？"

"那我对你来说是不是高仿呢？"我自嘲道。

……

我扶着她回了"久隐"，她走路似乎已经不太稳了，或许她可能是假装的，看着躺在床上的许文玮，此时我扑上去搂她、吻她，她是否会激烈地反抗呢？还是顺从地流下泪水？但是我的心里却是悲凉的，只是站在旁边有那么一丝的念头，将她安顿好后回了"静庐"。本想着去那家小浴室洗浴一番，结果因为怕太晚了关了门所以没去，这边的店铺关门时间普遍偏早，有的晚上七八点就

285

关了,有的能撑到九点,只有烧烤摊能通宵达旦,不过没生意的话估计收摊也比较早。

  第二天一早我便去了那家浴室,里面人很少,只看见一个清瘦的中年男子赤裸地站在水龙头下,看起来似乎有点眼熟,他也扫视了我一眼,并没有搭理我。我和他差不多同时走出了浴室,他好像往那边的青年旅舍去了,我在回"静庐"的路上突然想起一个后怕的问题,他会不会就是许文玮的前夫?因为脱了衣服我实在认不出来,另外我跟他也只是见过一面,他还戴着鸭舌帽,如果真是他,我得感谢他的不打不杀之恩,我吓得赶紧转身看了看,并没有发现有人尾随我。

  这四五天我再也没去过"久隐",许文玮也没联系我,当然我也没去求兑她随口说出的那句话。

  之后我去"久隐"还是打探到了他们的消息,那个男子没能如愿挽回许文玮,他们经历几次交谈以及交谈了些什么,甚至有没有冲突,我并没有获得相关的信息。

(二十九)

  我不曾赠予苍穹以祥云,也不曾赠予鸢尾以晨露,我不曾插秧于谷雨,也没割麦于芒种,我却食尽人间烟火,看尽江南烟雨。我不曾追风跨山河,也不曾擎烛阅万象,我不曾抽刀仰天笑,也不曾焚香跪佛堂,我却偏爱镜中花,独恋水中月。失眠是间歇出现的,冬夜要不就是有苍白的月亮,要不就是有深沉的黑暗,在深沉的黑夜里闲逛其实有些困难，我只能依着淡黄的路灯踱步前行。或许是现代人要求太多，茅草不够要夯土，夯土不够要砖瓦，砖瓦不够要水泥，水泥不够要黄金；粟米不足要香米，香米不丰要贵肉，贵肉不满要鲍翅。芝麻与西瓜，山河与星辰，那空洞的人心再也摆不下东西，那个可悲的我只能走在这青石的方格间。

许文玮还是与胡玉萍相见，当然还如以往，她们之间好像并没有我所见的那么些烦心的事情。我依然向胡玉萍讨要画作，胡玉萍却婉言谢绝，说正在筹备画展，不过我还是带着半损半夸耀的语气说她："你瘦得跟赵飞燕似的，不食人间烟火。"

胡玉萍笑了笑："只食人间饭菜啊。"

许文玮问道："那我呢？"

"那你就是杨贵妃啊。"我说道。

"你是想说我胖吗？听说杨贵妃有狐臭是不是真的？"许文玮问道。

"你美，整个绩县就数你们两个最美了。不过谁知道呢，听说杨贵妃是胡人，可能有狐臭。"我说道。

"胡人就有狐臭吗？"许文玮质疑道。

"对，有的异族人是有点异味的，湖人的那谁应该是有狐臭。"我又说了这句冷笑话。

她们没有听懂，丝毫没有笑意，却讨论起古代人怎么避免狐臭，又说泡中药，又说涂香料、挂香囊之类，又说那时肯定没有切割术。接着又扯起古人不洗澡的事情，冬天寒冷，没有热水器，大部分人身上应该都有味道，可能一个月洗一次两次，大家都有臭味于是就闻不出来了。害得我垂下了头，朝自己的身上轻轻地闻了闻。

在单独与许文玮坐着时,我又问起那个问题:"你为什么拒绝你的前夫,他在外也没有再娶啊,而且你不是还曾盼着他回来吗?"

"以前有段时间是挺期盼的,但是当他真的站在我面前的时候发现原来不是那么一回事,时过境迁了,我习惯了现在的样子。不过说不定他还在绩县,他老家在这里嘛,我现在也不想见他。"许文玮说道。

"那我还有机会喽,你是不是说要我做你男朋友的?"我笑着问道。

"你没机会,玩笑话你不会听啊,我前夫都不要,还要你吗?"她说道。

"没有,我只是怕错过机会,所以问一下,既然不情愿我也不勉强。"我接着说道。

她突然又盯着我问道:"你是不是浪到哪里就喜欢到哪里,你是不是对胡玉萍也有意思?"

我只能痴痴地笑笑:"你还真的说对了,我是看谁能救我,我就拉着谁。我觉得总会遇到那种有使命感的女子,母爱泛滥,想着要拯救我于水火,而且觉得别人不得要领的,只有她这样的勇士才能胜任。"

"那我肯定不是。"她淡淡地说了一句。

可能只有小寒能应景这个季节,练江河水下降了一半,露出了鹅卵石的沙滩,在没有下雪之前似乎风也吹不动了,那空气中流动的只有人们哈出的气息,两岸的鲜草也黄了一大半,有人已经开始在能晒到太阳的地方跺脚和搓掌了。如果是在S市，此时大部分女人还是穿着短裙吧。

其实这段时间我也不定期地发信息给小寒，有的是询问小惠的事情，有的是说最近丢失工作生活有点拮据，直至后来，我又发信息表达了初见她时的美好，以及为我当时那个决定做了辩解，但是均没有收到回信。其实我在许文玮身上看到了小寒，面对那纷乱的烦扰，也许她已经换了号码，我所有的细碎的忏悔都石沉大海。

不知小惠是否还像那时那样害怕黑暗，睡觉前一定要看着我反锁了大门才安心，她担心万一坏人跑进来把她抱走了而我们不知道，也不知道她现在是否还能考到满分，满心欢喜地要求奖励。村里的鳏夫是否看上了小寒，甚至已经开始跟小惠套近乎，带她去买糖果吃。

我甚至发出了那条未经深思熟虑的短信："要不我们复婚吧，为了小惠能更好地成长。"刚逃出陷阱的野狗又想着走回陷阱，难道在森林里生活的野狗也会迷失在森林？依然是没有回复的，正如我所预料的那样，那么她是否会再向我讨要生活费？这也是个问题。

在"静庐"我似乎能听到自己打呼噜的声音，有时候能被自己打呼噜的声音给吵醒，如猪发出的哼哧声，但是我并没有觉得自己睡得很好，反而觉得脖子酸痛，还有一次睡落枕，结果歪着脖子过了一天，如同小猪佩奇。有时候又担心自己突然中风或半身不遂，那将是多么不堪。这样的事情的确发生过，就在深溪镇的老家，一个老妇人在家中风，别人是两天后爬墙进去发现她的，她当时只能赤裸着身子躺在地上不能动弹。所以我睡觉的时候一定要穿长裤和长衣，但是又想即使我有所遮盖，中风后依然会颜面尽失，要不就是被人嫌弃，成为累赘，最好是穿着寿衣睡觉，可以一步到位。

我想念小寒的尽心尽力，想念小寒的柔软腰身，想念小寒的无知传统，想念小寒的包容大度，想念小寒的埋怨嗔怪，我想念那拥抱时的孤独，想念孤独时的拥抱，不知她是否还会愿意来埋葬我，埋葬我不羁的人世。

我很想爬上"静庐"的马头墙，坐在上面看看这古城里到底有什么，那绝艳的女子是否肯收留我，不计较我的过去，也不关心我的未来。

我又开始了跑步，沿着练江河边跑步，也许跑跑就不会有那么多奇怪的思绪，看着太阳出来，那黑夜里的虫子突然就不见了。吴元突然发信息给我，首先嘘寒问暖地问我这段时间在做什么，然后告诉我考核已经顺利完成，而他也得到了"小小"的晋升，问我是否愿意再回去工作，如果嫌原来的岗位不行，也可以稍微调整调整。我又想到了当初暂时留下来的原因，也许我的选择并不在此，另外我也发现自己懒惯了，并不想朝九晚五，如果在这里过得还像S市，那还有什么意思呢？但是我想的更多的是胡玉萍，她是否会再次与他产生瓜葛，即使产生了我也不意外，在某个静态的局部环境里，地位和权力会让人无力拒绝，那仿佛就是水流的方向，也是某种早已埋下的心理建设该进入的状态。其实我也跟她一样，那种深入骨髓的病会让我不自觉地对着静态封闭环境下的权威低头哈腰，这也是我想拒绝那份工作的原因，不过我想吴元不会这样觉得，他可能抱着好心帮助一下他人。当然我又觉得绩县也不只有一个胡玉萍，还有更多的青春女子，只是我的活动范围有限，认识的不多而已，不然我也不会这般愁苦，而且就着冬日来临，那些人都裹成了粽子，光看着粽子表面很难清楚里面究竟如何，我也没学会老中医的本事，能够望闻问切。

小时候我品尝过中药，中药是在绩县中学旁边的城关医院开的，喝了几天我就坚持不下去了，那苦味即使是和着白糖也无法下咽，那中药就被我呕在了父亲刻了"田"字的石板上。当时医生给我诊断的病症是免疫系统损坏，那时也是冬日吧，冬日仿佛是拿来结束生命的，村里好多重病的老人都死在冬天，如果在新年之前走，被人说起的时候还会表达惋惜之情：他没有撑过新年。死去的还有许许多多无法说明的动植物，它们被留在了这个季节，少有人会对此惋惜吧，为了生存，人类还"杀"了它们，将它泡在了盐里，以便自己存活，例如白菜、豆角、萝卜之类，当然还有猪肉，杀猪绝对是件大事，必须一刀毙命，不然来年不利，另外鲜红的猪血也要染在门框墙角，以敬畏神灵。在绩县县城是看不到杀猪了，在我无聊闲逛的某一天，我去了渔梁坝下游一个叫雄村的地方，正好遇到一家人杀猪，我在旁边驻足了半晌，就为了看看杀猪的过程，据我所见，好像每个杀猪的都长着一张穷凶极恶的脸，那坚毅和凶恶的表情才能果断地拿起刀。曾有一个杀猪师傅在杀完我家的猪后，坐在桌上吃饭的时候讲述他跟人学艺的过程："也就跟了他两三天吧，他突然就把刀递给我，叫我捅进去，我一点思想准备都没有，就硬着头皮捅。他在旁边说，我就在猪身上捅，那又热又腥的血就流在了我整个拳头上，我拼命地洗手,那时还是挺怕的,后来好几天我的手都在抖,不过慢慢就习惯了。"王惠兰跟着一个杀猪的应该会有肉吃。

血水流了一地,那猪还躺在梯子上,不过已经被砍成了两半。梯子下面有几条土狗在抢食着地上的血块和杀猪匠割下来扔掉的小块的淋巴肉,当然避免不了互相嘶吼,旁边协助杀猪的男人还厉声驱赶它们,空气中已经弥漫了腥味以及猪粪的臭味。我是听着猪的惨叫声找到这里的,本来众人的眼光都在猪上,只是接近尾声的时候,大家又开始互相观望起来。东家甚至已经掏出香烟开始派烟了,他有些惊讶地看着我,犹豫那么一瞬间还是递给了我一根烟。我既没有去帮他抓猪脚,也没帮他拉猪尾巴,也没扯着猪耳朵,况且我也不会抽烟,只好摆摆手表示不抽。东家转手又把烟派给站在我旁边的下一个人,站在旁边作为陌生人的我觉得该适时撤退了,我顺着来时的大路离开村子,又朝着县城的方向走去。

只是在一条狭窄的路上被一条腹部黄毛、背上黑毛的狗给挡住了去路,它先对我发出了低沉的嘶吼,露出了两个獠牙,我后退了两步,仍然对着它。它却追上了两步,发出更为强烈的嘶吼,它的身体成了半蹲的姿态,仿佛要一跃而起。我脑子里快速地回忆今天的行程,我并没有偷吃它的骨头,也没有路过它的家(虽然我不知道它家在哪里),但是这只是一条公共的道路,通往县城的道路,它为什么就没来由地出现了?我很想撒腿就跑,但是觉得这样的话狗可能会在背后追着我,而且我估计跑不过它,它可能会趁我不注意就咬上来,那我就惨了,于是我只能站着看着它,希望它能仁慈地放过我。但是它好像并没有放过我的意思,还试图左闪和右闪,我不得不随着它快速地转移身体,以防止它偷袭。它还是冲了过来,我吓得跳了起来,后退了几步,幸亏它没咬到。我们又陷入了僵持,也许它看出了我的软弱,觉得可以一举将我拿下,不然它不会在光天化日下如此大胆。我内心有些急躁,本想出来轻轻松松地闲逛,没想到遇到这么窘迫的事情,我真希望它的主人立马出现在面前,制止它,我甚至偷瞄了附近的农田,似乎并没有人,路上也没有人,看来是没有人帮我助阵了。就在刹那我有了一个念头,我对着那条恶狗弓下了腰,也露出我能够露出的牙齿,对着它沉闷而有力地吼着,我的鼻梁估计都挤出了川字,可能额头没法挤出王字。它似乎感应到我的变化,突然放开了嗓子,几声清脆的"汪汪汪",同时那嘴里的泡沫似乎也喷到了地上。我也不甘示弱,对着它吼道:"汪汪汪"!它又对我叫了几句,我立马用我最大的声音进行回应。只是在几轮对峙后,它突然转了过去,几乎是敷衍式地叫了两声"汪汪",便没来由地跑开了,害得我有些尴尬地站在那里。我也不管那么多,继续往前走着。

(三十)

"你是我的病人,每次生病的时候你都会想到我,不自觉地来找我,病好了你就走了,而且走的时候想着再跟我没什么瓜葛。我觉得我可以开一家诊所,心理诊所,也不知道开心理诊所要不要执照,反正以后我要收费,这样你带着某些困惑来找我的时候,我也不会平白无故、费时费力费神地帮你，至少我还有点收获，另外我还可以帮帮其他的人。"我怜悯地看着小柔。

"没办法，我这次中毒太深了，中了他的毒，他说分手就分手，还跟我说就当他死了，你们男人是不是都这么心狠？为什么要欺骗我，欺骗我的感情？"她埋怨着那个我不认识的人。

"其实也没什么大不了的，你们不过是经历一场网恋而已，你要想着他没来才是最好，来了再分开，到时你会更加歇斯底里，要死要活的，你也要想想那两个月你很开心啊，跟他有很多幻想啊。别说你不甘心，别说你非要经历什么才不后悔，那些不过是屁话，你只是嫉妒，嫉妒他还有一个女的，他宁可选择她也不选择你。我觉得很正常，她是他的前女友，另外来S市太麻烦了，举目无亲，也就认识你一个人，而且对你又不太熟，什么都要重新开始。跟那个女的不一样，都在B市，挺好，熟门熟路，正常人都会这样选吧。"我用我的理性试图去解释一个小柔口述的陌生人。

"所以我有病是不是？病得不轻。"小柔轻声地问道。

"对，每个人都有病，我也不例外。作为你的'医生'，我应该收钱，两百块钱一个小时应该不贵吧，已经是人情价了。"我淡淡地说道。

"钱可以给你，有没有特效药让我马上忘了他。"她问道。

"没有，没有特效药，只能交给时间。要不你可以去做点事情分散一下注意力，忙一忙，要不多去阳光下走走，我觉得在太阳下很难伤心得起来，要不就是给多一点自我暗示，暗示你自己并没有失去什么，没丢钱财，也没失身，感情也没丢失。"我说道。

就在公司旁边的酒吧，那时小柔刚离开公司不久，突然就跟我说她失恋了，她失恋也不意味着我有机会，当时她找了我，她说要请我喝酒，我依旧是那个老样子喝不了酒，所以我理智。

她在别人面前会展现笑意，在我面前却是一张忧愁的脸，我对她说道："其实你跟我是一样的，都挺会装，你装亲和，装高贵，而我装孙子。"当然这句话却不是在她失恋的时候跟她说的。

"我诅咒他，诅咒他们都去死。"她说道。

我轻微地抽动了脸部神经带动了一丝的笑："你做什么都可以，想做就去做，想骂就骂，各种脏话，没关系的。"我继续说道："另外，我能叫你小柔吗？我觉得你有时缺乏温柔，干脆叫小柔好了。"

"小柔是什么鬼，这么俗气。不要！"她好像不喜欢。

我轻声地笑笑："没关系，只是一个代号而已，我觉得你的真名也俗气。不过你不喜欢，我也没办法。有时候一个人喜欢另外一个人有很多层面吧，比如你喜欢一个男的，有时候是情人，有时候是兄长，有时候是父亲，有时候是儿子，人复杂，感情也复杂，我说你不温柔的时候其实你也有婉约的一面。你去回忆和反思一段感情的时候，可能会发现一个人其实无法满足另一个人全部的想象的。另外我觉得恋爱就是两个人分享感情，失恋就是其中一方不想跟你分享，变成你是你的，我是我的，这样想的话，你的感情并没有丢失，还在你心里你的脑子里，只是你现在有点不适而已。"

"我就觉得胸闷，我听到那个电话，眼泪就忍不住流了下来。"

"那能怎么样呢？过去了就过去吧。"我只是这样说道。周二的酒吧客人很少，我却在酒吧里点了果汁，我想着自己要把停车场的车开回去，这时也才晚上七八点钟，不过酒吧里显得更加昏暗。

看着那酒吧 logo 透出来的浅蓝色的光照着面前这个柔弱的人，我又问道："那你现在当我是医生？"

"父亲，兄长。"小柔突然盯着我说道。

我又笑了笑："我又多了一个女儿，看来我前世欠了很多。以前很多人都生怕被人骂有病，现在有些人很奇怪都主动承认自己有病，难道病态才是常态？"

"你有病吧！"许文玮说道："我借你一把锄头，你去找个山，去挖个山洞，我觉得那句话说得好：'生死有命，富贵在天。'现在武器这么发达，你以为挖个山洞就炸不死你吗？"

我坐在"久隐"笑着说道："我是有病啊。但是这种风险是存在的，你放眼世界，有多少冲突，每天都不知道炸死多少人，总是保不齐的嘛，另外即使我们都和平了，那外星人呢？突然冒出一堆外星人要来打我们，那我们不就完了？你们房子修得这么漂亮，楼建得那么高，肯定会成为目标的，那时可就来不及了，所以要防患于未然，所以找个原始森林，挖个山洞住着是最好的，不容易被发现和成为攻击的目标。"

许文玮突然静了下来，看了看旁边的胡玉萍转而对她说道："王蹇跟你胡玉萍肯定是一路的，都有些神神道道的，是不是你们发生了什么，还是你们住的宅子有点什么问题。"

胡玉萍突然红了点脖子说道："我跟他有什么关系，他发神经了也是跟你有关系，他天天往你这里跑，肯定是你给他下的毒，下了药。"

"要不你把我毒死算了,反正也是我对不起你。"我低沉地对着小寒说道,旁边还站着一脸茫然的小惠。

"我现在就去买药,不,我去拿刀捅死你。"小寒走向厨房,丈母娘冲了上去抓住了小寒拿刀的手,说道:"别做傻事,别做傻事。"小寒哭声响彻起来,瘫软在地上,小惠也号啕大哭了起来⋯⋯

我觉得我好像见过许文玮的表妹,在莫干山的山里,隔着青纱帐,依然能感到她的气息,我问了她很多问题,她只告诉我,我不够诚心,得不到回响,看不到广大,只能活在卑微里。

(三十一)

我知道那是一种痛苦,不然我也不会哭闹,我的哭闹是我父母告诉我的,但是我失去了记忆,失去记忆是可怕的事情,那么被摘取的时光一定被黑心的外星人给贩卖了,那些记忆能有什么价值,我甚至不能动弹,只能喝着乳汁和米糊,我常常用哭泣来表达我的痛苦,我的痛苦竟然也没来由,他们都说我饿了,可是在这物质丰富的年代我凭什么饿了?就凭我声嘶力竭地呼喊吗?其实在我有记忆的时候才知道疼痛,那抽在身上的竹枝会在腿上留下一道道血痕,那被我抽成两段的红珠凤蝶应该更加疼痛吧,但是他们都说竹枝打不了坏人,抽不听话的小孩最好。直到后来我也失去了眼泪,失去了哭闹的本领,但是痛苦却由小腿的表皮钻进了心里,痛苦的根源依然是他们所说的,我饿了。是因为我欲壑难填吗？可能答案在我被摘取的那段记忆里。我并不是这种病痛的根源，虽然我发现有那么多相似病症的人类，我不曾传染给他们，但是他们依然努力克服着疼痛活着，我跟他们无异，但是他们却努力标榜我们不同，他们离间我，离间他们自己，让每个人都像极度远离的星体，独自燃烧和毁灭。

我知道那是一种甜蜜，从蜂巢里面刚刮出来，邻居好心塞了一块在我嘴里，当时的我还不会说一句感谢，只是羞涩地站在旁边。我知道花前月下的她是种甜蜜，我却不知道她的甜蜜是从哪里采摘而来，虽然她喜欢花，但是她没有将口器伸进花蕊，我也不知道是什么又如何酿造了那眨眼即逝的美好季节。但是甜蜜的东西品尝过后就失去了原来的味道，小时候品尝过的蜂蜜不再让人甘甜难忘，长辈递给我的糖果不再让我想珍藏慢品，那哭泣的女人不再让我依依不舍。邻居家的小孩死于白血病，我看着他一口口吐出血，他家的老宅也早已废弃多年，现在已经倒塌；伤心的女人也远走他乡，那甜蜜的季节竟然无情地离开我十年、二十年。

我知道那是一种爱，即使他是为了满足自己的欲望才去爱别人，爱别人会渴望得到别人的回报，也可能没有得到他们的回报，即使没有得到回报也满足了他的欲望，他觉得自我奉献了，自我纯洁，自我升华，仿佛能摸到神灵了，那么爱就无怨无悔，义无反顾。不然王惠兰不会变成一座牌坊，那座牌坊仿佛就是一个神，一个让人窒息的神，让我几辈子都得战战兢兢、顶礼膜拜，并卑微地收起那离经叛道的念头。那是一种力量，可以抛下一切，却也可能被一切抛下，没有出口的东西，在每个黑暗的方寸里互相勾连，也许那也是一种恐惧，打开恐惧的钥匙被保存在那丢失的记忆里。

我知道那几天突然冷了,风整整吹了两天,我几乎把我所有能穿的衣服都穿在了身上,就在第三天,风停了,天空阴沉沉的。

我向许文玮抱怨道:"我快冻死了,怎么还不来救我?"

许文玮回了条信息:"呵呵,让我找找看,如果有多的棉被就送一条给你。"

在临近下午的时候她提着被子进了"静庐",我搓着手,忍不住笑着说道:"许老板下乡送温暖啦,谢谢,谢谢,我还缺一个女人,要不再送我一个女人吧。"

我接过被子,那个被子挺有分量,她说道:"女人就在你的面前,你要不?"

她开玩笑地张开了双手,做出了欢迎的姿态,我上前一步,抱住了她,抱住那个裹满衣服的粽子,毛茸茸的,心里的一股暖流仿佛冲上了云霄,炸开了阴沉的天空。但,我抱着的分明是孤独!

那天夜里我并没有睡着,手脚依然是冰冷的,在寂静的夜里,我听见了浅浅的窸窸窣窣的声音,我推开了门,一片片轻柔的鹅毛大雪从天井上落下来,我伸手接住那雪花,那精致的凝结渐渐在我手中融化。来年的春天路边的鸭跖草应该会开出蓝色的花吧,那么我接下来去哪里?杭州还是大理……

(三十二)

百年老樟还在村口,断了枯枝,长了新丫,藤蔓爬上树顶,香叶落在青苔。那摇曳的红轿仿佛每年都路过于此，我不再是穷酸的秀才，而是追着热闹的流浪狗，那掀开轿帘的娇媚是我不懂的风情。

再来说说202×年，这个年份在任何黄历上都不可查，互联网上没有关于202×年的任何记录，就像人产生海马效应流逝的一个片段。但是在很多人的记忆里却存在这么一个"假象"，仿佛曾经如此活过，却记不清自己是否真的活过。于是我提出一个大胆的假设，一方面是在未来不知道的某年，某些事情是否真的会如此发生，或者类似地发生，要不就是存在这么一个不在时间列表里的一个年份，我们都可以深入其中，修改自己的人生走向。那么在这个202×年，应该是失去规则和秩序的年份，"我"的意识不仅仅在于王骞的身份，也可能是在无所畏惧又无知的博身上，又或是在老谋深算、敬业向上的吴元身上，也可能是那个看淡人生、潇洒度日的许文玮，那么地震、海啸、战争、世界灭亡也是完全可能的。基于此，那我为何遁入这202×年，完全自由，又看不到自由的躯壳和魂灵，苦苦在其中寻觅和挣扎，那么这个年份的奥义是否就是穿越时空的量子干扰，绩县也可能不叫绩县，四角牌楼可能是八角牌楼……

那之后我回老家上了一次坟，拔了拔父亲坟头的杂草，那墓碑上只剩下凿子刻下的印记。

宣和二年与202×年应该毫无关系，方腊在七贤村起义，在攻打杭州时，我被乱刀砍死，当时我身份不详，埋于乱葬岗，以无名石块为墓碑。程朱理学兴起，后世源其理修起贞洁坊，王惠兰应该与我无关。